〈推薦序〉

回歸武俠世界的真正歷史

馬伯庸

從歷史中去創造一個精彩故事，是非常愉快的閱讀體驗。

把一個精彩故事中的細節還原成本來歷史，同樣也是一個充滿趣味的過程。

對大部分人來說，歷史高不可攀，而故事卻親切的多。所以在他們心目中，故事往往會取代歷史的眞實。比如一部《三國演義》精彩逼人，劉備的仁、諸葛亮的智、關羽的忠、呂布的勇，他們的形象深入人心，老百姓們乾脆就把這些當成了歷史——至於眞正的三國歷史上他們究竟是什麼模樣？知道的人卻並不多。再比如《西遊記》，讓唐僧成了個迂腐偏心的唐長老，從此家喻戶曉，又有多少人知道歷史上的玄奘孤身一人勇闖天竺的堅韌和偉大？

我倒不是否認小說家們的再創造，只是多少有些遺憾。如果讀者能夠在領略藝術創造的同時，對構成小說基礎的歷史素材有所瞭解，豈不是件更美好的事情嗎？讀者帶著對歷

金庸筆下的真實大歷史

JIN YONG'S
TRUE HISTORY

填下烏賊——著

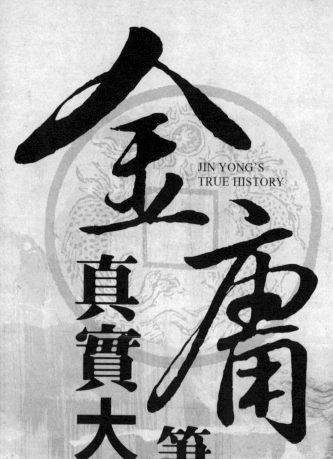

史的認識，再返回頭去看小說，想必會更加欽佩小說家們的剪裁和想像力吧？

說來慚愧，我當年的歷史成績並不好，肚子裡的那點歷史知識，完全是拜金庸的武俠小說所賜。我那時候分不清其中哪裡是妙筆生花，哪裡是考據有典，只記得讀下來非常過癮。後來一次偶然的機會，看到中華致公黨的一段資料，得知其前身竟是天地會，而天地會中的關鍵人物叫做陳永華，亦名陳近南，這才驚覺金庸小說中的人物，距離我們熟知的歷史竟然如此之近。

金庸先生是大才子，精熟典故，他的小說包羅萬象，於歷史的空隙中乾坤大挪移，把虛構和眞實融匯一爐，而且煉得全無破綻。隨便從其中挑出一個知識點，都是一篇很大的文章。本書作者塡下烏賊願意來做這個「逆向工程」，以小說爲經、史實爲緯，翻閱查看書中細節相互印證，把金庸先生筆下乾坤、胸中溝壑一一擴展開來，回歸到武俠世界的眞正歷史——這實在是一件有益大眾之事。

我們需要這樣的認眞和細緻，倘若能因此把小說讀者的興趣導回到歷史，可謂是善莫大焉。

〈代序〉

太史令筆繪江湖

一九五九年的五月二十日，對於查良鏞（金庸）先生來說，是生命中難以忘記的一天。這一天，《明報》在香港誕生，金庸正式邁入創業大門；《神雕俠侶》開始在《明報》連載，進一步奠定其「新派武俠一代宗師」的江湖地位。

創業初期，百廢待興，在競爭激烈的香港報刊市場，《明報》要出人頭地，困難可想而知。《明報》能最終脫穎而出，成爲香港最富影響力的報紙之一，「總舵主」金庸需要感謝他的兩大「法寶」：一個是武俠小說，一個是政治社評。

在《明報》初創的前十年，爲了吸引讀者，金庸的幾部精彩小說功不可沒，《神雕俠侶》寫男女之間至死不渝的愛情；《倚天屠龍記》寫父子、兄弟之間眞摯純粹的情誼；《天龍八部》場面極其宏大，「有情皆孽、無人不冤」；《笑傲江湖》「正中有邪、邪中有正」，你死我活的江湖之爭令人咋舌；而封筆之作《鹿鼎記》一反常態，用一個武功低微的小混混完成了清朝康熙年間的諸多政治大事，陳墨稱之爲「反俠」，金庸自稱「更像是歷史小說」。

以上五部小說，四部具有明確的時代背景，唯一沒有時代背景的《笑傲江湖》，就是一部政治影射小說，《笑傲江湖》就是配合金庸的政治社評而共生的。

如果我們把目光放得更長遠一些，金庸的「十四天書」（飛雪連天射白鹿，笑書神俠倚碧鴛）中，有九部牽涉具體的時代背景，即《天龍八部》、《射雕英雄傳》、《神雕俠侶》、《倚天屠龍記》、《碧血劍》、《鹿鼎記》、《書劍恩仇錄》、《飛狐外傳》和《雪山飛狐》，時間跨度從北宋、南宋、元、明到清朝，共七百八十三年（西元九九七～一七八〇年）。

金庸喜歡將亂世設定爲時代背景，在他的小說中，體現了北宋新舊黨爭、靖康之恥；南宋偏安一隅，孤軍抵抗；元末天下大亂，群雄四起；明末甲申之亂，風雲突變；以及清初康熙皇帝平定四方、統一中國的歷程。與之相對應的，「亂世出英雄」、「滄海橫流，方顯英雄本色」，在亂世中，一代又一代的大俠們或以身阻戰，渾不懼死；或保家衛國，死而後已；或恰逢其會，力挽狂瀾；或終結亂世，功成身退；或急流勇退，歸隱人間。大俠們在亂世中的表現，不管是主動的還是被動的，全部體現了新派武俠小說「正義戰勝邪惡」的宗旨，弘揚了偉大的愛國主義精神！

是金庸先生，將寫實的歷史穿插到虛構的小說中，讓兩者產生完美的結合，在他的筆下，江湖世界和江山廟堂相互映證、相互影響，小說人物與歷史事件虛實結合、相得益彰。金庸運用如椽大筆，於天馬行空、縱橫恣肆的想像中，給讀者徐徐拉開了一幕幕亦眞亦幻、可圈可點的大千世界。

當然，金庸小說中的「歷史片段」，並未嚴格遵照史實發展的軌跡，正如他自己所說：

在小說中加插一些歷史背景，當然不必一切細節都完全符合史實，只要重大事件不違背就是了。

——《雪山飛狐》後記

歷史學家當然不喜歡傳說，但寫小說的人喜歡。

——《書劍恩仇錄》後記

顯然，金庸筆下，歷史片段是服務於小說情節需要的，兩者之中，小說是主，而歷史是賓。故而，在小說中，有一些歷史片段，發生的時間不符合史實，如蕭峰平定的「灤河之變」；有一些歷史片段，發生的地點不符合史實，如蒙哥喪命襄陽城下；有一些歷史片段，參與的人物不符合史實，如公主招親西夏國；還有一些歷史片段，和史實完全是南轅北轍、背道而馳，比如從未抗金、一直親元的全眞教三代掌教，比如一直親宋、從未犯邊的耶律洪基，令人大跌眼鏡。

不是金庸不明白，而是情節不允許。

而小說，是允許虛構的！

當然了，金庸小說中的歷史人物，有相當一部分是完全符合其史實形象的，比如：仁慈博愛的段譽、窮兵黷武的鐵木眞、深謀遠慮的忽必烈、英明神武的康熙、剛愎自用的崇禎、有勇無謀的李自成、陰險狡詐的吳三桂、好大喜功的乾隆，等等。但也有一部分人，和史實人物有所差異：有些人被高度美化了，如高昇泰；有些人則被嚴重醜化，如陳友諒。

除了「史有其人」的人物，金庸小說中，還有一大批「史有原型」的人物，比如蕭峰、虛竹、陳近南、九難師太、耶律齊、鳩摩智、金輪法王、完顏洪烈等，這些人有忠有奸、有正有邪，他們在歷史上的「原型」也是多彩多姿、面目生動。

尋找這些人的「原型」，也是一種樂趣。

金庸小說中的歷史，可以用「撲朔迷離」、「似眞似假」來形容，比如著名的「清初四大疑案」——太后下嫁、順治出家、雍正之死、乾隆身世，金庸就擷取了其中的三個來展開描述。雖然事實證明太后下嫁、順治出家、乾隆身世這三件「疑案」，小說和史實並不相符，但這並不影響小說的廣泛傳播，因爲讀者喜歡，更何況，作者已經提前聲明「小說家言，史家不必深究也」。

然而，眾多熱愛金庸小說的「金迷」們（包括我在內），很多都是歷史愛好者，在閱讀小說之外，對小說中的歷史油然而產生了濃厚的興趣，萌發了「尋根問底」的探究欲。

故而，有了這部書稿。

這部書稿主要分成七大部分：歷史、戰爭、人物、疑案、風物、小說大事年表和金庸先生小傳。在歷史部分，表述了與史相符的典故、與史不符的典故、史有其人的人物、史有原型的人物；在戰爭部分，還原了金庸小說中蕭峰平定的灤河之變、蒙哥之死、襄陽、黑水之圍等經典戰役；在人物部分，綜述了金庸小說中的皇帝、大臣、女主、公主和神仙；而在疑案部分，除了剖析太后下嫁、順治出家、乾隆身世的眞僞，對張三豐壽數、天地會起源和李自成下落也有著深刻的挖掘；風物部分雖然立足於風俗、物品，但也緊緊扣著「歷史」這個關鍵詞不放；而小說大事年表和金庸先生小傳，作爲全書的補充和完善，相信也能獲得讀者朋友的認可。

這部書稿以點帶面、以人敘事、以小見大，力爭還原金庸小說中的眞實大歷史（不只是中國歷史），讓讀者在閱讀小說的基礎上，能夠產生更多的興趣。寫這本書的目的不是鑽牛角尖，嘩眾取寵，也不是顯擺水平、賣弄知識，而是爲了更好的和廣大金迷朋友切磋、交流、互動。我相信，我的一顆誠心，會換得金庸先生以及金迷朋友們的信任和支持。

有井水處，便有柳詞；有華人的地方，就有金庸的小說。我堅信，金庸先生的小說，未來一百年內，都會長盛不衰，其魅力亦將永葆青春！作爲金庸小說的「附屬」讀物，我希望這本小書也能獲得廣大讀者的好評。如此，是我最大的心願！

謹以此書，向我最仰慕、崇拜的作家致敬！

本書還得到了新銳作家新垣平的「劍橋體」指點；著名的「大臉師太」李汀也出力甚多；「金庸茶館」的張旭婷、「金庸江湖網」的曾阿牛、「仗劍天涯」的張丹這三位分別來自三大金庸網站的資深「金迷」也爲本書的創作提供了大力的幫助，在此一併謝過。

【目錄】

第四章 撲朔迷離說疑案

第五章 綢繆雅致說風物

【目錄】

第一章

亦真亦幻說歷史

一代天驕雄起大漠

數日之後，鐵木眞在斡難河源大會各族部眾，這時他威震大漠，蒙古各族牧民戰士，無不畏服。王汗與札木合的部眾也盡皆歸附。在大會之中，眾人推舉鐵木眞爲全蒙古的大汗，稱爲「成吉思汗」，那是「與大海一般廣闊強大」的意思。成吉思汗大賞有功將士，木華黎、博爾朮、博羅渾、赤老溫四傑，以及哲別、者勒米、速不台等大將，都封爲千夫長。郭靖這次立功極偉，竟也被封千夫長，一個十多歲的少年，居然得與諸大功臣名將並列。

——《射雕英雄傳》第六回

眾所周知，《射雕英雄傳》是金庸先生最負盛名的武俠作品，一舉奠定了其武俠一代宗師的崇高地位。《射雕英雄傳》這部小說以大俠郭靖的成長爲主線，弘揚了熱愛國家、熱愛人民的偉大情操，展示了作者一貫的、愛憎分明的愛國主義情懷。

這部小說的另外一位隱形主角是成吉思汗（鐵木眞），這個歷史上眞正的「射雕英雄」，小說較爲忠實地還原了其戎馬倥傯的一生：兒時蒙難，青年時代和札木合結義，中年征戰四方統一大漠，晚年窮兵黷武侵略他國，暮年病死西夏六盤山。

小說通過郭靖和鐵木眞之間交織纏綿多年的恩怨情仇，還原了十三世紀鐵木眞雄起草原，終成一代霸主的歷史故事。小說中，成吉思汗及其子女、部下、敵人，每一個都個性鮮明、生動活潑，給讀者留下深刻的印象。本節也從這個角度，通過小說、結合歷史，來講述一代天驕的傳奇人生。

統一大漠

成吉思汗，原名鐵木眞，是蒙古乞顏部的可汗。從一一八〇年開始，鐵木眞率領部眾南征北戰，逐個兼併蒙古各部，最終一統草原，這一年是西元一二〇六年，小說中的郭靖六歲。

蒙古人創建自己的國家，前後花了大約五百年時間。

大約在西元五世紀，室韋族的名字開始見諸史書。八世紀時期，室韋族的一支北上定居草原，這就是蒙古族的始祖。早期的蒙古族分爲尼倫蒙古和迭兒勒勤蒙古兩大部，尼倫蒙古意即「純潔的蒙古人」，而迭兒勒勤蒙古是「普通的蒙古人」，可見在那個時候，蒙古人種因血緣的親疏，就人爲地分成了兩個階級。

尼倫蒙古的代表部落有：乞顏部、札答蘭部、泰赤烏部、札只剌部、散只兀部、主兒乞部、赤那思部，等等。而迭兒勒勤蒙古的代表部落有：弘吉剌部、兀良哈部、速勒都思部，等等。鐵木眞的父親也速該是乞顏部人，而母親訶額侖則屬弘吉剌部。

不管是尼倫蒙古還是迭兒勒勤蒙古，他們認爲自己才是純種的蒙古人（雖然有血緣遠近之分）。然而，經過數百年的演變，韃靼、回鶻、突厥等周邊民族，不可避免地和另外一些蒙古部落產生了融合，這一些蒙古部落雖然也打著「蒙古人」的頭銜，但一直不被尼倫蒙古、迭兒勒勤蒙古認同。後者的代表部落有：塔塔兒、蔑兒乞、乃蠻、克烈、斡也剌等。所以，蒙古各部時常因爲爭奪水草的問題，藉口「非我族類其心必異」而互相攻占殺伐，這一場混戰，一打就是五百年。蒙古人在創建橫跨歐亞兩大洲的龐大帝國過程中，屠城無數、殺人無數，大概就是想把受了五百年的窩囊氣一股腦兒全發洩出來吧。

小說中，鐵木眞是乞顏部首領，他的義父王汗（原名「脫斡鄰勒」）是克烈部首領，他的義兄札木合是札答蘭部首領，而神箭手哲別則出身於泰赤烏部，除此之外，塔塔兒部、蔑兒乞部和乃蠻部也各自有所提及。

札木合和哲別值得一說，這兩個人，一個從朋友變成敵人，另一個恰好相反，從敵人變成朋友。

兄弟反目

札木合，鐵木眞曾經的義兄（安答）。《元朝秘史》卷三記載，鐵木眞十一歲時，兩人第一次結拜，鐵木眞送給對方一個銅灌髀石，札木合送對方一個麅子髀石；次年二人再次結拜，鐵木眞送義兄一個柏木頂箭頭，札木合回贈一個響牛角箭頭。可見當時兩個孩子之間的友誼確實是眞摯、純潔、不帶任何功利色彩的，而小說《射雕英雄傳》也忠實地反映了這一橋段。

一一八〇年，札木合協助鐵木眞重創蔑兒乞部，奪回了鐵木眞的妻子孛兒帖夫人，這是兩人之間最美好的一次合作。但僅僅過了一年半，雙方的蜜月期結束了，因爲鐵木眞要收攏舊部起事，而他的舊部多數在札木合麾下效力，矛盾不可避免地產生，兩人和平分手，分道揚鑣，各自發展。

十年後的一一九〇年，鐵木眞已成爲乞顏部可汗，而札木合也成爲了札答蘭部可汗，一山不容二虎，雙方爭奪草原統治權的矛盾不可調和。擦槍走火的導火線是「紿察兒事件」，由於鐵木眞的大將者勒米殺死了札木合的胞弟紿察兒，雙方結下死仇，兩位安答不得不兵戎相見，著名的「十三翼之戰」就此爆發。

此戰是鐵木眞一生中唯一的一場敗仗，但眞正的「勝利者」不是札木合，正是鐵木眞。因爲獲勝的札木合虐殺戰俘，水煮活人，導致人心盡失，部眾紛紛脫離轉投鐵木眞，原本落敗的鐵木眞反而實力大增，爲最終的逆轉翻盤打下基礎。

一二〇四年，當窮途末路的札木合最終在唐努烏拉山被自己的五個手下捆綁獻給鐵木眞時，小說遵循了史實：鐵木眞先是當著札木合的面殺死了五個叛徒，然後提出了重歸於好的建議（當然我個人更認爲這是一種客套和試探），札木合也不愧一代梟雄，不願寄人籬下遭受猜疑，要求不流血而死。鐵木眞答應了他，下令用重物將他壓死，不讓流血（見新版小說）。

關於札木合的死法有三種說法：一是大石頭壓死，二是倒掛勒死，三是皮口袋悶死。顯然金庸先生是採用了第一種說法。

小說中鐵木眞和札木合交惡，是因爲鐵木眞要推行私有制，而札木合要維持氏族公有制，所以兄弟反目。而事實上，早在十一～十二世紀，漠北的氏族制度就已趨於瓦解，私有制產生，出現了階級和貧富兩極分化，部落首領往往就是部落首富，他們擁有大量的戰俘奴隸以及數不清的牛、羊、馬匹。

所有的敵人都死了，整個草原再無敵手，屬鐵木眞的嶄新時代來臨了。從一二〇六年到一三六八年，這一個半世紀的亞歐舞臺是屬蒙古族的，屬鐵木眞和他的子孫們。

在稱霸蒙古的過程中，鐵木眞以他天縱英才般的戰爭指揮藝術，贏得了除了十三翼之戰外的所有戰爭。同時，鐵木眞善於發現人才、挖掘人才，盡可能地招募人才爲己所用。在小說中，他有四個英勇善戰的兒子（朮赤、察合台、窩闊台、拖雷），有蒙古開國四傑（博爾朮、木華黎、赤老溫、博羅渾），還有勇不可擋的蒙古四虎（哲別、者勒米、速不台、忽必來），此外還有四兄弟、四義子。這些人先後聚集在鐵木眞的麾下，爲其死命效力，幫助其打造帝國的原始雛形。

化敵為友

鐵木眞招降哲別就是一個非常典型的人才引進案例，小說和史實非常吻合。

哲別，原名只兒豁阿歹，蒙古別速惕部人，後成爲泰赤烏部首領禿答的下屬。哲別驍勇善戰，箭法超群，此外，還有一手「徒手接箭」並回射的絕活。一二〇一年，鐵木眞征討泰赤烏部，雖然取勝，但也付出了極大的代價。此戰哲別一箭射殺鐵木眞的白嘴黃馬，令鐵木眞惱羞成怒，令全軍圍捕哲別。

哲別遭擒後，鐵木眞問是誰射死了他的戰馬，哲別一口承認，並表示願意執鞭墜鐙效力左右。鐵木眞愛惜他是個人才，於是盡釋前嫌納於麾下，將他改名為哲別（意為箭鏃），要求他「就像我跟前的箭簇似地保護我」。從此，哲別成為鐵木眞的左膀右臂，為其南征北戰立下汗馬功勞。

一二一八年，哲別作為先鋒滅了西遼，帶回一千匹白嘴黃馬，作為戰利品獻給鐵木眞，實現了自己十七年前的諾言：「對我開恩，我將帶來很多這樣的馬。」一二一九年，蒙古遠征花剌子模，哲別作為先鋒緊追國王摩訶末不捨，將其逼入裏海上的一個小島，憂鬱而死。消滅花剌子模後，哲別率領蒙古大軍繼續在中亞大地上縱橫馳騁，陸續將今天的烏茲別克斯坦、阿塞拜疆、格魯吉亞等國納入蒙古版圖。一二二二～一二二四年，哲別、速不台聯軍橫掃俄羅斯南部，大敗俄羅斯諸邦聯軍，攻入克里米亞半島。

第一次西征結束後，哲別班師回國，因為多年戎馬生涯勞累，年事已高的一代箭神在歸國途中與世長辭。成吉思汗聞訊悲痛欲絕，厚葬哲別。

小說中的哲別是一個有情有義的奇男子，他不僅是郭靖的武術啓蒙老師，同時也是郭靖的朋友。這個半師半友的人物在郭靖決意叛蒙歸宋的途中，不僅未加以攔截，反而送上了弓箭、糧食助其逃跑，不惜以得罪大汗的滔天大罪為朋友拔刀相助，他是小說中蒙古諸傑裡最具人性、最有魅力的人物。

小說中的鐵木真，既可以和安答反目成仇，也可以對敵人既往不咎，一切都以「統一大業」為目標。對於一代傑出的軍事家、政治家，金庸將成吉思汗以成功的英明之主來描寫，我覺得還是貼近史實的。小說的最後，成吉思汗駕崩於金帳之中，口中喃喃重複「英雄」二字，至死不解其意。金庸先生用這個橋段，委婉地表達了自己的觀點：聲勢武功固然光彩奪目，但真正的大英雄，卻不是建立在殺戮無數、斑斑血淚的基礎上，只有施行仁政的天下共主，才是真正的大英雄、大豪傑，才能永遠得到人民的紀念和緬懷。

【附：蒙古帝國成立大事記】

- 一一六二年，鐵木真出生。
- 一一八〇年，鐵木真求助於札木合向蔑兒乞部復仇，奪回自己的妻子。
- 一一八四年，鐵木真成為乞顏部首領。
- 一一九〇年，札木合聯合泰赤烏等十三部落圍攻鐵木真，史稱「十三翼之戰」。
- 一一九六年，鐵木真聯合脫斡鄰勒大敗塔塔兒部，金國冊封脫斡鄰勒為「王汗」，冊封鐵木眞爲「札兀惕忽里」（即「前鋒將軍」，小說中的官職爲「北強招討使」。）

●一二〇一年，鐵木眞征討泰赤烏部，降服哲別。
●一二〇二年，鐵木眞盡殲塔塔兒部。
●一二〇三年，鐵木眞吞併王汗的克烈部。
●一二〇四年，鐵木眞吃掉草原最後一霸乃蠻部。投奔乃蠻部的札木合死。
●一二〇六年，斡難河大會，鐵木眞被推選爲草原共主，即「成吉思汗」。
●一二一八年，蒙古滅西遼。
●一二一九年，蒙古第一次西征，攻打花剌子模。確定窩闊台爲汗位繼承人。
●一二二三年，迦勒迦河戰役，蒙古擊潰俄羅斯聯軍。
●一二二七年，鐵木眞病逝於六盤山。蒙古滅西夏。
●一二三四年，蒙古滅金。
●一二三五年，蒙古第二次西征，出征欽察、俄羅斯。
●一二三八年，蒙古大軍攻陷莫斯科。
●一二四一年，拔都率大軍攻入波蘭、匈牙利。
●一二四六年，吐蕃不戰歸順蒙古。

- 一二五二年，蒙古第三次西征（旭烈兀西征），攻陷波斯。
- 一二五三年，蒙古滅大理。
- 一二五六年，蒙古滅木剌夷。
- 一二五八年，蒙古攻陷巴格達。
- 一二七一年，忽必烈建立大元帝國。
- 一二七六年，蒙古攻陷臨安，南宋亡。
- 一二七九年，崖山海戰，南宋流亡政權退出歷史舞臺。

明清闖「三國演義」

李自成走上城頭，眼望城外，但見成千成萬部將士卒正從各處城門入城，當此之時，不由得志得意滿。闖軍見到大王，四下裡歡聲雷動。

李自成從箭袋裡取出三枝箭來，扳下了箭簇，彎弓搭箭，將三箭射下城去，大聲說道：「眾將官兵士聽著，入城之後，有人妄自殺傷百姓、姦淫擄掠的，一概斬首，絕不寬容！」城下十餘萬兵將齊聲大呼：「遵奉大王號令！大王萬歲、萬歲、萬萬歲！」

——《碧血劍》第十九回

個人淺見，《碧血劍》這本小說，是金庸先生所有作品裡，最貼近史實的。這主要表現在三點：時間節點、歷史事件和人物形象。

這部小說雖然在開頭簡單介紹了永樂大帝和海外渤泥國的外交典故，但隨即筆鋒一轉，直接跳過二二五年的漫長明史歲月，從「崇禎六年」開始，正式拉開了明末清初風雲動盪的最後十年序幕。

崇禎六年（西元一六三三年）八月十六，是前遼東督師袁崇煥冤死三周年祭，袁崇煥昔日「山宗」舊部，紛紛從全國各地趕赴粵東聖峰嶂，祕密祭奠昔日主帥。小說的主角——「烈士遺孤」袁承志，也正式表明其忠良之後的身分。

袁崇煥慘死於崇禎三年八月十六，殺他的是崇禎皇帝，但眞正的凶手卻是皇太極，正是他利用鮑承先等人施展反間計，才導致了生性多疑、剛愎自用的崇禎自毀長城，扼殺了大明中興最後的希望。

當然，小說中崇禎和皇太極二人也都沒有得到善終：崇德八年（西元一六四三年）八月初九，皇太極死於瀋陽（小說採用多爾袞弒兄說）；崇禎十七年（西元一六四四年）三月十九，隨著李自成大軍攻破北京，走投無路、眾叛親離的崇禎帝吊死煤山，結束了其可悲、可憐的短暫一生。

《碧血劍》這部小說，忠實地還原了明、清、闖三方勢力及其領導人之間的恩怨糾葛，崇禎、皇太極、李自成三人形象，符合大眾審美要求。此外，明軍的殺良冒功、闖軍的進軍路線、清軍的南下劫掠，都相當符合史籍，稱得上是把握大局、注重細節、與史相符的一部優秀小說。

蒙冤不白

在這部小說裡，還湧現出不少歷史風雲人物，如有多爾袞、孝莊、范文程、寧完我、鮑承先、曹化淳、祖大壽、李岩、紅娘子、劉宗敏、宋獻策、牛金星、劉芳亮、田見秀等，小說的主角袁承志和他們或多或少都打過交道。

這些人當中，大多數遵循歷史形象，但也有少數人與史不合。最典型的莫過於大太監曹化淳，他背負惡名數百年，至今尚未洗清。

小說中，曹化淳是首開城門迎接闖王的大丑角，計六奇的《明季北略》記載：「賊攻西直門，不克，攻彰義門，申刻門忽啓，蓋太監曹化淳所開。得勝、平子二門亦隨破。」此後的諸多史料，都參考了《明季北略》相關記載，把「打開大門迎闖王」的「功勞」算在曹化淳頭上。但是，《明史》對此事無載，曹化淳其人也未入《明史》「宦官列傳」中。

曹化淳到底有沒有開門？個人是傾向未開門的。曹化淳十二歲淨身入宮，陪侍當時還是信王的朱由檢，深得寵信。朱由檢執政後，曹化淳負責平反魏忠賢時期冤案，共處理了兩千餘件。崇禎十一年，曹化淳任司禮秉筆太監、東廠提督，到了人生的最高峰。崇禎十二年，曹化淳上疏告假回鄉。崇禎十七年甲申之變，曹化淳已經在武清故鄉退休五年之久，何來「開城縱賊」一說？

眞正「開門」的，是兵部尚書張縉彥，是他打開正陽門，迎接劉宗敏部入城，讓曹化淳背了數百年的大黑鍋。

曹化淳對明王朝依然是忠心耿耿的。順治入關定大統後，曹化淳赴都上疏，提請妥善處理崇禎帝后陵寢。經清廷恩准，委內官監冉肇總理其事。從這時起，有關「曹化淳開門」的流言就開始四處散布，爲此順治皇帝還專門「闢謠」，還曹化淳一個清白。

但由於「滿清皇帝」、「前明太監」這兩個關鍵詞，在東林餘黨的推動下，民間輿論對官方「闢謠」並不完全認可，故而到了今天，「曹化淳開門」一事，仍被廣泛收錄在《流寇傳》、《國榷》、《痛史本崇禎長編》、《崇禎實錄》、《明史紀事本末》等各種古籍中，蔡東藩先生的《明史通俗演義》以及現代多數歷史教材，均採用了此說。

或許曹化淳自己也覺得太冤，臨終之前寫了一首〈感懷詩〉：「報國愚忠罔顧身，無端造誣自何人？家居六載還遭謗，並信從前史不眞。」這首絕命詩，也可以看出曹化淳對流言的無奈以及對自身的感慨了。

另外值得一說的是袁崇煥。

千古英烈

金庸在《碧血劍》「後記」裡曾說過，「《碧血劍》的眞正主角其實是袁崇煥，其次是金蛇郎君，兩個在書中沒有正式出場的人物」。金蛇郎君是個虛構人物，可以拋開不談，袁崇煥其人其事値得探討。

天啓二年（西元一六二二年），三十八歲的福建邵武知縣袁崇煥升調北京聽用，隨即單騎出關巡視遼東，豪言「予我軍馬錢穀，我一人足守此」。

天啓六年（西元一六二六年）正月，袁崇煥鎭守寧遠城，努爾哈赤率大軍來攻，不克，反爲炮所傷，同年八月，不治而亡。袁崇煥遣使弔唁，皇太極回使致謝。

天啓七年（西元一六二七年）五月，皇太極率軍傾巢而出攻打寧遠、錦州，大敗而回，袁崇煥再取寧錦大捷。由於受到魏忠賢排擠，袁崇煥掛印去職，告病回鄉。八月，明熹宗朱由校死，其弟信王朱由檢繼位，是爲崇禎帝。年底，崇禎清除魏忠賢閹黨集團。

崇禎元年（西元一六二八年）四月，崇禎起復袁崇煥，任命其爲兵部尚書兼右副都御史，督師薊、遼，兼督登、萊、天津軍務。七月袁崇煥入都，崇禎帝召見平臺。袁崇煥慷慨陳詞，計畫五年復遼，崇禎大喜，賜尚方寶劍，許以先斬後奏、便宜行事。

崇禎二年（西元一六二九年）六月，袁崇煥用尙方寶劍計斬皮島總兵毛文龍。十月，皇太極借道蒙古諸部，從喜峰口入長城，繞過關寧錦防線直撲北京，袁崇煥率領九千鐵騎星夜回援。十一月，北京保衛戰爆發。一二月，戰事正酣，崇禎將袁崇煥下獄，祖大壽失望退兵，滿桂、孫祖壽戰死，皇太極大掠四方後班師回國。

崇禎三年（西元一六三〇年）農曆八月十六，袁崇煥被以「謀叛欺君，結奸蠹國」的罪名磔死菜市口，親屬流放三千里，籍沒其家。

縱觀袁崇煥的一生，赫赫戰功在天啓朝，蒙冤不白在崇禎朝。袁崇煥取得寧遠、寧錦兩次大捷，打退了努爾哈赤、皇太極兩代強人，其能力自不必懷疑。但，爲何公認的昏君能夠養成戰神袁崇煥，而公認的勤勉之君崇禎卻容不下他呢？說好的「五年復遼」，只不過區區一年半，崇禎就喪失了耐心，將袁崇煥收監問罪。此情此景，需要從天啓、崇禎兄弟二人的性格去分析。

天啓帝是中國歷史上著名的「木匠皇帝」，爲人昏庸荒唐，政治能力極低，國家大事盡被魏忠賢及其黨羽把持。崇禎卻是個勤勉奮進、果斷幹練的皇帝，有中興大明之志向，無荒淫懈怠之癖好，在明朝諸帝中，崇禎的個人操守堪稱優秀。

但與之而來的，崇禎也有著致命的性格弱點：多疑、偏執、剛愎、自我、吝嗇、短見，這些缺點（「負能量」）綜合起來，頓時壓過優點（「正能量」）一頭。朱由檢在執政十七年之後，終於不堪內憂外患，只能選擇「君王死社稷」這一條路。

由此可見，昏君因爲放任不管，臣下反而可以放開手腳大膽工作；而「明君」因爲事無巨細親自過問，臣下處處受制，難免礙手礙腳，如果臣子既熱血又天眞，輕信皇帝的許諾，成功倒還好說。若是失敗，在嚴苛問責機制下要找一隻替罪羊，自然只有死路一條。

對於崇禎的死，史學家歷來多有同情、惋惜，大概源於那份著名的血書遺詔：「朕涼德藐躬，上干天咎，致逆賊直逼京師，皆諸臣誤朕。朕死，無面目見祖宗，自去冠冕，以髮覆面，任賊分裂，勿傷百姓一人。」

崇禎至死也不肯原諒他的文武臣工，認爲自己只是運氣不好，並非眞正的「亡國之君」。有趣的是，他的兩大死敵李自成和皇太極，也接受了這種觀點。李自成在他的〈登極詔〉中說明朝「君非甚暗，臣盡行私」；清人張廷玉主編的官方正史《明史》也對崇禎帝蓋棺定論：「莊烈非亡國之君，而當亡國之運」、「祚訖運移，身罹禍變，豈非氣數使然哉」。

崇禎許給袁崇煥「五年復遼」的時間，給錢給兵給寶劍，卻因爲滿清鐵騎兵臨北京城下而耐心盡失，處死了自己的帝國中流砥柱。究其原因，第一是個性使然，崇禎目光短淺，急功近利，達不到「用人不疑、疑人不用」的境界；而袁崇煥的「五年復遼」計畫，竟然也是「聖心焦勞，聊以是相慰耳」，難免有誇海口之嫌，也爲自己日後的橫遭慘死埋下了禍根。第二是袁崇煥和皇太極陣前多有書信往來，確有「議和」（爭取時間）之事，加上漢奸鮑承先施展反間計，讓崇禎確信袁崇煥有通敵賣國的不臣之心。第三是袁崇煥輕信皇帝的尚方寶劍可以「先斬後奏」，擅自處死了皮島總兵毛文龍，替滿清去除了一個背後牽制力量，引起了崇禎的不滿。第四就是袁崇煥自己太幼稚，政治手腕不夠成熟，眞以爲「將在外君命有所不受」，卻看不到種種血腥的前車之鑑。

綜上所述，書生意氣、理想主義的儒帥袁崇煥，遇到了極度敏感、現實主義的「明君」朱由檢，兩個人的性格差異太大，註定了袁崇煥的悲劇結局。袁崇煥與其說是死於皇太極的「借刀殺人」，倒不如說是死於崇禎的「有仇必報」——派你戍邊、委以重任，結果敵軍打到了京師城下，你不死還能如何？之前對你宿怨已久、積怨難消，正好新仇舊恨一起算，你不死還能如何？

金庸先生顯然是極爲推崇袁崇煥的，專門爲其補寫了一篇〈袁崇煥評傳〉，在「評傳」中，有兩段話我特別喜歡：

「袁崇煥卻是眞正的英雄，大才豪氣，籠蓋當世，即使他的缺點，也是英雄式的驚世駭俗。他比小說中虛構的英雄人物，有更多的英雄氣概。」

「他的性格像是一柄鋒銳絕倫、精鋼無儔的寶劍。當清和升平的時日，懸在壁上，不免會中夜自嘯，躍出劍匣。在天昏地暗的亂世，則屠龍殺虎之後，終於寸寸斷折。」

大英雄萬古流芳、永垂不朽！

康熙大帝平定四方

康熙又嘆了一口氣，抬起頭來，出神半晌，緩緩的道：「我做中國皇帝，雖然説不上堯舜禹湯，可是愛惜百姓，勵精圖治，明朝的皇帝中，有哪一個比我更加好的？現下三藩已平，臺灣已取，羅刹國又不敢來犯疆界，從此天下太平，百姓安居樂業。天地會的反賊定要規復朱明，難道百姓在姓朱的皇帝治下，日子會過得比今日好些嗎？」

——《鹿鼎記》第五十回

毫無疑問，長篇巨著《鹿鼎記》是金庸十四天書裡，最像歷史小説的武俠小説，連金庸自己也在小説「後記」裡，坦言「《鹿鼎記》已經不太像武俠小説，毋寧説是歷史小説」。這部大師的封筆之作，也得到了廣大讀者冰火兩重天的評價：喜歡者認爲這是金庸先生寫得最成功、最出色的作品，空前絕後；而不喜歡的讀者則會發出這樣的質疑——「《鹿鼎記》

是不是別人代寫的？」逼得金庸在「後記」裡專門解釋：當然完全是我自己寫的。一個作者不應當總是重複自己的風格與形式，要盡可能地嘗試一些新的創造。

這部小說的男主角是市井混混韋小寶，但隱形的男主角卻是康熙。清聖祖康熙大帝在位六十一年，是中國歷史上執政時間最長的皇帝，在他任內，智除鼇拜，平定三藩，收復臺灣，北拒沙俄，親征準部，和好西藏。這六件大事在小說中，康熙借著韋小寶之手，一一達成，實現了一統華夏之夢。當然，小說將統一大業的所需時間大大縮短了，歷史上康熙花了五十二年（西元一六六九～一七二一年）才平定四方，而小說裡，韋小寶只用了區區十五年就完成任務（西元一六六九～一六八四年）。金庸「快馬加鞭」縮短歷史進程，也是爲了讓韋小寶三十歲之前「告老還鄉」，以免「韋小寶」不愼變成「韋老寶」。

智除鼇拜

康熙皇帝清除政敵、掃平四方的歷程，也相當不容易。小說和歷史一樣，最先是從顧命老臣鼇拜下刀。

康熙八年五月十六日（西元一六六九年），毫無防備的輔政大臣鼇拜在去上書房議事的途中，被康熙手下的一群小侍衛放翻。吏部侍郎索額圖是主要策劃人之一，康親王傑書是鼇拜三十條罪狀的起草人，而太皇太后孝莊是此事件的幕後推手——她眞心希望她的孫子早日臨朝親政。

鼇拜雖然擅權、驕橫，卻無反心，相反，他甚至可以算是一個忠心耿耿的三朝老臣。康熙清除鼇拜事發突然，但並未引起惡性連鎖反應，可見彼時的滿清朝廷內部，並未出現逆臣謀反的隱患。

鼇拜的失敗，只能歸結爲他自己太傻、太天眞，他看到順治清算死去的多爾袞，卻想不到康熙會清算活著的自己。所以康熙自己也知道，清算鼇拜一事多少不太厚道。康熙五十二年，老年的玄燁追贈鼇拜一等阿思哈尼哈番，許其從孫蘇赫襲。雍正、乾隆兩朝，對鼇拜的平反工作進行得更加隆重、全面，重新賜其一等公爵位，只不過此時的鼇拜早已朽骨化泥，一無所知了。

康熙清算鼇拜一事，迅速引起了一個人的高度警覺，這個人就是平西王吳三桂。

平定三藩

吳三桂的履歷，人們並不陌生，「衝冠一怒爲紅顏」，不惜身後罵名引兵入關。因爲投降帶路、追剿李闖等功績，順治十五年（西元一六五八年），順治皇帝根據洪承疇的建議，「命平西王駐鎭雲南」，同時，命平南王尙可喜駐鎭廣東，靖南王耿繼茂駐鎭四川（次年改駐福建，用以防備明鄭）。而另外一位漢人藩王定南王孔有德，由於在一六五二年「桂林之圍」中滿門被殺，只有一女孔四貞逃出，故而孝莊趁機將其收爲養女，不動聲色地將廣西藩鎭的軍政大權收回。

吳三桂受封雲貴後，藉口「駐守西南、以防永曆」，牢牢把握軍政大權，儼然是獨霸一方的土皇帝。康熙清算鼇拜，向外界表達了親政的信號，既然對同族功勳老臣都能下手，那麼外族重臣，自然更加犯忌。吳三桂想到這一點，制訂了投石問路的計畫：準備聯合耿、尙二人上書要求撤藩，用以試探清廷態度。

廣東方面，尙可喜是個對清廷忠心耿耿的人物，不願追隨吳三桂起事。早在一六五三年，他就曾上書順治帝，請求解甲歸田，此後直到一六七三年，尙可喜在二十年的時間裡，先後上了十一道奏章，主動請求歸老遼東，由其子尙之信留鎭廣東、承襲王爵。

康熙對「識相」的尙可喜很滿意，順水推舟，允許了尙可喜的撤藩要求，但要求尙之信一同遷走關外，廣東政權收歸中央。事已至此，尙可喜唯有服從，故而態度恭順，準備擇日啓程，而尙之信則心懷不滿。

福建方面，其時耿繼茂已死，子耿精忠繼位。耿精忠反客爲主，緊隨尙可喜也上了一道撤藩奏章，用以試探康熙的態度。吳三桂自然不甘人後，於同年的七月，也上呈撤藩申請。

耿、吳二藩幾乎同時上書請求撤藩，引起了滿清朝廷極大的震動，文武臣工都知道這是三藩以退爲進的策略，故而大多數臣子都持謹慎保留態度，唯獨兵部尚書明珠、戶部尚書米思翰、刑部尚書莫洛等少數人主張撤藩（小說中滿朝文武全部畏懼吳三桂淫威，並不符合實際，明珠被嚴重醜化）。

年輕氣盛的康熙皇帝決然批准撤藩，索性假戲眞做。撤藩令一下，三藩震動，吳三桂「愕然氣阻」。事已至此，逼得吳三桂不得不反。

一六七三年十一月二十一日，吳三桂悍然起兵，以「興復明室」的名義反清，自稱「天下都招討兵馬大元帥」。吳三桂起兵後，四處拉攏盟友，除了向耿精忠、尚可喜求助外，還給臺灣鄭經、西藏達賴、陝西提督王輔臣等人發函，相約共同起事，合力反清。這和小說中吳三桂聯絡尚可喜、耿精忠、噶爾丹、桑結、沙俄、神龍教等勢力如出一轍。

一六七四年三月十五日，耿精忠響應；隨後，臺灣鄭經響應；年底，王輔臣響應；一六七六年二月，尚之信幽禁尚可喜，響應；如果加上各地蜂起的義軍，整個長江以南國土，盡皆舉旗反清。

面對如此不利局面，康熙沉著冷靜，做了三手應對措施：首先駁斥了索額圖的「治罪撤藩大臣」建議，堅定了滿朝文武同仇敵愾的抗敵之心；其次將吳三桂之子吳應熊、之孫吳世霖處以絞刑，斷絕了和吳三桂劃江而治的議和可能，同時將剛滿周歲的嫡長子胤礽冊封爲皇太子，用以穩定人心和國本；最後，採用剿撫並用的方法，分化、瓦解敵人並不牢固的聯盟陣營，成功策反了王輔臣、耿精忠、尚之信三路兵馬，加上自行離去的鄭經勢力，導致了吳三桂最終變成眞正的「孤家寡人」。

戰事之初，蓄養多年、準備充分的吳軍大占上風，一度攻至長江南岸。但隨著盟友的紛紛離去，清廷能夠騰出手來集中兵力對付吳三桂，勝負之勢逐漸逆轉。一六七六年長沙之戰、一六七八年岳州之戰兩次大戰後，吳三桂日漸途窮。爲了鼓舞人心，一六七八年，吳三桂在湖南衡陽稱帝，其「反清復明」口號不攻自破，導致了更多的人離開他。

驚怒交加的吳三桂在一六七八年的八月十七日病死於湖南，其孫吳世璠「繼位」。康熙毫不手軟，繼續發動大軍水陸夾擊，連戰連捷，並於一六七九年九月收復衡陽。吳軍倉皇逃回昆明，據城死守。

一六八一年十月，清兵攻破昆明城，吳世璠自盡。至此，爲期八年的「三藩之亂」終告結束。

平定三藩之後，康熙並沒有就此罷手，除了將吳三桂骨灰、吳世璠首級分發各省示眾外，還將耿精忠凌遲處死、尙之信賜死，徹底消滅了三藩藩王，防止死灰復燃。王輔臣見狀，料知不得免，遂喝毒酒自盡。

在八年平叛戰爭中，康熙敏銳地發現，滿清旗兵已然不復當年之勇，綠營漢兵卻是能征善戰，湧現了張勇、趙良棟、孫思克和王進寶（合稱「河西四漢將」）這樣的得力幹將。在小說中，韋小寶和他們結拜為異姓兄弟，交情著實不錯。

收復臺灣

南方已平，大軍未返，考慮到臺灣明鄭與清廷的多年糾葛，康熙決定揮師東征，趁機收復臺灣！

臺灣島孤懸海外，易守難攻，加上鄭氏經營多年，人心凝聚，根基穩固，因此極不好辦。但好消息是，三藩掃平的同年，鄭經病逝了，其繼位的長子鄭克𡒉又被馮錫範、劉國軒等人謀害，年僅十一歲的鄭經次子鄭克塽成為傀儡。鄭氏集團內鬨不止，臺灣政局動盪不安。

康熙沒有讓天賜良機白白溜走。

與平三藩發現河西四漢將一樣，收臺灣主要靠的是施琅。

施琅，福建晉江人，最初是南明平國公鄭芝龍手下部將，一六四六年隨鄭芝龍降清。

由於芝龍子鄭成功不願投降，率眾出海繼續抵抗。一六四八年，施琅受其感召，復而叛清歸鄭，成爲鄭成功麾下最年輕的高級將領。

施琅生性耿直、衝動，容易得罪人，而鄭成功還小施琅三歲，作爲一軍之主更是年輕氣盛，故而雙方經常就作戰方案、籌措軍餉等問題產生矛盾，漸漸有了隔閡。一六五二年，因爲標兵「曾德事件」，施鄭二人徹底決裂。盛怒下的鄭成功將施琅的父、弟斬首，僥倖逃脫的施琅發誓要報仇雪恨，隨即投奔清廷，被授予同安總兵一職。從此，曾經並肩作戰的戰友，變成了水火不容的死敵。

一六六二年二月一日，鄭成功從荷蘭人手裡奪回了臺灣，但僅隔數月，這位大英雄就不幸病逝了，年僅三十九歲，軍政大權被其長子鄭經繼承。

趁此良機，施琅隨即出兵，奪回了被鄭軍占領的金門、廈門、東山島，鄭軍在福建沿海的據點全部失守。施琅趁熱打鐵，於一六六四年、一六六五年、一六六六年率部三征臺灣，但由於時運欠佳，三次出兵都被颱風暴雨無情阻止。

如今，歷史走過一個驚人的循環，隨著鄭經的去世，收復臺灣島終於再次提上了日程！

鄭經在世時，清廷也曾數次遣使招撫，希望和平解決臺海紛爭，但鄭經一口咬定「（臺灣）照朝鮮、琉球事例，不削髮登岸，可稱臣納貢」，是爲變相的「一邊一國」；而康熙也堅持自己的主張，認爲兩岸同文同種、華夏一家，不比朝鮮、琉球例，明確要求明鄭政權「遵制剃髮歸順，則臺灣之地，許其藩封，允其居住」，兩邊的談判底線始終不能達成一致，故而談判多年，徒勞無益，空費脣舌。

一六八一年七月，施琅被任命爲福建水師提督，加封太子太保，總領征臺事宜。康熙在最後的決戰之前，依然「先禮後兵」，委派使節赴臺招撫，而鄭克塽還是要求「一邊一國」，談判遂告破裂。

康熙二十二年（西元一六八三年）六月，施琅奉旨征臺，統率官兵兩萬一千餘人，配置大鳥船七十艘、趕繒船一〇三艘、雙帆船六十餘艘，浩浩蕩蕩兵發澎湖——臺灣的海上西大門。

鄭軍大將軍劉國軒也早已在澎湖配備了全部的海軍精銳，以逸待勞，準備和施琅一決高低。

六月十六日，兩軍展開了遭遇戰，由於清軍好勝心切，加上潮落風逆，被鄭軍圍在核心窮追猛打。施琅被炮火燒傷面部、右眼視力大損，但依然不下火線，指揮全軍衝出包圍圈，突圍而去。

初戰失利，並未讓施琅變成驚弓之鳥，卻讓劉國軒狂傲之心大起，認爲清軍水師不堪一擊，叛將施琅不過如此。二十二日，休整完備的清軍向澎湖守軍發起了總攻，清鄭之間的最後大決戰來臨了！

施琅將船隊分爲奇兵、疑兵、中軍、後援四部分，以「五梅花」船陣爲一個作戰單位，造成局部的以多打少；而劉國軒則匯聚全部主力出港，集中攻擊清軍主帥旗艦。兩軍交戰後，吶喊震天，煙焰蔽日，咫尺莫辨，空中火箭、矢石、炮彈如同飛蝗，戰況極其慘烈！

雙方都十分驍勇善戰，故而傷亡慘重，誰能堅持到最後，誰將獲得最後的勝利。危急時刻，施琅將奇兵調出，將鄭軍水師各個分割、逐個擊破。鄭軍水師遂陷入被動挨打之中，損失慘重。劉國軒見本方落敗，召集全部船隻突圍，無奈清軍船集如葉，將鄭軍逼入礁石遍布的絕地：吼門灣。

劉國軒危急之下，跪倒在甲板上，祈求上蒼保佑。說來也巧，突然一陣大潮湧來，風向又變，鄭軍殘存水師急忙趁機逃出澎湖戰場，劉國軒保住一條性命。

澎湖海戰，鄭軍陣亡將領四十七員、軍官三百餘人，戰死、溺死、燒死的士兵一千二百餘人，損失戰船共計一百九十四艘，此外，一百六十五名軍官、四千八百五十三名士兵投降——明鄭喪失了幾乎全部的主力，再也沒有實力和清軍對抗，而劉國軒更是一戰破膽，從主戰派轉變成最堅定的投降派。

在劉國軒、馮錫範等人的授意下，七月十五日，鄭克塽派遣使節到澎湖遞交降書，次日，施琅遣侍衛吳啓爵、筆帖式常在赴臺曉諭，明鄭自鄭克塽以下，全部剃髮稱臣，自此，臺灣割據政權宣告覆滅。臺灣歸入清朝版圖。

臺灣回歸後，康熙曾考慮將寶島「遷其人、棄其地」，幸虧施琅、姚啓聖、趙士麟、蘇拜等大臣挺身而出，曉以利害，堅決反對，康熙這才決定留臺不棄，將臺灣劃歸福建管轄，島上設立一府三縣，並派兵員八千駐防，另在澎湖設兵員兩千協防。

施琅立下首功，也收穫了豐厚的回報：被封爲靖海侯，賞頂戴花翎。靖海侯霸占了臺灣南部半數田地，無數農民、佃戶不得不租種求生，每年向施家繳納數額巨大的「施侯大租」。一直到清朝滅亡，施家後人過上了不勞而獲的巨蠹生涯，和小說中「施清章貪」完全背道而馳。

征討羅剎

三藩既平，臺灣又定，康熙把目光瞄向了滿清龍興之地——關外。在帝國的北疆，來自更北方的羅刹國（沙俄），對中國邊境鯨吞蠶食、野心不斷，沙俄匪兵燒殺搶掠、無惡不作，如今，反擊的時機已到！

早在明末，沙俄就趁中國內亂，派出騎兵屢屢南下，但大多數是劫掠一番即刻返回。隨著滿清入關，關外守軍不足，故而沙俄膽子越來越大，以至於公開侵占中國領土：一六五〇年，沙俄哈巴羅夫奪取了雅克薩，改名「阿爾巴津」；一六五八年，沙俄又侵占了尼布楚，改名「涅爾琴斯克」。從此，沙俄就以這兩城爲據點，對中國黑龍江中下游地區展開了軍事擴張活動，強行殖民屯墾。

此外，沙俄還進一步煽動、拉攏東北地區的少數民族頭領叛變清朝，策劃分裂和顛覆活動：一六六七年，朝廷四品大員、達斡爾族酋長根特木耳率領一百餘人叛逃沙俄，一六七三年、一六七四年，又有保代等人陸續叛逃。

康熙親政後，多次傳信俄國沙皇，對侵略活動表示抗議並追索逃人，但沙俄一直不予理睬，我行我素。隨著中國南方的平定，清俄之間一場大戰已勢不可免。

康熙二十四年（西元一六八五年）四月，都統公彭春、前都統郎坦、班達爾沙和黑龍江將軍薩布素率領三千士兵，自瑷琿出發，水陸並進攻取雅克薩。出征途中，突然有數萬頭麋鹿受驚，奔入軍中，眾將官歡聲雷動，捕獲麋鹿五千餘頭，以爲軍糧（這個吉兆巧妙地被金庸引入到小說中，變成了韋小寶和雙兒騎鹿進城）。

六月二十二日，大隊清軍兵臨城下，按照慣例，向雅克薩俄軍統帥托爾布津（小說中的「圖爾布青」）下最後通牒，勒令對方立刻棄城投降。但托爾布津倚仗城中四百五十名俄兵、三門火炮和三百枝火槍，妄圖負隅頑抗，「反目相視，施放槍炮」，迫使清軍決定攻城。

二十三日清晨，三千清軍分水陸兩路攻擊：陸軍、水師布於城南，火炮布於城北，兩邊同時開火，一時間雅克薩城頭硝煙四起、殺聲大作。由於清軍人數、火力遠優於俄軍，故而戰鬥不久，俄軍出現大量傷亡，托布爾津無奈，只能堅守不出，同時向附近的俄軍求救。

二十五日，一支沙俄援軍從上游乘筏前來，清軍祭出了祕密武器：藤牌軍。這支藤牌軍的主將是鑾儀使林興珠（小說中陳近南的部下，史有其人），林是福建人，最早是鄭成功的部下，一六五六年降清，其率領的藤牌軍參與了平定三藩之役，屢立奇功。

爲了防備沙俄火槍，林興珠特意改良了傳統的藤牌，墊厚了夾襯棉層，使之更加牢不可破。

眼看沙俄援軍迫近，五十七歲的林興珠大喝一聲，赤裸上身，一手持片刀一手舉藤牌，率先跳入江中迎敵。四百藤牌健卒齊聲吶喊，緊隨主將之後，頭頂藤牌手拿片刀跳入水中，飛速向敵筏靠近。俄軍開槍施射，藤牌軍則躲在水中，用藤牌護住頭面，故而「火器無所施、槍矢不能入」。

藤牌軍利用水流和藤牌的掩護，對俄軍展開了迅如風雷的反擊：用片刀猛砍敵人腳脛。一時間江水之中，浮滿了死傷的俄軍士卒，而藤牌軍一無所傷（小說中，藤牌軍採用地趟刀戰術，殲滅的是俄軍的哥薩克騎兵）。

因爲藤牌奇軍殲滅了沙俄援軍，斷絕了托爾布津的念想，故而托爾布津在彈盡糧絕後，不得不向清軍投降，並向清軍統帥彭春立誓永不再犯。清軍則按照康熙的「勿殺一人、俾還故土」指令，對俘虜實行了寬大政策，放其回國。

然而，背信棄義的托爾布津在逃到尼布楚後，賊心不死，在打聽到清軍並未駐防雅克薩後，於兩個月後再次侵占雅克薩。對於沙俄的這番舉動，康熙十分惱火，翌年（西元一六八六年）二月，康熙詔命將軍薩布素、副都統郎坦等率所部二千人再攻雅克薩，老將軍林興珠也帶上了他的藤牌軍再次出征，二攻雅克薩，清軍不再客氣，斬殺俄兵七百多人，倖存者僅六十六人，托爾布津也在一次突圍中被擊斃。

至此，沙俄徹底斷絕了與清廷開戰的想法。

康熙二十八年（西元一六八九年）八月二十二日，中俄雙方開始進行兩國劃界談判，至九月七日，終於敲定了《中俄尼布楚條約》，條約共有六款，兩國以額爾古納河－格爾必齊河－外興安嶺爲界，以南屬中國，以北屬沙俄，雅克薩城重歸清朝懷抱。

由於此時準噶爾部的噶爾丹勾結沙俄，意圖在新疆叛亂，所以康熙做出重大讓步，將尼布楚城劃歸沙俄統轄。沙俄在得到重大收益後心滿意足，與清廷簽訂了和平協定。

有人說，《中俄尼布楚條約》是中國歷史上第一個與外國簽訂的「平等條約」。對此實在不敢苟同，清廷勝而割地，沙俄輸而得城，何來「平等」可言？

但《中俄尼布楚條約》確保了清廷東北邊疆一百七十年的平安，直到一八五八年的《璦琿條約》和一八六〇年的《北京條約》，和平再次被打破，沙俄竊取了中國東北黑龍江以北、外興安嶺以南近六十萬平方千公尺土地，雅克薩城不幸再次爲惡鄰所盜。

千古一帝

康熙平定東北邊陲以後，在接下來的時間裡，先後穩定了西北準部和西南西藏（小說中的噶爾丹和桑結，由於小說並未展開此情節，故而本節也不再贅述）。經過數十年的斷斷續續的戰爭，周邊五路反對勢力逐個被康熙掃平，康熙維護了國家的統一，從這點說，無愧於其「千古一帝」的稱號！

《鹿鼎記》這部小說，較爲忠實地體現了康熙皇帝文治武功的不凡一生，小說中出現的歷史人物，如鼇拜、索額圖、康親王、明珠、施琅、林興珠、趙良棟、張勇、陳近南、馮錫範、鄭克塽、吳三桂、吳應熊、噶爾丹、桑結等人，甚至包括蘇菲亞公主、圖爾布青這些外國人，都基本符合歷史形象，從這點說，《鹿鼎記》是一部成功的歷史武俠小說！小說用虛構的「知母不知父」的韋小寶來穿插全書，帶動情節的發展，無疑是極爲高超的，擴大了康熙皇帝的活動路線，給讀者帶來耳目一新的感覺，因此這部小說得到頗多讀者的讚譽，也絲毫不以爲奇。

鴿派皇帝耶律洪基

（耶律洪基）當即拔出寶刀，高舉過頂，大聲說道：「大遼三軍聽令。」遼軍中鼓聲擂起，一通鼓罷，立時止歇。耶律洪基說道：「大軍北歸，南征之舉作罷。」他頓了頓，又道：「於我一生之中，不許我大遼國一兵一卒，侵犯大宋邊界。」說罷，寶刀一落，遼軍中又擂起鼓來。

蕭峰躬身道：「恭送陛下回陣。」

——《天龍八部》第五十回

遼道宗耶律洪基是《天龍八部》中一個比較重要的大配角，小說中的他個性鮮明、勇武好戰，時時刻刻想著吞併南朝一統中國，最後走上了一條窮兵黷武之路。

然而歷史上的耶律洪基卻根本不是這個形象。

親宋漢化

歷史上的耶律洪基是一個十分親宋的遼國皇帝，漢化程度極高，終其一生，從未有過半點入侵大宋的想法，更不用說付諸行動了。《天龍八部》讓耶律洪基背了一個大黑鍋。要說耶律洪基，必須先簡單介紹一下北宋和遼國的百年外交關係。

西元九〇七年，耶律阿保機被草原八大部落首領推選為可汗。

西元九一六年，阿保機正式立國，國號「契丹」。

西元九三六年契丹扶植石敬瑭建後晉國，作爲回報，石敬瑭認遼太宗耶律德光爲「父皇帝」，自居「兒皇帝」，並割燕雲十六州於契丹，由於占據了燕雲十六州的肥沃遼闊土地，契丹改國號「遼」。

西元九四七年，後晉出帝石重貴反遼被滅。

西元九五一年，遼再次扶植劉崇成立北漢小王國，以作爲中原政權的戰略緩衝帶。

西元九六〇年，北宋趙匡胤陳橋兵變代周立國。

西元九七九年，宋太宗揮師北上討伐北漢，北漢亡，遼國作爲北漢的宗主國應邀援漢攻宋，自此兩國交惡。

西元九七九年，北宋挾滅北漢之風首伐遼國，在高梁河一役大敗而回。作爲報復，遼軍曾數度越界南下（滿城之戰、雁門之戰、瓦橋關之戰）。

西元九八二年，遼景宗去世，雙方處於休戰狀態。

西元九八六年，趙光義再次三路北伐（雍熙北伐），由於準備不足，再次大敗，名將楊繼業戰死，北宋從此失去了收復燕雲十六州的軍事實力，從主動進攻被迫轉入戰略防禦。

西元一〇〇四年，大遼承天太后蕭綽、聖宗耶律隆緒親率大軍南下攻宋，宋眞宗趙恒在宰相寇準的「逼迫」下無奈御駕親征，兩國最高元首匯聚於濮陽城黃河北岸。由於雙方都對戰爭的最終結局缺乏必勝信心，兼之遼國大將蕭撻凜意外中箭身死，遼國主動請和。太平天子宋眞宗對此一拍即合，兩國遂簽署《澶淵之盟》，約爲兄弟之國，世代通好。

從一〇〇四年宋遼《澶淵之盟》條約締結之日起，一直到一一二〇年宋金祕密締結「海上之盟」相約夾擊遼國，這一百一十六年的歲月，宋遼這兩個屹立在世界東方的大帝國基本保持著友好往來的局面，雙方每年互派使者通好：賀生辰、賀正旦以及弔祭，從一〇〇四年到一一二一年，共計六百四十三次之多，遼國稱呼宋朝爲「南朝」，而宋朝則心照不宣地稱呼遼國爲「北朝」。

當然，其間也有一些小小的不和諧音符：遼有「重熙增幣（慶曆增幣）」（西元一〇四二年）和「熙寧劃界」（一〇七四～一〇七六年），利用宋夏開戰趁火打劫；而宋也有鷹派人物輕啓邊釁，雄州知州趙滋將在兩國界河中捕魚的契丹漁民射殺並沉船（西元一〇六一年）。但總體而言，依然是和平的時候多，而摩擦的時間少，算得上是天下太平。

故而，在小說發生的西元一〇六二～一〇九四年間，宋遼兩國一直睦鄰友好，互不交兵，以兄弟之國交往。既沒有遼道宗耶律洪基的處心積慮鐵騎南下，也沒有宋哲宗趙煦的勵精圖治整軍北伐。

耶律洪基是遼國的第八位皇帝，其祖父爲遼聖宗耶律隆緒，其父爲遼興宗耶律宗眞，祖孫三人分別坐了五十年、二十五年和四十七年的皇帝寶座，加起來長達一百二十二年之久，占了遼朝國祚（共二〇九年）的一半還多，這和後世的明代嘉隆萬三朝、清代康雍乾三朝極爲相似。耶律洪基很長壽，一〇三二年出生，一〇五五年即位，一一〇一年去世，享年六十九歲。

縱觀耶律洪基的一生，有三個關鍵詞需要提出：親宋漢化、識人不明、醉心佛法。如果說第一條是「正能量」的話，後兩條直接將遼帝國一步步推向衰亡。

耶律洪基是一個十分仰慕宋朝的皇帝，其實自契丹草原開國以來，一直對中原的漢文化有著近乎虔誠的學習之心，《澶淵之盟》簽署後，宋遼兩國從高層到民間，雙方的政治、經濟、文化交流活動貫穿了整個十一世紀而絡繹不絕。到了耶律洪基親政後，更是到了登峰造極的地步。

耶律洪基本人是宋仁宗的忠實粉絲，對宋仁宗趙禎無比崇拜。耶律洪基的仁宗情結從何而來？舉幾個例子。

話說耶律洪基當太子時，有一次曾化裝成賀正旦使的隨從混進大宋都城。他以爲此事人不知鬼不覺，其實宋朝安插在遼國的奸細早就將情報反饋到宋仁宗那裡。仁宗接見遼國來使的最後環節，笑嘻嘻地下殿，將耶律洪基從人群中隆重請出，拉著他的手遊覽大宋禁宮，最後語重心長地勸勉這位別有用心的遼國皇侄：「朕與汝一家也，異日惟盟好是念，唯生靈是愛。」搞得耶律洪基又感動又慚愧，從此在心中埋下了仁愛親宋的種子。

一〇六三年，宋仁宗去世，告哀使節將噩耗傳到遼國時，耶律洪基拉著宋朝使臣的手痛哭：「四十二年不識兵革矣！」不只耶律洪基哭，當時許多遼人也哭了。據宋人陳師道在《後山談叢》記載：「仁宗崩，訃於契丹，所過聚哭。」「仁宗皇帝崩，遣使訃於契丹。燕境之人，無遠近皆聚哭。」宋仁宗的人格魅力由此可見一斑。

宋人晁說之在《嵩山文集》卷二〈朔問下〉中記載：「虜主（耶律洪基）雖生羯犬之鄉，爲人仁柔，諱言兵，不喜刑殺。慕仁宗之德而學之，每語及仁宗，必以手加額。爲仁宗忌，日齋不忘。嘗以白金數百，鑄兩佛像，銘其背曰：『願後世生中國。』」

宋人邵伯溫在筆記《邵氏聞見錄》中記載：遼道宗耶律洪基曾對宋哲宗使臣說：「寡人年少時，事大國（宋朝）之禮或未至，蒙仁宗加意優容，念無以爲報。自仁宗升遐（去世），本朝奉其御容如祖宗。」說完流下了感傷的眼淚。

這些事蹟都深深表明了耶律洪基是一個十分親宋的皇帝，如此親宋的一個人，又怎麼會時時刻刻以南侵爲己任呢？且耶律洪基的漢化程度極高，詩賦成就在遼代諸帝中應該是最高的。耶律洪基的詩作受唐詩影響較深，講究韻致，反映了契丹貴族崇尚中原文學，積極學習和吸收漢文化的傾向。其與臣下常有「詩友」之交，常以詩詞賜外戚近臣。據陸游《老學庵筆記》記載：「遼相李儼作《黃菊賦》獻其主耶律洪基，洪基作詩歌其後以賜之。」

耶律洪基還著有《清寧集》文集一冊，但可惜的是今已散佚，無法再得知文集的相關內容了。

皇后冤死

耶律洪基的皇后蕭觀音也是一位漢化程度極高的奇女子。蕭觀音是耶律洪基的祖母欽哀皇后蕭耨斤之弟蕭惠之女，《遼史》稱其「姿容冠絕，工詩，善談論。自制歌詞，尤善琵琶」，是個多才多藝的皇家才女。

蕭觀音和耶律洪基從小青梅竹馬，兩人的結合在遼國百姓看來是理所當然的天作之合——當然，蕭觀音結婚時年紀略小，只有四歲，他的新婚丈夫耶律洪基也只有區區十二歲，兩人算是娃娃親。

但凡才女，總難免有文藝青年之氣息，蕭觀音也不例外。因爲丈夫生平好飲嗜獵，常常居於捺鉢營帳中過夜而不回宮，青春年少的蕭觀音免不了心生哀怨，作了《回心院詞》來規勸自己的丈夫。《回心院詞》共十首，分別描寫了掃深殿、拂象床、換香枕、鋪翠被、裝繡帳、疊錦被、展瑤席、剔銀燈、熱熏爐、張鳴箏等十種春閨之行，頗爲香豔。蕭觀音又讓宮廷首席御用琴師趙惟一將其譜曲傳唱。

因爲蕭觀音和趙惟一關係密切，被奸臣耶律乙辛看在眼裡。耶律乙辛想借著蕭觀音打擊其子耶律濬——後者是遼國皇儲，未來的遼國國君，看耶律乙辛不爽很久了。

大康元年（西元一〇七五年），耶律乙辛收買了蕭觀音身邊的單登、清子等近侍，一手炮製了〈十香詞〉冤案，說這首類似〈十八摸〉的「淫詞豔曲」是蕭觀音和趙惟一私通的情詩，上面還有藏頭詩作爲鐵證。耶律洪基怒火攻心，以「鐵骨朵」擊蕭皇后，幾至殞命。道宗又派參知政事耶律孝傑與耶律乙辛共審此案。二人對蕭觀音施以酷刑，逼其自盡，蕭觀音想見道宗最後一面，也未獲准，遂作〈絕命詞〉一首，飲恨而逝。二人又嚴刑逼供趙惟一誣服，誅趙惟一三族。

兩年後，耶律乙辛羅織了太子耶律濬欲圖陰謀奪位的罪證，耶律洪基不及細察，將親兒子廢爲庶人。同年，耶律濬被耶律乙辛派出的殺手殺死於上京。

蕭觀音和耶律濬的遇害，爲耶律乙辛掃清了全部的政治障礙，整個道宗朝後期，耶律乙辛幾乎做到了一手遮天。

耶律乙辛還想斬草除根，殺死耶律濬的兒子耶律延禧以絕後患，所幸耶律洪基對此終於有所警覺，陰謀未遂。大康五年（西元一〇七九年），魏王耶律乙辛降封混同郡王；大康六年（西元一〇八〇年），耶律洪基封皇孫延禧爲梁王，再降耶律乙辛出知興中府事；大康七年（西元一〇八一年），耶律乙辛以罪囚於來州，幫凶張孝傑（耶律孝傑）削職爲民；大康九年（西元一〇八三年），耶律洪基爲耶律濬平反，追封其爲昭懷太子，耶律乙辛謀亡入宋政治避難，被誅。

耶律洪基在執政晚期終於醒悟過來，爲自己的妻兒報了仇。但這一切都已經太晚，晚年的耶律洪基一邊扶植皇孫耶律延禧，一邊醉心佛法以求來世，大遼帝國終於步入了它的黃昏期。

醉心佛法

耶律洪基在弘揚佛法、祠佛飯僧方面，做得相當奢侈：

咸雍六年（西元一〇七〇年），耶律洪基加封圓釋、法鈞二僧並守司空。

咸雍七年（西元一〇七一年），置佛骨於招仙浮圖。

咸雍八年（西元一〇七二年），爲春、泰、寧江三州三千餘人授戒僧尼。

大康四年（西元一〇七八年），諸路奏飯僧尼三十六萬。

大安三年（西元一〇八七年），海雲寺進濟民錢千萬。

大安九年（西元一〇九三年），遣使祠佛飯僧。

或許是因爲妻兒的冤死，或許是對帝位的厭倦，晚年的耶律洪基將帝國帶入了一個巨大的泥潭，一步步等著女眞掘墓人的到來。遼朝亡於天祚帝耶律延禧，其實和耶律洪基執政晚期的不作爲也不無關係。

《遼史》本紀道宗卷的最後，對耶律洪基有過一段蓋棺定論，個人認爲非常準確到位，這一段「墓誌銘」如下：

道宗初即位，求直言，訪治道，勸農興學，救災恤患，粲然可觀。及夫謗訕之令既行，告訐之賞日重。群邪並興，讒巧競進。賊及骨肉，皇基寖危。衆正淪胥，諸部反側。甲兵之用無寧歲矣。一歲而飯僧三十六萬，一日而祝髮三千。徒勤小惠，蔑計大本。尚足與論治哉？

縱觀耶律洪基的一生，南親大宋，西和西夏，東攏高麗，北驅韃靼，對百姓也做到了寬厚仁義，是個合格的守成之君。但識人不明，晚年昏聵，放縱僧尼，驕奢淫靡，導致了國家的迅速衰亡，客觀公正、一分爲二地看，勉強打個及格分吧。

遼道宗死後，葬於內蒙赤峰市巴林右旗的永福陵，耶律延禧將祖母蕭觀音遺體與其合葬，也算是爲祖母平反昭雪了。遼道宗永福陵與祖父聖宗永慶陵、父親興宗永興陵一起歸於大興安嶺的懷抱。直到八百二十九年後的一九三〇年兵荒馬亂之際，熱河軍閥湯玉麟對三座陵墓進行了毀滅性的盜掘，耶律洪基才再次公開露面於世。不知道蕭峰地下有知，對於這位皇帝大哥的下場，又會作何感想。

而有趣的是，山西應縣的應縣木塔（佛宮寺釋迦塔）裡，卻供奉著聖宗的欽哀皇后蕭耨斤、興宗的仁懿皇后蕭撻里以及道宗的宣懿皇后蕭觀音三代蕭后，《遼金史論集》作者張暢耕認為，應縣木塔為蕭撻里倡建，用作蕭氏的家廟，來彰顯其一門三后、一家三王的累世功勛，應縣應該是蕭氏的誕生地。如果此論成立的話，那麼蕭峰也應該是山西應縣人無疑。

耶律洪基生前迫害蕭觀音至死，死後卻同穴而眠；蕭觀音遺像至今在三晉大地上受萬眾敬拜，而耶律洪基朽骨早已混同草木一體而不知所蹤，兩相對比，真叫人無端生出多少感慨和嗟嘆。

全真教：從未抗金、一直親元

丘處機道：「我恩師不是生來就做道士的。他少年時先學文，再練武，是一位縱橫江湖的英雄好漢，只因憤恨金兵入侵，毀我田廬，殺我百姓，曾大舉義旗，與金兵對敵，占城奪地，在中原建下了轟轟烈烈的一番事業。後來終以金兵勢盛，先師連戰連敗，將士傷亡殆盡，這才憤而出家。那時他自稱『活死人』，接連幾年，住在本山的一個古墓之中，不肯出墓門一步，意思是雖生猶死，不願與金賊共居於青天之下。所謂不共戴天，就是這個意思了。」

——《神雕俠侶》第四回

在金庸的《射雕英雄傳》和《神雕俠侶》兩本小說裡，全眞教是一個非常重要的教派組織。在射雕年代，全眞教是武林最富盛名的大教派，首任教主王重陽以「天下第一」的武功笑傲群雄；到了神雕年代，雖然全眞教今不如昔，但以丘處機爲首的「全眞七子」，依然在江湖世界裡具有崇高的聲望，極少有人膽敢小覷。

在這兩部小說裡，全眞教都是以一個親宋愛國的教派面目出現的，雖然也出現了類似趙志敬這樣通敵賣國的叛徒，但畢竟是少數，全眞教的三代典型教主：王重陽、丘處機、尹志平，都是忠肝義膽、愛國愛民的江湖豪傑，他們在抵抗金國、蒙古的先後入侵中，起到了極其重要的先鋒帶頭作用，是南宋小朝廷的北方屏障。

然而歷史上的王重陽、丘處機、尹志平三代教主，卻和小說有著極其巨大的差異性：在他們執掌全眞教的一生中，親金元而遠南宋，畢生服務於異族政權而毫無愧色。

重陽創教

先說王重陽手創全眞教。

王重陽，原名中孚，字允卿，又名世雄，字德威，入道後改名王喆，北宋京兆府咸陽大魏村人。王重陽出生於北宋徽宗政和二年（西元一一一二年），是不折不扣的宋人。

因爲家境殷實（屬富裕地主家庭），故而少年王重陽有條件習文練武，《金蓮正宗記》記載他「骨木雄壯，氣象渾厚」、「膂力倍人，才名拔俗，早通經史，晚習刀弓」，可見丘處機說王重陽「少年時先學文，後練武」，情況大致不差。

一一二七年靖康之變後，咸陽納入金國領土，中原動盪，兵連禍結，但地處關中的偏僻鄉村幸運躲過一劫，未遭大的劫難。

但王重陽並未表現出什麼「家國之痛」，或許是因爲北宋暮年的腐朽氣息，已經讓他心如死灰了罷。

一一三三年，二十一歲的青年王重陽參加劉豫僞齊政權的科舉考試，應禮部試，結果名落孫山。深受刺激的他時隔幾年後，又參加了金朝的武舉考試，金天眷元年（西元一一三八年），二十六歲的王重陽應武略，中甲科，成功考取了金國功名，後被授予甘河鎭酒監一職。

王重陽考取功名後，娶妻生子，過上了小官吏的幸福生活。但年復一年的官場迎來送往生涯逐漸讓其倍感厭倦，加上仕途多年也無晉升，金正隆四年（西元一一五九年），四十七歲的王重陽藉口遇到了漢鍾離和呂洞賓兩位神仙，就此拋家棄子、辭官入道，這就是全眞教史上著名的「甘河證道」。

王重陽「遇仙」後，在終南山下祖庵鎭結廬修煉，又挖了一個小地窖，修成墳塋狀，立碑「活死人」，自號「王害風」，這就是《神雕俠侶》活死人墓的原型。

小說中的活死人墓方圓數里，機關重重，能容納數千人的軍隊和糧草兵器，而實際上眞正的活死人墓只要一個人花半天時間就可塡平。

王重陽在終南山傳道三年，結果很慘淡，鄉人對他毫無興趣，只招來了史處厚、嚴處常等幾個弟子。一一六七年，王重陽離鄉東去，赴山東半島傳道收徒，這一年，可視爲全眞教的創立之年。

王重陽將自己手創的教會命名「全眞」，歷史上有多種解釋，一說是「眞性保全」，一說是「精氣神三全」，一說是個人內修的「眞功」和濟世利人的「眞行」兼備兩全。但不管哪種解釋，全眞教從成立的第一天起，就把扶危濟困、憐孤惜寡當作了一項教務，造福一方百姓，這一點和小說是吻合的。

王重陽選對了路，山東半島道教氛圍濃厚，蓬萊仙山更是大名遠揚。加上此時金國統治者有意扶持道教，故而在山東，王重陽陸續收了丘處機、譚處端、馬鈺、王處一、郝大通、孫不二和劉處玄七個得力弟子，即著名的「全眞七子」。此外，王重陽又得到了牟平大富周伯通的財力支持。有了徒弟，有了資金，全眞教順利地在山東站穩腳跟。

小說中的周伯通是老頑童，辦事極不可靠，但歷史上的周伯通對王重陽及全眞教貢獻甚大，沒有周的鼎力支持，全眞教的壯大不會這麼迅速。當然，周伯通沒有出家，這一點上，小說和史實吻合。

然而，正當王重陽準備大展拳腳之際，厄運突然降臨，一一七〇年，王重陽突然去世，享年五十八歲，算不上長壽。

長春光大

王重陽開創全眞教一共不到三年就溘然長逝，傳承、光大全眞教的歷史重任就交到了全眞七子手上。全眞七子出家前有兩個共同點：第一，基本上是一方富豪；第二，大多數是知識分子，即傳統的儒商階層。

馬鈺出家前「富甲寧海，家饒於財，號馬半州」，自幼出身儒門，「長通經史」，娶妻孫富春（孫不二），也是當地富豪之女，且「禮法嚴謹，素善翰墨，尤工吟詠」；譚處端「世居寧海，爲人慷慨」，且智力超群，「記誦敏捷，同輩罕及」，絕不是小說中的粗魯鐵匠形象；劉處玄「乃祖乃父，世居武官」，他自己也曾「舍良田八十餘頃與龍興巨刹」，相當有錢，王重陽表揚他的詩作如「松之月、竹之雪，不受於黃塵」，極具特色；王處一家境如何史載不詳，但也是自小聰慧，七歲能參悟玄機；郝大通「家故富饒，世爲宦族」，又「稟賦穎異，識度夷曠」。

以上六人，都是既有財又有才的人物，唯獨丘處機與眾不同。丘處機祖上也曾富過，「家世棲霞，最爲名族」，但到了丘處機的爺爺這一輩，家道開始中落，已經變成了純粹的農民（「祖父業農，世稱善門」），到了丘處機這一代，由於父母早亡，故而家境十分貧寒，自然也受不到什麼好的私塾教育。

但最終，丘處機成了光大全眞教的第一人！

全眞七子（一說馬譚劉丘四大弟子）在終南山安葬師尊、結廬守墓三年後，於一一七四年的中秋之夜，開始了一場開誠布公的內部會議。此次會議的主題是「後王重陽時代全眞教的未來走向發展趨勢」，與會代表各抒己見、暢所欲言，每個人都發表了自己的看法，希望得到大家的認同。

他們都是飽讀詩書的知識分子，每一個人出家後都出版過道經專著，對如何傳承、光大全眞教都有自己的獨立見解和堅定立場，所以，眾人對全眞教未來發展之路的思想認知產生了分歧。

各人各持己見，「馬曰鬥貧、譚曰鬥是、劉曰鬥志、丘曰鬥閒，四子之志各異，翌日乃別」，誰也說服不了誰，最後只能不歡而散，各奔東西：馬鈺留在了終南山祖庭，創立全眞遇仙派；譚處端和劉處玄南下洛陽，遊方於鬧市，乞食於街巷，分別創立全眞南無派和全眞隨山派；丘處機西去寶雞磻溪，後於隴州龍門山開創了大名鼎鼎的全眞龍門派；王處一隱居膠東崑嵛山（不是西域崑崙山），開創全眞崳山派，並在此獲得了「鐵腳仙人」的外號；郝大通北上趙魏之間，開創全眞華山派；孫不二先留膠東後赴洛陽，創建了全眞清靜派。

七個人開創了七個新支派！表面上看是一種力量的分散。但實際上，七人分別以終南山爲中心，向東南西北四個方向分散活動，各自收徒傳道，全眞教的影響力反而比王重陽時期發展壯大了很多。小說中全眞七子平時散居各地，各有分觀，就是一種暗喻。

七人之中，王處一、孫不二向東走，譚處端、劉處玄向南走，郝大通向北走，馬鈺原地不動。唯一一個向西傳道的，就是丘處機！當年王重陽在陝西家鄉傳教不利，無奈只能東去山東傳法，如今他的愛徒反其道而行，從山東反赴陝西，「明知不可爲而爲之」，向著師尊的故地披荊斬棘、踽踽前行。

丘處機選擇了姜子牙垂釣舊地磻溪以及漢代就聲名遠播的道教名山龍門山傳道，自然也是「人以景貴、景顯人名」，通過長達十三年的修眞布道，終於收到了井噴一般的效果：信徒眾多、影響廣泛，以至於到了一一八八年，金世宗完顏雍聘請丘處機北上燕京主持萬春節醮事；一一九一年，繼位的金章宗完顏璟，也就是小說中完顏洪烈的父皇，賜給丘處機家鄉一座大道觀，題名「太虛觀」，以彰殊榮。

從王重陽到丘處機，兩代全眞掌教都接受了金國的冊封和賞賜，這和小說中全眞教扶宋抗金的情節截然不同。丘處機以後的列代掌教，包括尹志平，都接受了異族政府的冊封，無一例外。

隨著十三世紀初蒙古崛起草原、金國日漸衰落，政治嗅覺敏銳的丘處機迅速看出蒙古是一支「潛力股」，全眞教要繼續得到上層建築的扶持，保持長盛不衰態勢，應該立刻捨金親蒙，撈取新的政治資本。

一二一九年，日漸老邁的成吉思汗和所有的封建帝王一樣，開始渴望長生不老之術，在聽聞了「丘處機是三百歲的活神仙」傳聞後，下定決心要請丘神仙幫助自己長生不老。一二二〇年，已經七十二歲高齡的丘處機欣然應召，帶了十八位弟子西行面聖，一二二二年初夏，在大雪山（阿富汗興都庫什山），鐵木眞隆重接見了風塵僕僕的丘處機一行。

雖然丘處機並未提供長生不老藥，但給出了三個「錦囊」：清除雜念、減少私欲、心地寧靜。耶律楚材在《玄慶風會錄》中將其歸結爲兩點：去暴止殺、濟世安民。

成吉思汗並不滿意初次會見的效果，但依然厚待丘處機在身邊一年時間，每天被丘處機灌輸諸如「敬天好德、寬仁止殺」、「內固精神、外修陰德」、「清心寡欲、淨體凝神」、

「體恤蒼生、愛護黎民」之類的教導。教的人苦口婆心、不厭其煩，聽的人耳濡目染，也多少有所觸動。在成吉思汗執政晚期，對中原的軍事政策有所緩和，且派人將仁愛孝道的主張曉諭四方，這些和丘處機的功勞是分不開的。

聽了丘處機一年的課後，成吉思汗終於確認丘神仙沒有「藏私」，這才派了五千騎兵護送丘處機東歸。對於成吉思汗賞賜的大量奇珍異寶，丘處機堅決謝絕，但接受了成吉思汗對全眞教的優待條件：免除教徒各種稅賦。

丘處機回國後，成吉思汗又賜給他信符、璽書，讓其統領全眞教並掌管天下道門，同時劃撥金國皇宮御花園翻建全眞宮觀（即今日北京白雲觀的前身），全眞教至此到了發展的最高峰。

一二二七年，丘處機病逝，享年七十九歲。在他死後，弟子李志常編撰《長春眞人西遊記》，記述了這段不平凡的旅程。

毫無疑問，全眞教的崛起、興盛，主要功績是丘處機建立的，他雖然是全眞教第五任掌教，但比起他的師父、師兄，無疑站在了更高的高度，所以也看得更遠。丘處機去世後，他的弟子尹志平、李志常、王志坦、張志敬（小說中的趙志敬）、祁志誠等全眞第三代弟子陸續接過掌教的位置，傳承丘處機的思想，完成丘處機的遺願。

清和再興

尹志平是一個貫穿《射雕英雄傳》和《神雕俠侶》兩本書的人物，他是丘處機的得意弟子，接過了全眞七子的衣缽，被委任爲新一代的全眞掌門，道號「清和眞人」。在《射雕英雄傳》中，他還只是一個年輕氣盛、血氣方剛的小道士，雖然不免魯莽，但也算得上是尊師重道、果敢堅強；到了《神雕俠侶》中，他已經變成了中年大叔，除了面對小龍女會方寸大亂，在其餘事務上冷靜穩重、精明能幹，是個不錯的掌教繼承人。

歷史上的尹志平，和小說中的人物差異較大，因此在新修版中改名換姓爲甄志丙。其簡歷如下：

一一六九年，尹志平出生；一一九一年，拜師丘處機；一二一九年，隨丘處機覲見成吉思汗，爲西行十八弟子之首；一二二七年，繼任全眞掌教；一二三八年，辭去掌教之位，將教務交付李志常；一二五一年，逝世，享年八十二歲。

這麼看的話，小說和歷史上的尹志平相比較，只有一二一九年西去覲見和一二三八年掌教退位兩件事情是可以貼合上的，而眞正的尹志平堪稱長壽老人，比小說中橫遭慘死的結局好太多了。

歷史上的尹志平和他的師祖、師父一樣，向來親金元而遠南宋，風格一脈相承；異族統治者也對尹志平封賞有加：

一二三二年，尹志平迎見南征回師的元太宗窩闊台，太宗令皇后乃馬眞氏代祀長春宮。

一二三四年，乃馬眞皇后賜尹志平道經一藏。

一二四九年，元定宗貴由賜尹志平「清和演道玄德眞人」稱號，加賜金冠法服。

一二五一年尹志平去世，十年後的中統二年（西元一二六一年），元世祖忽必烈追封尹志平「清和妙道廣化眞人」稱號；至大三年（西元一三一〇年），元武宗海山再封「清和妙道廣化崇教大眞人」，尹志平算是極盡哀榮。

全眞教的傳承梯隊基本上是金字塔形的，開教祖師王重陽是第一代，他的徒弟全眞七子（北七眞）是第二代，到了「志」字輩的第三代弟子已經有了數百人之多，第四代、第五代更是數不勝數。全眞教最鼎盛之時，「東盡海，南薄漢淮，西北歷廣漠，雖十廬之聚，必有香火一席之奉」、「黃冠之人，十分天下之二」。聲焰隆盛，鼓動海嶽」。端的是了不起！

儘管全眞教一直臣服於金元政府，但勢力日盛的全眞教還是引起了元朝統治者的猜忌，早在元憲宗蒙哥汗時期，喇嘛教和全眞教爲爭奪天下宗教總領地位，就展開了一場聲勢浩大的佛道《化胡經》之辯，即著名的「戊午佛道大辯論」！

這場辯論賽中，雙方各出十七人，全眞教首席代表是李志常，而喇嘛教首席代表是大名鼎鼎的薩迦五祖八思巴。喇嘛教在元廷的暗中支持下取勝，奪得了宗教總領的位置，而全眞教由此逐漸衰落，風光不再。

由此可見，雖然王重陽以及他的繼任者一直將全眞教定位於「宗教服務於皇權」的角色，但統治階級卻掌握著全眞教的生殺予奪大權，既可以提拔、賞賜，也可以打擊、限制，元朝統治者一邊讓喇嘛教取代全眞教的位置，一邊不停擢升已死的王重陽的地位（元武宗至大三年加封其爲「重陽全眞開化輔極帝君」），一手硬一手軟，既利用全眞教穩定政權的宗教作用，又不至於形成新的「黃巾之亂」。對於「從未抗金、一直親元」的全眞教來說，眞不知道是該喜還是該悲。

小說和歷史上的全眞教形象背道而馳，讀者也不須多有怨言，全眞道士一邊棄世，一邊和俗世有種種關聯，也是不得已而爲之。全眞教要發展壯大，不能不服從統治者的意願，以政治風向爲導向，這是全眞教立世生存的必須之路，我們不該對此過於苛求。

大明國號和明教無關

明教數百年來一直爲人所不齒，被目爲妖魔淫邪，經此一番天翻地覆的大變，竟成爲中原群雄之首，克成大漢子孫中興的大業。其後朱元璋雖起異心，迭施奸謀而登帝位，但助他打下江山的都是明教中人，是以國號不得不稱一個「明」字。明朝自洪武元年戊申至崇禎十七年甲申，二百七十七年的天下，均從明教而來。

——《倚天屠龍記》第四十回

《倚天屠龍記》這部小說主要讚美和謳歌的對象，就是明教（摩尼教），是明教教徒團結武林同道，眾志成城齊心協力，這才成功地驅逐韃虜、恢復中華。明教是金庸小說中唯一造反成功的幫會，前無古人、後無來者，堪稱空前絕後。

然而，大明國號卻並非來自明教，嚴格地說，朱元璋也並非明教中人。要論證這個問題，需要從摩尼教的淵源談起。

摩尼淵源

摩尼教是一支歷史非常悠久的宗教教派，其創始人名爲「摩尼」（Mani）。

按照科普特文獻《克弗來亞》記載，摩尼誕生於西元二一六年四月十四日的古巴比倫王國馬爾蒂努村（Mardinu），對應中國歷史，這一年是東漢建安二十一年，在摩尼出生後不久，曹操進封魏王，離皇帝只有一步之遙。但對摩尼的死亡時間，各種文獻表述不一，主要有兩種，一是西元二七四年三月二日（亨寧說），一是西元二七七年二月二十六日（塔吉扎德說）。但不論哪種說法，對於摩尼被當時的波斯國王巴赫拉姆一世（Bahram I）先釘死在十字架、後剝皮實草懸掛在貢德沙普爾城頭示眾，倒是沒有異議。

摩尼的父親叫跋帝或譯爲帕提格（Arab:Futtug,Eng.Patik），母親叫滿艷或譯爲瑪麗嫣（Maryam），兩人都是當時的波斯安息王朝的貴族後裔，故而摩尼也是安息王朝的末代貴族子嗣。

安息王朝宗教信仰繁多，國教是祆教（瑣羅亞斯德教，中土稱爲「拜火教」），其他的如猶太教、基督教、多神教，都有不同的信眾。摩尼父親跋帝信仰的是猶太教的一個分支厄勒克塞派或譯爲穆格塔西拉派（Mughtasilah），摩尼從小就跟隨父親接受該教派的洗禮。

在摩尼二十四歲的時候（西元二四〇年），摩尼決心自己開創一個全新的宗教流派，拯救全世界受苦受難的人民，就以他自己的名字爲新教名，即「摩尼教」。

根據摩尼長達十二年的腹稿構思，摩尼教的教義概說（創世神話）是這樣的：

宇宙鴻蒙之初，天地間存在光明和黑暗兩種狀態，光明之界在上方（東西北三向），主神是明尊；而黑暗之界在下方（南向），大魔頭是暗界之王。暗界之王垂涎光明界的美妙，發動了侵略戰爭。爲了抵禦敵人，明尊率領明界神祇奮起反抗，拉開了轟轟烈烈的三次神魔反擊戰。

魔王第一次入侵時，明尊召喚出「善母」，她是一切生命的母親，善母召喚出她的兒子「先意」，「先意」又召喚出他的五個兒子：氣、風、光、水、火，即光明五要素（五明子）。

先意、五明子和群魔戰鬥在一起，但不幸寡不敵眾，明尊遂發動了第二次反擊戰。這一次，他召喚出「明友」幫忙，明友召出「大般」，大般又召喚出「淨風」，淨風也有五個兒子：相、心、念、思、意，即五妙身。

淨風擊敗了黑暗勢力，救回了先意，但群魔並未殆盡，明尊遂發動了對暗界之王的最後一戰！

他召喚出「第三使」（男性）和「電光佛」（女性），這兩人以裸體的帥哥美女形象出現，促使黑暗群魔排出體液力盡而亡。群魔的屍體下墜後交互疊加，形成了大地，而群魔的體液落在地上、海裡，變成了各種各樣的飛禽走獸、花鳥魚蟲，其中有一男一女兩個人類的始祖，男名亞當，女名夏娃，形貌頗似第三使和電光佛。

亞當和夏娃結合後，生下的子女就是人類。由於人類是光明和黑暗混合的產物，因此光明部分就成了人的靈魂，而黑暗部分則成了人的種種欲望，故而消滅欲望拯救靈魂成了摩尼教一項長期而艱巨的工作。

不難看出，摩尼教融合了基督教、諾提斯教、祆教以及佛教等諸多宗教文化因素，提出了自己的「二宗三際論」主張，即光明和黑暗構成摩尼教的「二宗」，兩者永遠對立。而「三際」者，指的是三個時段：初際、中際、後際，是二宗在過去、現在、未來三個時期的不同表現。

摩尼的二宗三際論和創世神話淺寫易懂，經過三十年的傳經布道，很快就吸引了一大批信徒，影響力遍布波斯國及周邊小國。波斯當時正處於薩珊王朝，三代君主阿爾達希爾、沙普爾、霍爾米茲德都成爲了摩尼的「粉絲」，摩尼教大有取代祆教成爲波斯國教的傾向。

然而，摩尼的好運氣到此爲止，第四代國王巴赫拉姆一世反感摩尼教，處死了摩尼，禁止國民信仰摩尼教，摩尼教迎來了第一次生存危機。

摩尼死後，廣大教徒爲了躲避政治迫害，四散向周邊國家逃亡，有的向北逃向中亞，有的向西逃向地中海，有的向南逃向了北非，有的向東逃向中國的西域鄰國。雖然摩尼教徒們基本不受列國國王的歡迎，但無可辯駁的事實是，摩尼的忠實信徒們把摩尼教擴散到亞、非、歐三大洲，爲摩尼教日後成爲世界性的宗教打下了基礎。

明教東傳

時光飛快，一晃四百年轉瞬即逝。大概在唐高宗時期，摩尼教從回紇傳入中國。武周代唐後，延載元年（西元六九四年），摩尼僧拂多誕持《二宗經》入中土，標誌著摩尼教正式進入中國。

武則天代唐自立，急需一個宗教支持力量來宣傳她是「正統」帝王。眾所周知，武則天是佛教徒，迥異於李唐皇帝道教徒的身分，但武則天同時對摩尼教青睞有加，因爲摩尼教迎合了武則天的政治需要。

摩尼教在《大雲經》裡宣稱武則天是彌勒下凡，是淨光天女，是東方「摩柯支那」（中國）的統治女皇，具有取代李姓皇帝的合法性。出於投桃報李，武則天改名武曌（日月當空），四處修建明堂和大雲光明寺以示恩寵。兩者各取所需，摩尼教在中國急速發展。

武則天死後歸政李唐，唐武宗於會昌三年（西元八四三年）開始了聲勢浩大的毀僧滅佛運動，史稱「會昌毀佛」。唐武宗的這次毀佛運動不僅僅針對佛教，其他的宗教包括摩尼教在內，都一視同仁地遭到了封殺。摩尼教好不容易在中土立住腳跟，又不得不轉入地下發展。

從五代十國起，由於中華迭遭戰亂，外人將摩尼教徒「喫菜事魔」的習俗視爲另類，摩尼教也就被訛傳爲「魔教」了。

兩宋時期，摩尼教都未得到統治者的扶持，但在江南地區，摩尼教得到了如火如荼的地下大發展。《宋會要輯稿》記載說：「溫州等處狂悖之人，自稱明教，號爲行者……齋堂如溫州共有四十餘處，並私建無名佛堂。每年正月內取歷中密日，聚集侍者、聽者、姑婆、齋姊等人，建設道場，鼓煽愚民，男女夜聚曉散。」可見已經形成較大規模。

兩宋的皇帝都對摩尼教採取了取締的姿態，「事魔喫菜，法禁至嚴，有犯者，家人雖不知情，亦流於遠方，以財產半給告人，餘皆沒官」，算得上是高壓手段下的殘酷鎮壓。

哪裡有壓迫哪裡就有反抗，爲了保留摩尼教的中華火種，方臘、王念經、余五婆、俞一、陳三槍等摩尼教徒紛紛在各地發動了「妖寇」事變，給趙宋王朝沉重打擊。具體反映到《射雕英雄傳》中，就是黃裳剿滅治下的明教起義，孕育了《九陰眞經》這本奇書。

元代，摩尼教日漸式微，而源於淨土宗的白蓮教卻異軍突起，摩尼教最終和彌勒教、明尊教等教派一起，融入到白蓮教中，成爲白蓮教不可分割的一部分。

融入白蓮

元順帝至正十一年（西元一三五一年）五月，元朝強徵十五萬民工修築黃河堤壩。白蓮教主韓山童、劉福通認爲時機已到，預先在河道中埋下獨眼石人，背刻「莫道石人一隻眼，挑動黃河天下反」。待石人挖出，人心浮動，韓、劉趁機在潁州潁上發動紅巾軍起義，拉開了波瀾壯闊的元末平民大起義序幕。

雖然韓山童隨即遭到了元軍的殘酷鎮壓，不幸身死殉難，但其子韓林兒卻幸運地躲過屠殺，在劉福通的扶持下繼位爲王，「從者數十萬」，並且在一三五五年登極爲帝，國號「大宋」，建都濠州，改元「龍鳳」，號「小明王」。

朱元璋的淮西（濠州）紅巾軍是尊奉龍鳳政權的，故而，朱元璋也是白蓮教徒、紅巾首領。一三六六年的冬季，小明王韓林兒、劉福通沉船身死於瓜洲，凶手疑似朱元璋水軍大將廖永忠，背後黑手不言而喻。

身為白蓮教主，韓山童卻時刻宣傳「彌勒降生、明王出世」，一方面，安撫白蓮教中最大的兩個宗教加盟勢力——彌勒宗、摩尼教；另一方面，側面肯定了白蓮教對這兩個宗教加盟勢力的領導權。

因此，明朝國號和明教（摩尼教）確實沒有太大關係，就算有，也應該是源於白蓮教。明朝的國號，嚴格說和元朝一樣，都來自於《易經》：

大哉乾元，萬物資始，乃統天。雲行雨施，品物流行。大明終始，六位時成，時乘六龍，以御天。乾道變化，各正性命，保合太和，乃利貞。首出庶物，萬國咸寧。

忽必烈看中了「大哉乾元」，朱元璋緊跟著他看中了「大明終始」，遂取國號「大明」，和白蓮教的造反口號「彌勒降生、明王出世」並無多大關係。

朱元璋建國後，採納李善長的建議，下旨嚴禁白蓮社、明尊教、彌勒宗等教派，並把取締左道邪術寫進《明律》，用法律的形式固定下來。其後，白蓮教以各種支派的形式繼續變換名目得到發展，在明清兩朝一直保持著一定的生命力，但明教卻逐漸式微，最終消失在歷史的長河中。今天，我們只能在少數幾個宗教昌盛的中國城市（如福建泉州、新疆吐魯番），還能見到當年盛況一時的摩尼教的遺跡、殘碑等物。

縱觀摩尼教在中國的發展歷史，被官方承認時少、打擊時多，只因摩尼教脫胎於各種宗教的綜合因素，處處都有其他宗教的影子，但糅合起來卻又截然不同，故而在佛教、道教、儒教三教主流的中國，是不受歡迎的。但摩尼教在反元戰爭中起的宣傳作用，確實不可小覷，爲明朝建立立下不小的功勞，這一點也是應該給予承認和肯定的。

小說中的波斯三使、十二寶樹王，自然是小說家杜撰。但小說中明教的基本教義、著裝風格、飲食禁忌、喪葬習俗等，基本都吻合古摩尼教的描述，這一點是相當難能可貴的。一九九二年，考古學者晁華山在確認了大量摩尼教洞窟後特地致函金庸，說《倚天屠龍記》中對摩尼教教義的闡述和許多教規、習慣的描寫，眞是難得的準確。能得到專家如此讚譽，金庸在這方面所下功夫之深自不待言。

而金庸本人，也是十分欣賞明教的。一九五九年，金庸和同學沈寶新一起，合資創辦了一份全新的報紙，取名《明報》，顯然，含有「明教」的影子。今天，《明報》已是香港最有感召力的報紙之一，影響了幾代港人。

西域摩尼教要求信徒苦修、乞討度日，且視性行爲爲不潔活動，鼓勵信徒單身。從這點看，古摩尼教更像是西域的丐幫，區別在於一個有宗教信仰而另一個沒有罷了。

最後，以白居易的一首歌詠摩尼教的五言律詩作爲本節總結，以此來紀念這個神祕宗教延綿千年、跌宕起伏的傳奇歷史！詩云：

靜覽蘇鄰傳，摩尼道可驚。
二宗陳寂默，五佛繼光明。
日月為資敬，乾坤認所生。
若論齋絜志，釋子好齊名。

一代仁主大理段譽

段譽心想：「我若再說謊話，倒似是有甚虧心事一般。」昂然道：「我剛才沒跟鍾夫人說實話，其實不該隱瞞。我名叫段譽，字和譽，大理人氏。我爹爹的名諱上正下淳。」鍾萬仇一時還沒想到「上正下淳」四字是甚麼意思，鍾夫人顫聲道：「你爹爹是……是段……段正淳？」段譽點頭道：「正是！」

——《天龍八部》第二回

金庸的十四天書裡，所有男主角中，唯一一個歷史眞實人物，就是段譽。對於這個深受金迷愛戴的可愛人物，値得專門爲之開闢專篇，詳加點評。

《天龍八部》的三個男主角中，段譽最先出場，這是一個親和、善良、和藹、樂觀、熱血、充滿正義感的鄰家大男孩，完全沒有一國儲君的作派。小說的最後，段譽已經貴爲一國之君，但其性格依然一如以往，令人十分感慨。

要說歷史上的段譽，先得簡單說說大理國的歷史。

大理國史

大理國的前身是南詔國（西元七三八～九〇二年），南詔面積雖小，卻是一個凶悍好戰的國度，給大唐帝國帶來不少小麻煩。西元九〇二年，南詔權臣鄭買賜殺死南詔末代皇族八百多人於大理五華樓下，宣告了南詔國徹底退出歷史舞臺。

鄭買賜竊國成功，改國號「大長和國」。但這個政權不得人心，只存活了二十五年，即被新的權臣楊干貞推翻。楊干貞扶植清平官（宰相）趙善政爲王，改國號「大天興國」。趙善政當了一年的傀儡就被廢黜。西元九二八年，楊干貞再次改換國號「大義寧國」，自己身登大寶關起門來做皇帝。

由於楊干貞的窮奢極欲、貪虐無道，西元九三七年，通海（今玉溪）節度使段思平率領黔東三十七個少數民族部落聯合起兵，打出「減爾稅糧半、寬爾徭三載」的口號，得到雲貴大地上所有不堪壓迫和欺凌的奴隸、平民的支持，起義軍摧枯拉朽，一鼓作氣攻陷羊苴咩城（大理城），將暴君楊干貞趕下皇位，大理國就此閃亮登場！

縱觀這風雲變幻的三十五年，和中原王朝五代十國相類似，兵連禍結、民不聊生，最終的贏家大理段氏非常珍惜這來之不易的和平局面，從段思平起的列代帝王，都信奉「輕徭薄賦、慎動刀兵」的原則，在外交方面，東順大宋、北拒吐蕃；在內政方面，分封臣下、寬厚待民，算得上是有道明君。

經過段氏皇族數十年的苦心經營，原本民生凋敝、百廢待興的大理國，終於走上了平穩較快發展的康莊大道，社會安定團結、百姓生活美滿，和小說中介紹的情況比較一致。

然而，大理段氏也有著自身揮之不去的夢魘，這個致命的最大弱點從段氏政權產生的那一天起就一直伴隨左右，一直到大理國的滅亡爲止。

這就是延續了南詔、大長和國、大天興國和大義寧國滅亡傳統的權臣干政。

在段思平丁酉得國後，大理國境內出現了國王、諸侯、平民／奴隸三種社會等級，國王下面是大大小小的割據諸侯，各諸侯效忠皇室，但在自己的領地內享有至高無上的權力；國王是名義上的國家最高元首，有自己的封地，但財政、兵力並不占絕對優勢；而平民和奴隸是這兩大貴族的財產，不僅要繳納稅賦，而且還要義務參軍，處於社會的最底層。萬幸的是，由於段氏的仁政，這個階層的民眾生活倒還不算太窮困。

這麼看來，段氏其實已經成了大理各方勢力均衡後的產物，如果國王有道，那麼各方太平；如果國王昏庸暗弱，那麼自然會有野心家虎視眈眈，進而取而代之。

悲劇，在段廉義執政期間，終於發生了。

權臣干政

大理第十二位皇帝上德帝段廉義在位期間，大理國的封建割據勢力已經很強了，主要有三方：占據大理城西北部的楊義貞，占據善闡府（今昆明）的高智昇、高昇泰父子，以及占據黔東的三十七部。

西元一〇八〇年，楊義貞弒帝自立，四個月後，高氏父子起兵殺死楊義貞，扶持段廉義的侄子段壽輝爲帝，即上明帝。段壽輝在位一年，高氏父子又逼迫其出家爲僧，改立段壽輝堂弟段正明爲帝，他就是小說中的保定帝。

段正明在位十三年，雖然處處小心謹慎，力保社稷平安，但終於不敵高氏父子咄咄逼人的態勢，無奈於一〇九四年禪位於高昇泰，自己到天龍寺出家爲僧。這一年是北宋紹聖元年，即《天龍八部》結束的那一年。

這一段悲慘的故事，《南詔野史》有記載：「明在位十三年，爲君不振，人心歸高氏。群臣請立善闡侯高昇泰爲君，正明遂禪位爲僧，而段氏中絕矣。」

在楊、高兩大權臣的鬥法過程中，高氏笑到了最後，終結了大理國的前半生，改國號「大中」，開始了短命的大中政權。

由於國內人心思變，叛亂四起，高昇泰這個皇帝做得心力交瘁。有鑑於此，焦頭爛額的高昇泰在兩年後病危彌留之際，遺命其子高泰明歸政於段氏。於是高泰明擁立段正明的弟弟段正淳爲大理皇帝（文安帝），史稱「後理國」（爲了便於描述，本節仍以「大理國」相稱）。但在後大理國時期，高氏世爲相國，稱中國公，嫁女給段氏爲妻，掌實權，仍占有重要地位，直到大理國滅亡。

小說中段正淳沒當過國王，其妻是擺夷族大酋長之女刀白鳳。而在《大理古佚書鈔》一書中，段正淳的皇后是高昇泰的妹妹高昇潔。段正淳曾寫過一篇〈贊妻文〉，特別有意思，全文如下：

國有巾幗，家有嬌妻。夫不如妻，亦大好事。妻叫東走莫朝西，朝東甜言蜜語，朝西比武賽詩。丈夫天生不才，難與紅妝嬌妻比高低。

雖然文筆一般，但詩中親密溫柔之風撲面而來，和小說中段正淳哄騙各路情婦的手段如出一轍，就是不知道這些甜言蜜語到底有幾分是眞，幾分是假。

一一〇八年段正淳棄位出家，傳位其子段正嚴（亦稱段和譽、段譽），故而，段譽是大理國的第十六位皇帝，廟號憲宗，諡號宣仁帝。

有為之君

段譽出生於西元一〇八二年，即「大理保定二年」，與小說中的「出生金牌」時間吻合。一一〇八年，二十六歲的青年段譽氣宇軒昂地登上了歷史舞臺，或許他自己都沒有意識到，他將成爲大理國歷史上在位時間最久的皇帝，同時，也是最長壽的皇帝。

段譽剛剛登基，接手的是個燙手山芋：黔東三十七部互相攻擊，各路反王風起雲湧。同時，段譽還要面臨高氏擅權的事實。此時的段譽，眞可謂是內外交困、焦頭爛額。

平叛手上沒兵，奪權心中沒底，難道要延續段正明、段正淳兩位先皇的被動挨打狀態？段譽不是平庸之主，他一反常態，走上了和高氏相國友好合作的道路：開誠布公地袒露心跡，換取高氏的鼎力協助。

當時的相國是高昇泰的兒子高泰明，而皇太后是高泰明的姑姑高昇潔，皇宮內外全是高家的勢力，段譽所能做的，就是在最大程度的範圍內，與高氏家族聯手打造一個安定團結的大理國。在段譽心中，這片熱土不是老高家的，也不是小段家的，是屬全體大理人民。

段譽把自己的眞實想法全盤託付給高泰明，希望高泰明即刻帶兵平叛。高泰明覺得很意外，在段正明、段正淳執政期間，都是高昇泰、高泰明決定好了，才去通知國王頒旨。但段譽竟然能夠主動前來商議，可見其主觀能動性很強。

高泰明決定領兵出征，同時段譽下旨，命高泰明的第四子高明清暫攝善闡侯爵位，這也意味著段氏不會在高氏遠征過程中，背後捅人一刀——給高泰明吃了一顆定心丸。

正規軍出馬，黔東三十七部或降或亡，戰亂很快平息。這次的國王與相國主動聯手，使君權和相權獲得了高度的統一，大理軍民無不交口稱讚。在今後的數十年裡，頗有膽略的段譽雖然不能改變高氏擅權的事實，卻能屢屢主動化解矛盾和危機，爲大理國民的安居樂業打下了良好的基礎。

這裡同時也要讚賞一下高泰明，他和其祖高智昇、其父高昇泰不一樣，在他心中，「忠孝」二字比「權欲」爲重：高昇泰遺命其歸政於段氏，恢復大理國，他做到了；段譽請他出兵平叛，穩定大理國，他也做到了。不是所有的權臣，都有這樣高度的政治覺悟。

對於大理國民來講，這對君臣無疑是一對最佳拍檔：國王有膽識，相國有操守。兩人不像漢獻帝與曹操，倒更像是現代君主立憲制國家的國王與首相。

段譽親政後的第八年獲得了宋朝的「金紫光祿大夫、校檢司空、雲南節度使、上柱國、大理國王」封號，取得了兩國的邊境貿易權，從此大宋和大理兩國的民間貿易日益頻繁，大理國的經濟增長速度驚人。史載「七月中元節，各方貢金銀、羅綺、珍寶、犀象萬計，牛馬遍點蒼」，又有「盛時百貨生意頗大，四方商賈如蜀、贛、粵、浙、桂、秦、緬等地，及本地州縣之雲集者諸大宗生理交易之，至少者值亦數萬」，繁榮景象，可見一斑。大理周邊的鄰邦如越南、緬甸等國，看到段譽治理下的大理國國勢昌盛，也不禁「遠方慕之，悉來貢獻」。

國家穩定、吏治清明、財政豐饒、皇帝仁慈，此時的大理國出現了另外一個盛世。

但同年，另有一個壞消息，就是相國高泰明病逝。

毋庸置疑，高泰明是一個權臣，但不是一個奸臣，他是大理國的無冕之王，人稱「高國主」。但他能夠和段譽和平相處、精誠合作，可見是一個極好的政治合作夥伴。他的早死，令段譽很苦惱，繼任的高氏相國應該選誰，將對自己的執政至關重要。

由於此時高泰明諸子尚幼，二弟高泰運趁機奪過相印。高泰運上臺後，還沒等到大展拳腳，就在三年後的一一一九年去世了。他的侄子，也就是高泰明的兒子高明順繼任相國；高明順在相國的位置上幹了十年，一一二九年也去世了，傳位給兒子高順貞；高順貞又幹了十二年，到了一一四一年去世，繼位的相國叫高量成。

高量成一直陪伴段譽走完最後的政途：一一四七年，段譽已經是一個六十五歲的老者，由於諸子內鬥不息，令其倍感疲倦，故而藉口「天變不祥」，宣布退位，將皇位傳給了自己的長子段正興。

出家為僧

段譽共執政三十九年，淡出大理政壇後，於感通寺出家，法號「廣弘」，從此青燈黃卷於深山古刹中勤進修行，得享高壽而終（西元一一七四年段譽去世，享年九十二歲）。段譽不僅是大理國歷史上最長壽的國君，同時也能問鼎「中國最長壽國君」前三強！排名第一的是第一代南越王趙佗，活了一〇三歲之久，空前絕後的記錄；亞軍是先秦時代衛國國君衛武公，他活了九十五歲。緊隨其後的，就是大理段公子！

歷史上的段譽在執政期間，對外不興刀兵，對內勤政愛民，做到了小說中段正明規勸他的「愛民、納諫」二事，是一個值得稱道的好皇帝。縱觀段譽的一生，仁慈、寬容、善良、大度是他的標籤，但由於他的愛心太重，不夠殺伐決斷，故而大理國在他執政的晚期，已經出現了早衰的跡象。從這點來說，晚年的段譽未能像青年時代的他一樣，能夠不畏權勢充滿鬥志，實在是相當可惜的。

金庸毫不掩飾對段譽的喜愛，將其寫得活靈活現、入木三分，成功將歷史和小說完美的結合起來，給讀者塑造了一個可愛的書生情痴形象。

《射雕英雄傳》中的南帝段智興是段譽的孫子，但其人終老帝位，並未出家，故而「一燈」大師法號也是小說家杜撰無疑。「一燈」二字屬佛教常見用語，意喻「破除一切黑暗、愚痴的智慧明燈」，《華嚴經》有「譬如一燈入於暗室，百千年暗悉能破盡」；《大集經》有「譬如百年闇室，一燈能破」；《楞嚴經》有「身然一燈，燒一指節」；《諸經要集卷》有「暗室百年一燈便破，故知嗔心甚於猛火」；《佛祖歷代通載卷》有「點一燈外安十鏡，以十鏡喻十法界」，等等。顯然，這個法號是貼合段智興這個人物形象的。

趙敏的幸福一家

范遙拍手道：「這汝陽王生有一子一女，兒子叫做庫庫特穆爾，女兒便是這位姑娘了，她的蒙古名叫作甚麼敏敏特穆爾……兩人又愛作漢人打扮，說漢人的話，各自取了一個漢名，男的叫做王保保，女的便叫趙敏，『趙敏』二字，是從她的封號『紹敏郡主』而來。」韋一笑道：「這兄妹二人倒也古怪，一個姓王，一個姓趙，倘若是咱們漢人，那可笑煞人了。」范遙道：「其實他們都姓特穆爾，卻把名字放在前面，這是番邦蠻俗。那汝陽王察罕特穆爾也有漢姓的，卻是姓李。」

——《倚天屠龍記》第二十六回

元順帝妥懽貼睦爾、汝陽王察罕特穆爾、小王爺王保保、小郡主趙敏，這四人構成了《倚天屠龍記》小說中蒙元朝廷的代表人物，其中前三位都是史料有載的眞實人物，而趙敏雖然是虛構人物，但也有其原型存在。

大元末帝

元順帝妥懽貼睦爾是元朝的第十一位皇帝，也是最後一位皇帝。元朝國祚九十八年，元世祖忽必烈在位三十五年，元順帝在位三十六年，其餘的九個皇帝加起來也只不過執政二十七年，最短的是天順帝阿速吉八，在位僅僅一個月就被圖貼睦爾兵變推翻，從此不知所蹤。

妥懽貼睦爾初登帝位，就遇到了權臣伯顏的挑戰（此伯顏非領兵滅宋之伯顏，在《倚天屠龍記》小說中叫「巴延」，官封太師）。伯顏是元武宗海山的舊臣，三朝元老，按輩分算，元順帝還要叫他一聲「叔公」。由於伯顏在朝中黨羽眾多，根深柢固，故而不把少年天子元順帝放在眼裡，《元史》說他「獨秉國鈞，專權自恣，變亂祖宗成憲，虐害天下，漸有姦謀」，是個野心勃勃的陰謀家。

伯顏極其仇漢，在位期間禁止漢人從政、取消科舉，甚至還喪心病狂地上書建議殺盡天下「張王李趙劉」五姓漢人，是個十足十的反人類恐怖分子。

如果說伯顏的這些倒行逆施舉措，還不足以讓元順帝惱怒異常，那麼伯顏在至元四年

（西元一三三八年），密謀聯合元文宗皇后廢掉順帝改立文宗皇子燕帖古思爲帝，是壓垮駱駝的最後一根稻草。妥懽貼睦爾無法再忍，定下了剷除伯顏的決心。

妥懽貼睦爾找的合作夥伴是伯顏的侄子脫脫，這是一位博學多才、能征善戰的親漢貴族，堪稱「文武雙全、忠勇可嘉」。脫脫雖自幼被伯顏撫養，但目睹伯顏的倒行逆施、一手遮天，深感事態嚴重，考慮到一旦失勢，伯顏必有殺身之禍，自己作爲近親，也會受到牽連。脫脫思索再三，兩害相權取其輕，只有大義滅親這一條路可走。

元順帝想的是「爲己除敵」，脫脫想的是「爲民除害」，兩人一拍即合。至元六年（西元一三四〇年），二人設計剝奪了伯顏的軍政大權，將其流放到嶺南，伯顏驚怒交加、氣急敗壞，在南下途中病死南昌客舍，結束了其飛揚跋扈的一生。

脫脫是元朝最後一位賢相，剷除權相伯顏後，他接替了伯顏的位置處理政務。和伯顏仇漢不同，脫脫的親漢舉動，讓蒙元帝國獲得了最後的迴光返照：恢復科舉、置宣文閣、減免稅賦、整頓吏治、平反冤案、組織撰寫遼宋金史，史稱「舊政更化」。舊政更化共三年零七個月，各種舉措大體得當，朝政爲之一新，皇帝用功讀書，注意節儉，頗有「勵精圖治之意」，脫脫治國有方，「中外翕然稱爲賢相」。

但隨著元順帝的親政日久、根基漸穩，加上文宗皇后卜答失里的去世，妥懽貼睦爾眞正開始了君臨天下的執政歷程。人性總是貪圖享樂、好逸惡勞的，大權在握的元順帝逐漸怠於朝政、寵信奸佞、沉溺美色、醉心佛法，走上了另外一條親政之路。

脫脫看在眼裡，痛在心裡，多次上書皇帝苦口婆心規勸，但毫無功效。失望的脫脫遂於至正四年（西元一三四四年）藉口患病辭相歸隱，眼不見心不煩。

脫脫告老還鄉後，元朝政治腐敗已不可挽救。加之天災頻仍，平民起義和少數民族起義此起彼伏，社會矛盾進一步激化。面對日益加深的社會危機，無計可施的元順帝只得在五年後，再次邀請脫脫出山收拾殘局。

脫脫復相後，面對的兩大爛攤子令其焦頭爛額：黃河水患、流民造反。脫脫作爲救火隊員，深感心力交瘁。治黃河、平反都要錢，而國庫空乏，大量金銀都聚集在以皇帝爲首的蒙古貴族手裡，沒錢，脫脫也「巧婦難爲無米之炊」。

而這時候，脫脫試圖運用經濟調控方式來改變困境，他大量發行紙鈔，換走民間的眞金實銀。錢暫時是有了，但隨之而來的社會通貨膨脹的程度令他始料未及，「行之未久，物價騰踴，價逾十倍」，「京師料鈔十錠，易斗粟不可得」。

變鈔使局面更加糟糕，但脫脫在飲鴆止渴的道路上不得不鼓足勇氣前行，他一邊委任賈魯專治黃河，一邊著手鎭壓各地起義；而元朝的皇帝陛下，卻在大都皇宮中與一眾奸佞、番僧、歌姬共同修煉「演揲兒法」——也叫「大喜樂」，由十六名性感妖嬈的歌姬跳「十六天魔舞」，演到高潮時，男女群交淫亂，場面十分不堪。

順帝的高麗籍奇皇后看不下去，規勸自己的丈夫要專心國事、遠離小人，卻招來了元順帝的一頓怒斥。元順帝自身荒淫也就罷了，他還教唆自己的太子愛猷識理達臘加入到大喜樂中來，太子一試之下也沉迷其中不可自拔、自古以來亡國昏君如元順帝者，絕對是出乎其類。

至正十五年（西元一三五五年），脫脫被權臣哈麻鴆死於雲南，年僅四十二歲。大元帝國最後的頂梁柱，轟然坍塌了。

察罕崛起

在脫脫去世之前三年，畏兀兒人察罕帖木兒（也就是小說中的王保保、趙敏的爹）登上了政治舞臺。察罕帖木兒字廷瑞，祖籍北庭，曾祖闊闊台隨蒙古軍入穎州，以探馬赤軍戶留居，祖乃蠻台、父阿魯溫，皆居穎州，因此察罕帖木兒是高度漢化的維吾爾人。察罕帖木兒自幼攻讀儒學，曾應進士舉，名聞鄉里，自取漢名「李察罕」。小說中的察罕帖木兒官封「汝陽王」，事實上察罕帖木兒至死都未曾有過這個爵位，倒是他的父親阿魯溫領過這個頭銜，察罕帖木兒死後加封的爵位是「潁川王」。

一三五一年，白蓮教主韓山童首舉義旗，打響了中土反元戰爭的「第一槍」，拉開了浩浩蕩蕩的元末平民起義大幕。一三五二年，察罕帖木兒召集了數百鄉勇，建立了自己的武裝部隊，隨即奪回了被紅巾軍攻占的羅山城，獻城於元廷。元朝政府大喜過望，加封察罕帖木兒中順大夫、達魯花赤等職位，並且開始扶植各地地主武裝與平民軍對抗。

得到朝廷支持的察罕帖木兒很快就招攬了萬餘人的部隊，與劉福通等紅巾軍多次交戰，勝多負少，打響了自己的名頭。

一三五五年，察罕帖木兒取代了脫脫的元廷重臣之位，成爲元廷對抗平民軍的領袖大將，他駐軍虎牢關，掌控中原，多次打敗劉福通、韓林兒、朱元璋所率的紅巾軍。因爲卓越戰功，他被元廷一路升職：中書刑部侍郎、兵部尚書、僉河北行樞密院事、陝西行省左丞相、陝西行省右丞相兼同知河南行樞密院事，等等，是當之無愧的元朝第一柱石。

在戎馬倥偬的軍旅生涯中，察罕帖木兒的外甥、義子王保保也逐漸成長起來，元順帝特賜其蒙古名「擴擴帖木兒」，即小說中的「庫庫特穆爾」。

一三六一年，察罕帖木兒在征討山東紅巾軍過程中，招降了敵營田豐、王士誠二將，這二人朝三暮四，人品十分低劣。一三六二年，察罕帖木兒在召開一次軍事會議中，不慎爲這二人殺害。

察罕帖木兒被害的噩耗傳來，元順帝痛不欲生，而朱元璋則又驚又喜：「天下無人矣！」

察罕帖木兒死後，元廷對其極盡哀榮：朝廷詔贈推誠定遠宣忠亮節功臣、開府儀同三司、上柱國、河南行省左丞相，追封忠襄王，謚獻武。後改贈宣忠興運弘仁效節功臣，追封潁川王，改謚忠襄，食邑沈丘縣。命其子擴廓帖木兒襲總其父兵，拜銀青榮祿大夫、太尉、中書平章政事、知樞密院事、皇太子詹事。

保保復仇

王保保接替父位後，先起兵破了益都城，殺死田豐、王士誠二人爲父報仇，而後整飭兵馬，決意完成亡父的掃平天下遺志。但這個時刻，元廷內部又爆發了皇位爭奪戰：太子愛猷識理達臘在母后、丞相的暗中支持下，預備篡奪元順帝的皇位，開創全新的大元帝國歷史。愛猷識理達臘拉攏的首要對象，就是王保保。而元順帝得知陰謀後，一邊疏遠了王保保，一邊扶植另外一位元末名將孛羅帖木兒與之對抗。

這是上天賜予元帝國最後的起死回生良機：紅巾軍正處於低潮轉折期，各路義軍自相殘殺，如果此時元廷能夠團結一致，出重兵彈壓起義軍，朱元璋能不能笑到最後尚未可知。但是元廷卻讓這天賜良機悄然溜走，從一三六四年開始，王保保就和孛羅帖木兒展開了正面衝突，雖然在一三六五年王保保借順帝的刀殺死了對手，但此時的元帝國已經到了苟延殘喘之時，新興的朱元璋勢力已經迫不及待的準備送他落幕。

大明洪武元年（西元一三六八年）秋，明兵北伐，元順帝聞訊，棄城北逃上都，駐守山西的王保保救援不及，大都光復。隨即徐達、常遇春進兵山西，王保保避實就虛，猛攻大都，而明軍則直搗太原，逼迫王保保回師自救。兵困馬乏的王保保被明兵夜襲大營，率十八騎倉皇北逃，收集殘部屯兵甘肅，繼續騷擾西北。

一三七一年春，徐達西征，與王保保大戰沈兒峪，王保保大敗，北奔和林。時元順帝已死，太子愛猷識理達臘繼位，是爲元昭宗。元昭宗命王保保爲中書丞相，洪武四年，敗明兵於漠北；洪武五年，王保保南下攻雁門；洪武七年，朱元璋命李思齊到漠北招降王保保，王保保不從；洪武八年，王保保卒於哈剌那海。

王保保是元朝最後一位傑出的戰將，和其義父察罕帖木兒爲元朝的顯赫武功劃上了一個完美的句號。

朱元璋曾盛讚王保保是「天下奇男子」，鄭觀應也把王保保和英布、王霸、張遼等一代名將相提並論，《劍橋中國明代史》也說「在爲元王朝效命的地區性領袖中最令人感興趣的、和在明王朝崛起的歷史中肯定是這些領袖中最重要的人物是擴廓帖木兒」。王保保獲得這些褒獎，當之無愧。

王保保有個妹妹王氏，兵敗被俘後被朱元璋許配給自己的次子秦王朱樉，這就是小說中趙敏的原型。但這個「趙敏」命很苦，洪武二十八年秦王去世，她和寧河王鄧愈的女兒作爲秦王的妻室，一同被殉葬，佳人早喪，令人嗟嘆。不知道金庸老爺子是不是同情這位可憐的女性，才把他筆下的趙敏寫得那麼機智無雙、光彩奪目。

威震西域的「山中老人」

謝遜道：「其時波斯大哲野芒設帳授徒，門下有三個傑出的弟子：峨默長於文學，尼若牟擅於政事，霍山武功精強。三人意氣相投，相互誓約，他年禍福與共，富貴不忘。後來尼若牟青雲得意，做到教主的首相。他兩個舊友前來投奔，尼若牟請於教主，授了霍山的官職……不料霍山雄心勃勃，不甘久居人下，陰謀叛變。事敗後結黨據山，成爲威震天下的一個宗派首領。該派專以殺人爲務，名爲依斯美良派……霍山不顧舊日恩義，更遣人刺殺波斯首相尼若牟。首相臨死時口吟峨默詩句，便是這兩句『來如流水兮逝如風，不知何處來兮何所終』了……波斯三使武功詭異古怪，料想便出於這山中老人。」

——《倚天屠龍記》第三十回

《倚天屠龍記》小說中援引的這段典故，超出了中國史的範疇，但也基本符合世界史史實。據說賓·拉登的偶像就是這位十一世紀的中東恐怖大亨「山中老人」霍山，兩人做下的恐怖襲擊活動，都震驚了當時的世界，犯下的累累血案，罄竹難書，令人髮指。

波斯簡史

要說霍山的傳奇故事，就要略介紹一下波斯的歷史。「波斯」的起源可以追溯到西元前二七〇〇年左右，當時波斯分爲埃蘭和米迪亞兩個小王國，在經過兩千多年的征伐、融合，西元前五五三年，居魯士二世統一了整個波斯，史稱「阿契美尼德帝國」，即「波斯第一帝國」（當時中國尚處於春秋晚期）。

波斯第一帝國國土面積達到了驚人的近七百萬平方千公尺，橫跨亞非歐三洲，是當時世界上疆域最大的國家。西元前三三四年，亞歷山大帝國強勢崛起，亞歷山大大帝征服了阿契美尼德帝國，波斯大部併入亞歷山大帝國。

但亞歷山大帝國只存在了短短十三年，隨著一代豪傑亞歷山大大帝三十三歲英年早逝，他所創建的龐大帝國也迅速分崩離析，波斯地區四分五裂。經過八場繼業者戰爭，亞歷山大大帝麾下大將塞琉西於西元前三一二年建立塞琉西帝國，繼續接掌波斯地區。

西元前二四七年，阿薩息斯王朝（安息王朝）從塞琉西帝國分裂出去，是爲帕提亞王國。

安息王朝存在了約五個世紀，直到西元二二四年才被薩珊王朝取代。值得一提的是，在安息王朝末期（西元二一六年），摩尼誕生；薩珊王朝初期（西元二四〇年），摩尼教誕生。

薩珊王朝的國祚也很長，從西元二二四年到西元六五一年，長達四百二十七年。薩珊王朝將古波斯帝國的文治武功發揮到巔峰，影響力遍及世界，故又被稱爲波斯第二帝國，但隨著西亞的阿拉伯帝國崛起，薩珊王朝也被併入阿拉伯的版圖，伊斯蘭教取代祆教的國教地位，阿拉伯語成爲通行語言。嚴格地說，古波斯帝國此時已壽終正寢。

從西元七五〇年開始，長達五個世紀的時間裡，波斯故土上阿拔斯王朝、塔希爾王朝、薩法爾王朝、薩曼王朝、齊亞爾王朝、白益王朝、伽色尼王朝、古爾王朝、塞爾柱王朝、花剌子模王朝此起彼伏地湧現，不斷重複著「崛起、壯大、鼎盛、衰竭、消亡」這一同樣的歷程，上演著一幕幕似曾相識的悲歡離合之歌，直到蒙古鐵騎到來——忽必烈弟旭烈兀於西元一二五六年建立伊兒汗國，波斯故土併入大元帝國。

野芒、峨默、尼若牟、霍山等人，就是在這個風雲變幻的時刻登上歷史舞臺的，他們最初都活躍在突厥人建立的塞爾柱王朝（西元一〇三七～一一九四年）。

兄弟決裂

野芒，原名伊瑪·莫瓦法克，「野芒」是「伊瑪」的譯名，意爲「教長」。如小說所述，野芒是波斯一代大哲，晚年隱居在小城內沙布爾。內沙布爾城的稅務官聽說了他的大名，十分仰慕，將自己的愛子尼扎姆·穆爾克引薦到野芒門下，懇請野芒收爲弟子——而這位尼扎姆·穆爾克，就是小說中的「尼若牟」。

因爲天資聰穎、悟性非凡，尼若牟很快得到了老師的歡心，成爲野芒的得意弟子。此時尼若牟又將歐瑪爾·海亞姆、哈桑·薩巴哈這兩位「好友」朋友一起推薦到野芒門下，三人遂從朋友變成同學。

這位歐瑪爾·海亞姆，其實就是「峨默」，而哈桑·薩巴哈，就是大名鼎鼎的「山中老人」霍山！與小說中略有不同的是，三人中尼若牟年紀最大，霍山次之，峨默卻比他們倆小得多。尼若牟最早出師，立志傾盡所學效力塞爾柱王朝，因爲「擅於政事」，故而一路仕途平坦、飛黃騰達，待到霍山和峨默相繼出師時，尼若牟已經是王朝的首相，輔佐教王阿爾士朗，權傾朝野、顯赫無比。

霍山和峨默前來投奔舊友，尼若牟高興地接待了他們。一番接風洗塵之後，尼若牟問他們需要什麼，霍山直言不諱要求入仕，而峨默則無心仕途，只要求有個供其研究天文曆法、哲學詩歌的良好環境。

由於霍山、峨默二人信奉的是伊斯蘭教中的少數派什葉派，而尼若牟信仰的卻是多數派遜尼派，因此尼若牟一番思考後，答應了峨默的請求，同時只給了霍山一個極小的官職。心胸狹窄的霍山一氣之下辭官而去，和以偏激、極端而聞名的「伊斯瑪儀派」（即小說中的依斯美良派）搭上了關係。伊斯瑪儀派是什葉派穆斯林中的一個極端派別，產生於八世紀中葉，九世紀末形成獨立的教義學說和組織形式，歷史非常悠久。

俗話說「是金子遲早會發光」，霍山很快在伊斯瑪儀派中脫穎而出，成爲當時教首伊本的得力幹將。一〇七六年，由伊斯瑪儀派一手扶持創建的埃及法蒂瑪王朝需要人才引進，伊本就將霍山推薦給埃及第八代哈里發——穆斯坦綏爾。

到了埃及以後，霍山迅速得到了哈里發的重用，成爲股肱大臣。一〇九四年，六十四歲的穆斯坦綏爾去世，國內發生繼承人奪位戰：長子尼扎爾和次子穆斯塔利刀兵相向，最終尼扎爾兵敗身亡，穆斯塔利繼位。

忠於尼扎爾的霍山此時已經羽翼豐滿，他在伊斯瑪儀派的基礎上，開創了一個全新的支派「尼扎爾派」（Nizaris），用以紀念那位不幸身亡的前任太子。在歐洲，這個支派又被稱爲「阿薩辛派」（Assassin），也就是英文「暗殺」的意思。

霍山和他的信徒們離開埃及後，遭到了塞爾柱王朝的入境拒絕，尼若牟首相不歡迎恐怖組織勢力回歸。幸好霍山還有一塊根據地——位於突尼斯加茲溫西北面的阿拉木圖「鷹堡」（也有文獻稱爲「鷲堡」），這座宏偉的城堡依山而建，高聳入雲，地勢險要，占盡地利，堪稱「一夫當關萬夫莫開」——霍山當年爲此曾付出高達三千金幣的代價。

從此霍山就以鷹堡爲大本營大力發展信徒，他的門人弟子滾雪球般越來越多，三百座阿薩辛派的戰略要塞陸陸續續建立，星星點點地遍布塞爾柱帝國的廣袤北疆，一個新的王國「木剌夷」就此誕生！而霍山，也終於成爲了一國之主，成就超過了他的舊友、同學兼政敵尼若牟。

木剌夷意爲「假道學」、「異端」，這個以暗殺爲目的的小國家從成立那天起，就成爲了周邊國家的噩夢，只求結果不問過程，爲達目的不擇手段，霍山手下的死士們將刺殺當成藝術，追求盡善盡美，令人不寒而慄。

因爲木剌夷國給塞爾柱帝國帶來極大的威脅，尼若牟派遣軍隊去掃蕩北疆，打擊恐怖主義。咬牙切齒的霍山終於找到了復仇的良機，派遣刺客殺死了他。尼若牟死後，國王驚懼交加，不久也撒手西去，曾經不可一世的塞爾柱王國就此中衰，帝國四分五裂，數十年後爲崛起的花剌子模王國呑併。

而峨默聽到尼若牟的噩耗以後，不敢相信暗殺竟是昔日同窗好友霍山所爲，悲慟萬分之下，寫了兩首悼詩緬懷，其中就有「來如流水，逝如風」、「不知何故來，也不知來自何處」字句，這就是小說中「來如流水兮逝如風，不知何處來兮何所終」的原型出處了。這兩首詩都收錄於他的詩集《魯拜集》中（第二十八首、第二十九首）。今天，《魯拜集》已有幾十個國家的一百多種版本問世。

峨默專研學問，在天文、曆法、哲學、醫學、數學、詩歌等方面都取得了極高的成就。一生淡泊的峨默終身未娶，既無子女，也無遺產。在他死後，他的學生將其安葬在郊外的桃樹和梨樹下面，其墓葬至今尙存。

以暴易暴

再說霍山。霍山暗殺了尼若牟後，四周鄰邦再無抗手，自己也由此獲得了「山中老人」這個令人聞風喪膽的綽號。傳說木剌夷王國培養刺客的方法也極具特色：先招募一批十二、三歲根骨俱佳的少年，花五、六年時間傳授他們各種暗殺技法，而後在某天將他們迷倒，送入一個特製的豪華花園，花園中綠草如茵，流水潺潺，到處都有享用不盡的美味佳餚，以及數目眾多的美麗少女——供他們隨意享用。眾人肆意數日後，再次被迷倒，回到現實。可想而知，這種巨大的落差對比何等強烈，眾人於是被告知：只要爲教盡忠，殉職後就可以回到天堂——永久擁有豪華花園裡的一切。

所以，木剌夷的刺客們在行刺時從不畏懼、退縮，他們前赴後繼奮不顧身，以同歸於盡爲最高榮譽，一旦失手立刻自殺，從無一個屈膝投降的先例。

這個故事最早見於《馬可波羅遊記》，由於木剌夷和阿薩辛派的可怕，元代劉郁的《西使記》一書中提到：「其木乃奚（木剌夷）在西域中最爲凶悍，威脅鄰國，霸四十餘年。」

霍山占據鷹堡後的三十四年中，僅有兩次走出城堡活動，畢生在鷹堡中指揮，控制這個可怕的小王國，直到一一二四年去世。而令人驚異的是，霍山本人卻不是個享樂主義者，相反，他是一個虔誠的穆斯林教徒，要求國民禁酒、節欲。此外，霍山也沒有「武功精強」的官方記載，相反卻是一個文質彬彬的學者，自我要求十分嚴格，其翻譯的經書典籍教義，頗有獨創見地。

霍山死後，繼任者繼續「山中老人」的稱號，繼續施展恐怖主義活動。英國金雀花王朝的國王愛德華一世（西元一二三九～一三〇七年，即電影《梅爾吉勃遜之英雄本色》裡面的「長腿愛德華」）當太子時，參加第八次十字軍東征，因爲武功高強、身手不凡，爲自己贏得了「世界之矛」的外號，引來了木剌夷刺客的不服。在一次對敵談判中，刺客用毒劍刺傷了愛德華。「世界之矛」不愧是英倫一條好漢，命軍醫爲己剜肉療傷，不用麻醉劑，猶如關雲長附體，非常了不起。

這就是小說中「愛德華王后爲夫吸毒」的原型，長腿愛德華的王后是西班牙公主埃莉諾，二人夫妻情深，共生了十五個孩子。一二九〇年埃莉諾去世時，愛德華一世痛不欲生，他將王后遺體從威爾士運載回倫敦，每一個驛站樹立一個十字架，現在還能見到這些被稱爲「王后十字架」的歷史古蹟。

自霍山始的列代「山中老人」都奉行恐怖主義，直到一二五六年，蒙古鐵騎第三次西征，旭烈兀率軍踏平了木剌夷王國，徹底剿滅了阿薩辛派，「山中老人」霍山創建的恐怖帝國，在存世一六六年後，終於煙消雲散。蒙古大軍在東征西討中，屠城滅族的事情幹過不少，必須嚴加譴責，但，唯獨屠滅木剌夷國之事，個人表示保留意見。法國學者雷納・格魯塞曾說過：「（消滅木剌夷）是蒙古人對於當時的治安和文明帶來的一種極大的貢獻。」

今天，霍山枯骨早朽，鷹堡遺址也只剩下一些殘垣斷壁，唯有峨默的「來如流水兮逝如風」詩句化爲歌聲留存在我們的記憶中。這首歌小昭唱過，殷離唱過，今後也將繼續在西亞地區傳唱。這些美好的、像鮮花一般的溫馨情節，才值得永遠流淌、傳承下去。

鳩摩智與金輪法王

西藏喇嘛教中向來有轉世輪回之說，其時達賴與班禪的轉世尚未起始，但人死後投胎復生、不昧性靈的說法，早爲喇嘛教中人人所深信不疑。金輪法王少年時收過一個大弟子，這弟子不到二十歲就死了，達爾巴和霍都均未見過，只知道有這麼一回事。達爾巴在法王座下排名第二，霍都居三，便是爲此。此時達爾巴聽了（楊過）這番言語，只道楊過眞是大師兄轉世。

——《神雕俠侶》第十三回

《天龍八部》裡的鳩摩智、《神雕俠侶》裡的金輪法王，是兩個我很喜歡的反角，他們都是聰明老辣、有膽有識、爭強好勝、武功卓絕最後又天良發現的喇嘛教僧侶，都有一顆強大無比的心臟。

要追溯這二人的原型，需要從西藏和喇嘛教的歷史說起。

藏傳佛教

兩宋時期的西藏稱爲「吐蕃」，聶赤贊普是傳說中吐蕃第一代贊普（國王），藏文歷史中往往以他作爲藏族史的開端，但他到底是哪一年正式成爲吐蕃贊普的，目前學術界爭議較大，主流觀點是在西漢初年即位，最晚不超過漢武帝元鼎三年，即西元前一一四年。

從聶赤贊普以後的六代贊普，名字中都有一個「赤」字，所以合稱爲「天赤七王」，這七位贊普的故事演繹到今天，都已經被蒙上了半人半神的神話色彩。天赤七王之後，是止貢贊普和布德貢甲（布德共傑）父子兩代贊普，他們合稱「上丁二王」，其中止貢贊普執政期間，吐蕃的農業、畜牧業、冶煉和宗教活動開始得到初步發展。

上丁二王之後，是中列六王，再後是八德王和下贊五王——不須多說，這十九位贊普的取名規則，和天赤七王如出一轍。

《藏族史略》以下贊五王爲分水嶺，五王之前吐蕃還是原始社會，從五王以後，吐蕃進入了奴隸社會，開始初具國家雛形。

吐蕃第三十二代贊普是偉大的南日倫贊（寓意「像天與山一樣偉大」），他統一了吐蕃全境，並將吐蕃王國交付到他更偉大的兒子赤松贊手裡。赤松贊的另外一個名字可以說中國人婦孺皆知，就是大名鼎鼎的松贊干布。

松贊干布統治吐蕃時期，吐蕃逐漸向封建社會進化，階級、法律得到完善、軍政、宗教得到健全。喇嘛教，也正是在這個特定時期，開始在西藏這片熱土上生根發芽。

吐蕃諸部的傳統宗教是本教，本教的歷史非常悠久，屬原始社會時期就存在並傳承下來的一種巫教。《冊府元龜》談到吐蕃風物時，說蕃人「好咒誓、詔鬼神」，形象的表述了本教的作法方式。

隨著尼泊爾赤尊公主、大唐文成公主先後入藏，源自印度的佛教也進入了吐蕃，佛教開始在西藏萌芽。

到了八世紀赤松德贊統治時期，印度僧人寂護和蓮花生入吐蕃傳教，佛教開始得到大規模的傳播。

嶄露頭角的佛教和根深柢固的本教不可避免地產生了宗教信仰衝突，在長達兩個世紀的傳教互爭中，雙方互相影響、互相融合，最終在十世紀後半期也就是北宋初期，一種全新的、兼具本教和佛教特點的宗教旁支應運而生了！這一宗教旁支既有佛教的傳統教義，又有本教的作法色彩，合二者之長，爲廣大藏族們欣然接受，這就是藏傳佛教，即喇嘛教。

吐蕃國師

喇嘛教產生以後，經過阿底峽、仁欽桑波等人的革新和弘揚，到了十一世紀中晚期（《天龍八部》時代）逐漸趨於穩定。

在此期間，吐蕃出現了極富盛名的「九大譯經師」。眾所周知，佛教來源於天竺（印度），梵文的佛經要經過譯經師的翻譯，才能被吐蕃信眾接受。根據我的考證，鳩摩智的原型是北宋時期吐蕃「九大譯經師」之一的般若鳩摩羅，「般若」在梵語中就是「智慧」的意思。他活躍在赤松德贊（一說赤祖德贊）執政時期，與比盧遮那、丹瑪孜芒、益西德等八人共同將梵文佛經翻譯成藏文。這些譯師窮經皓首、年復一年，伴隨著青燈古佛嚴肅認眞、逐字逐句地將梵文、漢文佛經翻譯成了藏文，譯作條理清晰、結構嚴謹、忠實原著、文字流暢，爲藏傳佛教的發展壯大，立下了不可磨滅的巨大貢獻。直到今天，這些藏文版的佛教經書依然可以完整流暢地反譯成梵文，令後人無比景仰和讚嘆。

大約南宋時期，喇嘛教開始細分成很多教派，其中寧瑪派、噶當派、薩迦派和噶舉派四大教派影響力最爲深遠。

寧瑪派是喇嘛教中歷史最悠久的教派，創派祖師蓮花生，僧侶均戴紅帽，念祕法咒語，故又稱「紅教」。素爾波且（西元一〇〇二～一〇六二年）、素爾瓊・喜饒扎巴（西元一〇一四～一〇七三年）和素爾・釋迦僧格（西元一〇七二～一一三四年）三人爲寧瑪派的傳播立下汗馬功勞（新修版鳩摩智隸屬於寧瑪派）。

噶當派以新密咒爲理論基礎，創派祖師阿底峽，但實際的創始人是仲敦巴（西元一〇〇五～一〇六四年），他在藏北地區大建寺廟、廣收門徒，開創了噶當派的無比號召力。同時，噶當派還是明初格魯派（「黃教」）的前身，達賴、班禪兩大活佛均源出格魯派。

薩迦派的創始人貢卻傑布（西元一〇三四～一一〇二年）身兼二職：既是薩迦派的創始人，又是薩迦農奴集團的大首領。在他去世後，其子孫世代繼承，合稱「薩迦五祖」，第五祖八思巴（西元一二三五～一二八〇年）是個了不起的人物，擔任元世祖忽必烈的帝師、護國國師、全國宗教總管、進封「大寶法王」，並發明了蒙古新字，是蒙藏歷史上出類拔萃的人物。薩迦派又稱「花教」。

噶舉派因爲弟子常穿白袍，故而亦稱「白教」，創派祖師是瑪爾巴（西元一〇一二～一〇九七年）和密勒日巴（西元一〇五二～一一三五年）師徒，白教注重口授心傳而不重視講解經典，講究寓教於實用，是一個關心民生的喇嘛教分支教派，後期曾發展得極爲迅速，影響力深遠。

噶瑪・巴希

「金輪法王」的原型人物，就是噶舉派最大的支派噶瑪噶舉派的第二世活佛噶瑪・巴希！

噶瑪・巴希，一二〇四年出生在康區哲壟丹曲秋地方的貴族家庭。史稱他六歲識字，十歲時便能輕鬆閱覽佛教經論，並能領悟其意，是個佛學天才。

青年時代的噶瑪・巴希在一次求法途中得到奇遇，他與噶瑪噶舉派的仁波且崩札巴大師交流佛法，後者爲其淵博學識和獨到見解所折服，堅信他是已故恩師貝都松欽巴的轉世靈童，並主動爲其灌頂授一切教誡！而這位貝都松欽巴大師，正是噶瑪噶舉派的創派祖師兼第一代活佛！

就這樣，在仁波且崩札巴的推薦下，「貝都松欽巴的轉世靈童」噶瑪・巴希成爲了噶瑪噶舉派的第二代活佛，在噶瑪丹薩寺和相卜寺修行說法，聲望漸隆，成爲遠近聞名的著名法師。

西元一二五三年，忽必烈南征大理國，路過藏區時看到噶舉派在康區勢力較大，派人拉攏噶瑪・巴希，希望他歸順自己。但噶瑪・巴希和忽必烈一席會晤後，不願遵從對方，藉故前往寧夏、甘肅、內蒙古等地說法去了，忽必烈願望未遂。

西元一二五六年，噶瑪．巴希接到元憲宗蒙哥召他會晤的詔書，他欣然隨使臣到達和林，受到蒙哥和阿里不哥兄弟倆的寵信。蒙哥贈其「卻吉喇嘛」之名，賜給他金印、白銀，還送給他一頂金邊黑色僧帽，封其爲「國師」頭銜。這就是噶瑪噶舉「黑帽系」名稱的由來及其形成過程，同時也是金輪法王原型人物的最大證據。

這頂帽子以及它的主人我們今天還能看到模型，在西藏山南地區的拉隆寺，保留著一尊噶瑪．巴希的明代小銅像：活佛本人跏趺而坐，面色慈祥，目光深邃，嘴角含笑，雙手自然輕撫兩膝。此佛像將大師智慧圓通的神態刻畫得唯妙唯肖、栩栩如生。而這頂黑帽，前方後圓，頂角斜出，嵌以寶石，與其說是帽子，更像是一頂「冠冕」。

由於噶瑪．巴希親蒙哥而遠忽必烈，故而忽必烈對其懷恨在心，一二五九年蒙哥去世，忽必烈和阿里不哥爭奪汗位，噶瑪．巴希又支持阿里不哥，忽必烈對他意見更大了。忽必烈勝利奪位後，曾下令將噶瑪．巴希逮捕入獄，進行迫害。史載：「忽必烈下令對他施行火燒、拋入水中、用兵器砍、餵毒、頭上釘鐵釘等刑罰，並派人分三班輪流看守，七天不准進食。」但最終，忽必烈還是考慮到噶瑪．巴希在西藏的巨大影響力，又將其釋放了。爲了對抗噶瑪派，忽必烈扶植薩迦派走上政壇，八思巴才成爲了宋元時期西藏的風雲人物。

噶瑪．巴希雖然在元初的政治抗爭中以失敗告終，但他激起的歷史波浪是永遠不會消失的，忽必烈對他既尊敬又提防，和小說中忽必烈與金輪法王貌合神離頗爲相似。

另外，值得一提的是噶瑪噶舉派還是藏傳佛教史上最早實行活佛轉世制度的一個教派。我們今天喇嘛教格魯派的達賴、班禪兩大活佛轉世制度，就是借鑑了噶瑪噶舉派的相關制度，因此噶瑪·巴希堪稱喇嘛教史上的第二代活佛、第一位轉世活佛。

換句話說，金輪法王可以永遠不死。

短命小兒完顏洪烈

郭靖說起拿到完顏洪烈，成吉思汗更喜，見完顏洪烈俯伏在地，提起右足踏在他的頭上，笑道：「當時你到蒙古來耀武揚威，可曾想到也有今日？」完顏洪烈自知不免一死，抬頭說道：「當時我金國兵力強盛，恨不先滅了你小小蒙古，致成今日之患。」成吉思汗大笑，命親兵牽將出去，就在殿前斬首。郭靖想起父親大仇終於得複，心中又喜又悲。

——《射雕英雄傳》第三十七回

女眞金國、完顏洪烈，這兩個關鍵詞，在金庸小說裡，是作爲反面教材來塑造的，此無他，「靖康之恥」耳。

金庸先生對女眞金國，一直是敵視態度——除了金太祖完顏阿骨打。

女真興起

《天龍八部》小說中，女眞還是個處於原始社會的落後民族，完顏阿骨打更像是一個鎮山太保。然而，區區三十多年後，女眞完顏部統一東北、策馬呑遼滅宋，完成了一個可怕的軍事奇蹟。

《遼史》中，從遼太祖阿保機起，「女眞」一詞就屢屢出現，但不是「女眞貢馬」，就是「女眞貢良馬」，這一段飽受欺凌的女眞民族屈辱史貫穿於遼朝二百年的歲月。正因爲遼國列代皇帝都將女眞部落視爲自己的「殖民地」，所以貪婪的胃口從未削減，索求的貢品除了馬匹、人參、貂皮、珍珠、海東青之外，遼國赴金的「銀牌特使」還常常要求女眞部獻上美貌的女子爲其「薦枕」。可以想像，因屈辱而產生的憤怒時常縈繞在女眞人的心頭，他們一邊壓制著自己胸中的怒火，一邊在暗地裡默默等待機會，等待一個率領部眾推翻強權的領導人。

完顏阿骨打就在這麼一個關鍵時刻，順應時勢地登上了歷史的大舞臺。

完顏阿骨打（西元一〇六八～一一二三年）是女眞完顏部的傑出領袖，其父劾里鉢、其兄烏雅束都曾經擔任過完顏部的大酋長、女眞各部的聯盟首領，也接受過遼國「節度使」的封賜。阿骨打從小耳濡目染遼使的專橫跋扈，心中早已埋下了對遼國的刻骨仇恨。

一一一三年的九月，生女眞開始不再對遼國稱臣；十月，酋長烏雅束去世，阿骨打繼位，自稱「都勃極烈」（勃極烈是金朝初期和中期的一種政治制度，由五～七名皇室核心成員組成領導團隊，群策群力制定方針政策，其中「都勃極烈」爲最高領導人——即後來的金國皇帝之前身）。

一一一四年，阿骨打正式起兵反遼，十月攻破寧江州，十一月，利用薩滿教提升士氣、以少打多再取出河店大捷，從此創下女眞立國之根基。一一一五年正月初一，阿骨打於會寧（今黑龍江阿城）稱帝，取國號「金」。

國號名「金」也是大有寓意的，契丹（遼國）意爲「鑌鐵」，金貴鐵賤，也是取個好彩頭；與之相映成趣的是南宋，趙構偏安江南後，首更年號「建炎」，一方面是對應北宋首個年號「建隆」，另一方面也是希望以火克金，尋求一種心理安慰。

一一二五年，金成功聯宋滅遼，兩年後的一一二七年，金俘虜徽欽二宗北上，北宋滅亡。

爲了殲滅趙構的南宋小朝廷，金國多次展開了軍事入侵行動，所幸南宋軍中湧現出岳飛、韓世忠、劉錡這樣的中流砥柱，在南宋軍民的拚死抵抗下，宋軍取得順昌大捷、郾城大捷、黃天蕩之戰等多場大勝仗，一舉粉碎了金國的陰謀。

經過多次較量，金國明白女眞騎兵尚無一舉滅亡南宋的實力，故而，在紹興十一年（西元一一四一年），宋金雙方簽署了《紹興和議》：兩國停戰，宋向金稱臣，兩國以淮河、大散關為界，宋每年向金納貢銀二十五萬兩、絹二十五萬匹。《紹興和議》的簽署，直接導致了岳飛被冤殺、韓世忠被解職。到了一一六一年，弒君自立的金國主完顏亮再次興兵伐宋，此次金朝堪稱傾國而出，號稱水陸兵馬百萬，實際六十萬。

南宋守軍再次表現了英勇的鬥志：吳璘守川陝、趙撙守蔡州、魏勝守海州，牢牢將主動權控制在自己手裡。當然此戰揚名天下的當屬書生虞允文，他只是趙構委派到前線犒軍的中書舍人，卻在採石磯臨時指揮宋軍以少破多，重創金兵，大大振奮了南宋守軍的士氣。

「採石之戰」是壓垮駱駝的最後一根稻草，完顏亮的堂弟、金國留守完顏雍見征宋不利，趁機在遼陽自立為帝，下令廢黜完顏亮的皇帝頭銜。完顏亮驚怒交加，勒令部下快速渡江滅宋，而後提兵北還奪權，遭致了大多數將領的反對，兵部尚書耶律元宜發動兵變，在揚州龜山寺殺死完顏亮。

一一六二年，新晉皇帝金世宗完顏雍與趙構停戰講和，宋金兩國於一一六四年年底簽署《隆興和議》：金宋約為叔侄之國；「歲貢」改為「歲幣」，銀絹各為二十萬兩／匹；南宋放棄所占海、泗、唐、鄧、商、秦六州，雙方疆界恢復《紹興和議》時原狀；雙方交換戰俘，叛逃者不在其內。

與《紹興和議》相比，南宋在《隆興和議》中的地位有所改善。皇帝不再稱臣，歲幣數量也有所減少。這又是一次軍事實力平衡後的產物。

金世宗完顏雍雖然是靠篡位起家的，但爲人比窮兵黷武的堂兄完顏亮仁厚得多，他在位二十九年，輕徭薄賦、恢復生產、與民生息、致力改革，同時開科取士、擢優汰劣，開創了有金一朝最爲繁榮昌盛的「大定盛世」，女眞金國也在他的治理下，逐漸告別野蠻的奴隸社會，邁進了有制度的社會大家庭。

金世宗爲人節儉，不穿絲織龍袍，其髮妻因爲守節自盡，身登大寶後的完顏雍終身不立皇后，以此來紀念他的正妻。金世宗死後，史學家稱其爲金國的「小堯舜」，同時代的理學大儒朱熹也對他相當推崇，認爲「他能尊行堯舜之道，要做大堯舜也由他」。

金世宗死後，其孫完顏璟於一一八九年繼位，是爲金章宗，也就是《射雕英雄傳》裡的大金國明昌皇帝。金章宗統治前期，基本貫徹金世宗的執政綱領，也獲得了「明昌之治」的口碑。但在後期，由於蒙古崛起，金國國勢逐漸衰竭，走上了滅亡之路。

金國之亡

金章宗完顏璟共生了六個兒子，按順序分別是完顏洪裕、完顏洪靖、完顏洪熙、完顏洪衍、完顏洪輝和完顏忒鄰，但可惜的是，這些小皇子全部不到三歲就夭折了，無一倖免。《射雕英雄傳》中的三王子榮王完顏洪熙是確有其人的，六王子趙王完顏洪烈，其原型是葛王完顏忒鄰。金章宗給幼子加爵「葛王」，就是希望他能和金世宗一樣健康長壽（金世宗登基前也被封爲「葛王」），但天不遂人願，這個可憐的小傢伙只活了一歲多，也隨他的五個哥哥而去了。

我相信金章宗的皇子們集體早夭都是出於謀殺，因爲偶然事件不能一再發生，且一二〇八年金章宗彌留之際，遺詔說：「朕之內人，見有娠者兩位。如其中有男，當立爲儲。如皆是男子，擇可立者立之。」但金章宗有孕在身的賈、范二妃並未順利爲其誕下遺腹子，繼位的皇叔衛紹王完顏永濟先是逼迫范氏流產，而後賜死賈氏，讓金章宗的兩個孩子全部胎死腹中，絕了完顏璟一脈，其人之狠毒殘酷，令人髮指。

衛紹王完顏永濟、金宣宗完顏珣、金哀宗完顏守緒是金國最後三代國君。衛紹王殘忍好殺，金宣宗老邁昏聵，等到末主完顏守緒上臺，留給他的已經是一個不可收拾的內憂外患爛攤子。完顏守緒雖然竭盡全力小有作爲，無奈金國病軀積重難返，終究無力回天。

一二三四年正月，宋蒙聯軍攻破金國最後一座城池蔡州，金哀宗在絕望中傳位於完顏承麟，而後自縊而亡，保留了一國之君的最後尊嚴。同日，完顏承麟爲亂軍所殺。自完顏阿骨打一一一五年立國以來的女眞金國徹底退出歷史舞臺，共傳九帝，歷一一九年。

縱觀女眞金國，「其興也勃焉，其亡也忽焉」，它起於白山黑水之間，以漁獵民族、奴隸社會之落後，竟然三年內吞遼滅宋，實現了不可思議的赫赫戰功。如果不是十三世紀蒙古這個恐怖的戰爭巨獸橫空出世，或許女眞金國的國運還將更爲長久一些。

金國之亡，原因多種，淺析如下：

第一，地理位置欠佳。金國北有蒙古，南有趙宋，西有西夏，處於四戰之地，容易四面樹敵。且女眞人開化得晚，本性悍勇，不注意與鄰友好，導致了王朝末期，三敵同時進攻的「壯觀場面」，四面救火，焦頭爛額，苦不堪言。

第二，皇室更迭頻繁。金國九帝，靠謀朝篡位上臺的就有完顏亮、完顏雍兩人，在位橫遭慘死的有完顏亶、完顏亮、完顏永濟、完顏守緒四人。爲了爭奪皇位，完顏家族的皇室子弟們大打出手，行刺下毒，無所不用，誅族絕嗣，無所不爲。

第三，軍事戰略錯誤。金國軍隊所擅長者，騎兵也。中原大地一馬平川，女眞鐵騎可以縱橫馳騁。但江南水鄉卻四處沼澤池塘，騎兵無用武之地，金國南下伐宋，依然只依靠馬步二軍，並未發展水軍來攻擊南宋水師，造成了伐宋屢屢無果，反而消耗了自己的大量有生力量。

第四，邊防屯田不足。金國經營北宋故土，先是扶植傀儡政權，收效不大後改爲劫掠經營，實行的還是「打草穀」那一套強盜手段，從未認眞治理過河南之地。如果金國實行邊防屯田制度，相信它的滅亡也不會這麼快。

第五，民族矛盾尖銳。在國內，女眞貴族強迫契丹亡民、渤海人、奚人、韃靼人和流亡漢人等入伍，充當伐宋的先遣隊。這些人在國內就遭受壓迫，個個心懷不滿，行伍之中又遭受長官的欺凌、責打，故而打仗十分消極，甚至陣前倒戈投降宋朝，其徵兵效果可想而知。

第六，蒙古強勢崛起。遼亡於金，是因爲遼對金長達兩百多年的政治欺壓，不甘受辱的女眞人才會憤然反擊。但女眞人得了半個天下後，瞬間忘記了過去，轉頭就奴役北方草原上的蒙古各部百餘年（小說中有過深刻的描寫）。天理昭昭，報應不爽，當蒙古各部在鐵木眞的號令下統一之後，實力無比強大，而經過百年漢化的金國卻和當年的遼國一樣雄風不再，面對蒙古的鐵騎彎刀，無力抗爭，只能消亡。

小說中的大反派完顏洪烈中年喪命，歷史上的完顏忒鄰幼沖夭亡，或許這是天意，預示著女眞金國的短暫國運。自古以來，不得人心者，其命必然不久。

高富帥耶律齊

只見丐幫中站起一人（霍都），大聲道：「耶律大爺的令尊在蒙古貴爲宰相，令兄也曾居高官，雖然都已去世，但咱們丐幫和蒙古爲敵。耶律大爺負此重嫌，豈能爲本幫之主？」耶律齊恨恨的道：「先君楚材公被蒙古皇后下毒害死，先兄耶律晉爲當今蒙古皇帝所殺，小可與蒙古暴君，實有不共戴天之仇。」

——《神雕俠侶》第三十六回

《神雕俠侶》這本書裡，楊過是當之無愧的男一號，但男二號不是大俠郭靖，而是他的女婿耶律齊。

小說中交代，耶律齊是蒙古中書令耶律楚材的次子，兄妹三個當中，這是最精明能幹的一位。

要說耶律齊，必須先交代一下耶律楚材。

皇室後裔

在《射雕英雄傳》和《神雕俠侶》兩本書裡，耶律楚材都有過出場的記錄，但在《射雕英雄傳》裡只是匆匆一瞥，幫著成吉思汗和丘處機當了一回翻譯，戲份十分有限；然而到了《神雕俠侶》中，他不僅有臺詞有場景，而且他的次子耶律齊還娶了郭靖的長女郭芙，耶律楚材和郭靖竟成了親家！

歷史上的耶律楚材和小說裡的一樣，也是一個極富傳奇性的人物！

由名可知，耶律楚材是契丹後裔，是遼朝東丹王耶律突欲的八世孫，東丹即渤海，是遼國太子的傳統封地。如此看來，耶律楚材是根正苗紅的皇室子弟。

但耶律楚材出生（西元一一九〇年）時，遼國已經滅亡了整整六十五年，契丹皇室血統已經不能給這個曾經顯赫一時的家族帶來任何好處。對於耶律楚材來說，感受不到家國之亡的切膚之痛，相反，從耶律楚材的祖父這一輩開始，耶律家三代都是金國的達官顯貴，身居高位，生活優渥。小說中完顏萍痛斥耶律楚材幫著蒙古人滅了大金國，而耶律楚材則辯解說你女真完顏氏當年將我契丹耶律氏亡國滅種，幾乎屠戮殆盡，我少年時代即立志復仇，這才輔佐蒙古大汗滅金，都是小說家言，當不得眞。

耶律楚材的父親耶律履是金章宗時期的尙書右丞，花甲之年喜獲麟兒，根據《左傳》中「楚雖有材，晉實用之」的典故，爲幼子取名「耶律楚材」，字「晉卿」。耶律楚材身爲契丹人，先投女眞，再投蒙古，確實稱得上是「楚材晉用」，實至名歸。

耶律楚材從小就展露出驚人的學習天賦，《元史》稱他「博極群書，旁通天文、地理、律曆、術數及釋老、醫卜之說，下筆爲文，若宿搆者」，是一個黃藥師型的頂級天才。一二〇六年，耶律楚材入仕爲官，逐步高升，然而此時蒙古已經崛起草原，呑併金國漸成氣候。一二一五年，蒙古軍攻陷金中都，耶律楚材降蒙古。

一二一八年，成吉思汗聽說耶律楚材是一個人才，特意召見了他，說：「金遼世仇，吾與汝已報之矣。」但耶律楚材此時卻表現出了應有的忠臣氣節，表示耶律家三代爲金國大官，「既爲臣子，豈敢復懷貳心，仇君父耶？」回敬了成吉思汗一個不軟不硬的釘子。

成吉思汗很高興，覺得耶律楚材是個可用之人，値得信賴，從此對他一路提拔。耶律楚材也沒有辜負成吉思汗的信任，爲他南征北戰出謀劃策，以至於成吉思汗親切地稱呼他爲「吾圖撒合里」而不稱其名。「吾圖撒合里」是蒙語「長鬍子」的意思，可見鐵木眞對他的親密之意。

成吉思汗死後，遺命三子窩闊台繼任大汗，當時蒙古各族王公都有意讓拖雷長期監國，遵循蒙古人「幼子守產」的習俗。但耶律楚材一邊說服拖雷早日放權給窩闊台，一邊遊說察合台帶頭支持窩闊台，一邊還以太祖遺詔爲名召集王公開會。在耶律楚材的不懈努力下，窩闊台終於在一二二九年登位爲汗。

論功行賞，耶律楚材都是當之無愧的首功重臣，由此更得蒙古大汗的信任。一二三一年，窩闊台設立了中書省，任命耶律楚材爲中書令（統領百官，堪比丞相），正式開始了以文治國的道路。

耶律楚材首先重新規劃了蒙古的官員管理制度。成吉思汗時代蒙古人「上馬管軍、下馬管民」，實行軍政合一制度。這種方式已經明顯不適合逐步攀升的蒙古帝國，耶律楚材將其「三權分立」：宗王將領管軍事、大斷事官掌司法、中書省掌行政和財政，最終由皇帝中央集權。

這麼做的好處顯而易見，蒙古帝國告別原始的粗放管理方式，學習中原先進的管理經驗，爲日後忽必烈的建國大元打下基礎。

一二四四年耶律楚材去世，臨朝聽政的乃馬眞「皇后哀悼，賻贈甚厚」（可見耶律楚材被乃馬眞毒死並非實情），對於朝野內外盛傳的耶律楚材「在相位日久，天下貢賦，半入其家」的流言進行了核查，最終發現耶律楚材遺產「唯琴阮十餘，及古今書畫、金石、遺文數千卷」而已，是個忠誠、正直、清廉的大臣。

大約百年後的至順元年（西元一三三〇年），元文宗圖貼睦爾追贈耶律楚材為「經國議制寅亮佐運功臣、太師、上柱國」，追封「廣寧王，諡文正」，耶律楚材獲得了與宋朝范仲淹、司馬光一樣的無上封諡，這是元朝皇帝對他傳奇一生的最終蓋棺評價，實至名歸，當之無愧。

「文正」這個諡號從宋朝開始出現，列代均有使用，是文臣諡號中最尊貴、最頂級的，歷朝歷代有二十多人獲得過這個光榮的諡號。除了上文出現的范、司馬、耶律三人外，明代的方孝孺、謝遷、李東陽，清代的曾國藩，都是諡號「文正」。金庸小說中還有二人也是追諡「文正」，一個是忽必烈的謀士劉秉忠，即給老頑童周伯通酒中下毒的子聰和尚；另外一個就是大名鼎鼎的天地會總舵主陳近南（陳永華），只不過陳總舵主的諡號是臺灣鄭氏政權賜予的，並非大一統的王朝追封，略有遺憾。

子承父業

根據《元史》記載，耶律楚材有長子耶律鉉、次子耶律鑄二子，對應小說中的耶律晉、耶律齊兄弟。歷史上的耶律鉉、耶律鑄兄弟也是兄長籍籍無名，二弟名聲顯赫。

耶律鉉，其母梁氏「以兵亂隔絕，歿於河南之方城」。耶律鉉一輩子只做過一個官：監開平倉。這是京城上都的一個六品小官，負責儲備軍民糧食鹽茶等日需品，俸祿不高，責任不小。忽必烈統治後期，由於這個職位油水太少，壓力又大，至元二十九年，吏部委派的三十三名選注倉官，就有多人主動告稱不願爲官，逼得吏部重新擇人上任。

王國維在《耶律文正公年譜》中考證到「（耶律）鉉之卒年當在中統元年之後，至元五年以前」，即西元一二六〇～一二六八年之間。換句話說，死在小說中襄陽保衛戰（西元一二五九年）之後，不是耶律齊競選幫主時口中所述的「先兄爲當今蒙古皇帝所殺」。

和落落不得志的兄長相比，耶律鑄堪稱接過了父親的衣缽，在元朝歷史上也是一個了不起的人物！

耶律鑄（西元一二二一～一二八五年），字成仲，「幼聰敏，善屬文，尤工騎射」、「博聞強記，文筆爲天下之冠……及長又能通諸國語，精敏絕倫」，文武雙全，深得乃父精髓！二十三歲那年接替亡父舊職，「嗣領中書省事」，可稱年少有爲。一二五八年，蒙哥征宋，他是其中一個隨軍近臣。一二五九年蒙哥死於釣魚城之戰，耶律鑄權衡再三，在忽必烈和阿里不哥之間選擇了前者當主公。在忽必烈和阿里不哥的爭奪汗位之戰（西元一二六〇～

一二六四年）中，耶律鑄出力不少，忽必烈遂於一二六一年加封他爲中書左丞相。

此後耶律鑄仕途平穩，一直在蒙古朝廷裡擔任要職。和其父一樣，他也是個推行「以文（儒）治國」的人。一二六四年耶律鑄整合、補充了其父手創的《便宜一十八事》，輔助忽必烈制定了新的「法令三十七章」，爲即將誕生的大元帝國量身訂做了一系列的規章制度、法律條文，具體表現在：「省併州縣，定官吏員數，分品從官職，給俸祿，頒公田，計月日以考殿最；均賦役，招流移；禁勿擅用官物，勿以官物進獻，勿借易官錢；勿擅科差役；凡軍馬不得停泊村坊，詞訟不得隔越陳訴；恤鰥寡，勸農桑，驗雨澤，平物價；具盜賊、囚徒起數，月申省部。」

經過耶律楚材、耶律鑄父子兩代人的努力，新興的元朝在一二七一年破繭而出，告別野蠻的奴隸制社會，邁進了帝制社會的大家庭。

至元二十二年（西元一二八五年），六十五歲的耶律鑄與世辭，他的七位夫人、十二個兒子和六個女兒悲痛欲絕。

耶律鑄詩集《雙溪醉隱集》收錄了他畢生才華橫溢的作品（今已佚），故而得到了元好問、李治等人的共鳴。寫下金迷耳熟能詳的「問世間情爲何物」的元好問曾爲耶律鑄作〈中書令耶律公祭先妣國夫人文〉，收錄在《全元文》中。

一三三〇年，元文宗圖貼睦爾追封耶律鑄為「推忠保德宣力佐治功臣、太師、開府儀同三司、上柱國」、追謚「懿寧王，謚文忠」，耶律氏父子二人極盡哀榮。和其父的頂級謚號「文正」相比，耶律鑄的「文忠」也是相當了不得的（僅次於文正），前有蘇軾、歐陽修、富弼、韓德讓，後有張居正、楊廷和、林則徐、李鴻章，都和他共享了這個謚號。

新修版《神雕俠侶》將原版中耶律晉、耶律齊兄弟改名為耶律鑄、耶律齊，也是經過深思熟慮的：一方面，一代名臣耶律鑄取代了默默無聞的大哥耶律鉉更符合小說中封疆大吏耶律晉的尊貴身分；另一方面，晉、鑄、齊、燕，都是春秋時期中華古國的名稱，混用並無不妥。

鑄國亦稱祝國，是春秋中期山東境內的一個小諸侯國，介於齊魯二國之間，是武王伐商後黃帝後裔的封地，同時也是中華任姓的發源地（可見任我行和任盈盈是山東人）。春秋後期，鑄國為齊國所滅。

如果這麼看的話，耶律鑄、耶律齊、耶律燕三人的名字完全符合一脈相承的取名風格。且耶律晉這個名字犯了耶律楚材（字晉卿）的諱，將其撤銷，我覺得挺好。

第二章

奇謀祕計說戰爭

蕭峰平定：灤河之變的真實規模

耶律洪基大怒之下，將詔書擲入火中，燒成了灰燼。心下甚是憂急，尋思：「這道偽詔說得振振有詞，遼國軍民看後，恐不免人心浮動。皇太叔官居天下兵馬大元帥，手綰兵符，可調兵馬八十餘萬，何況尚有他兒子楚王南院所轄兵馬。我這裡隨駕的只不過十餘萬人，寡不敵眾，如何是好？」這一晚翻來覆去，無法安寢。

——《天龍八部》第二十七回

楚王造反（《遼史》稱「灤河之變」）是《天龍八部》中的一場重頭戲，如果說「赤手屠熊搏虎」說的是蕭峰在女眞完顏部大展神威，那麼「金戈蕩寇鏖兵」則讓蕭峰在數十萬人面前好好表現了一次什麼叫做「天神降臨」——屠熊搏虎只要有匹夫之勇即可勝任，平息叛亂可不僅需要勇武果敢，更需要機智決斷。

正如小說中蕭峰自己的心理活動描寫所述，因爲有過杏子林事件的前車之鑑，蕭峰明白，對於此類惡性群體事件的正確危機處理方法，只有兩個：擒賊擒王速戰速決、首惡必辦脅從不究。前者是避免夜長夢多事態進一步惡化，後者則是團結一切可爭取的力量徹底孤立邪惡核心，雙管齊下，則可瞬間扭轉不利局面重新奪回主動權。

這一場戲，蕭大王的風頭可謂是有勇有謀舉世無雙，幾乎以一人之力瓦解了七、八十萬的武裝叛軍，並順利實施了對敵的「斬首行動」，避免了遼國軍隊的一場大規模內戰。

禍起蕭牆

歷史上眞正的灤河之變是這樣的嗎？這是一個非常有意思的研究話題，通過查閱相關典籍資料，我驚訝地發現：雖然在叛亂時間和作戰人數上，小說和歷史存在較大的出入。但是，在小說故事中的種種細節，卻又有著令人非常讚嘆的重合度！

遼國第七位皇帝興宗耶律宗眞於景福元年（西元一〇三一年）登基，但其母欽哀皇太后向來厭惡長子宗眞而喜愛幼子重元，遂於重熙三年（西元一〇三四年）密謀廢長立幼。然而手足情深的重元卻將母親的陰謀密告大哥，避免了一起潛在的宮廷政變。

耶律宗眞先下手爲強，將母親流放至慶州守陵後，作爲感謝，加封重元爲皇太弟，並暗示將在其死後傳位於重元。然而一〇五五年耶律宗眞去世後，遺詔將皇位傳給了自己的長子耶律洪基，並未兌現「兄終弟及」的諾言。

耶律洪基繼位後，出於愧疚和籠絡人心，加封耶律重元爲皇太叔、天下兵馬大元帥，劍履上殿、贊拜不名，並賜金券、四頂帽及二色袍，極盡尊榮，爲宗室中最高優待。又在耶律重元的兒子耶律涅魯古原有的「楚王」官位基礎上，再封其爲武定軍節度使、知南院樞密使，讓耶律重元父子倆一人之下、位極人臣。

但這一切都不能令耶律涅魯古滿意，在涅魯古的慫恿下，老邁的耶律重元終於晚節不保，舉旗造反，走上了一條人生的不歸路。

歷史上的灤河之變發生在遼清寧九年（西元一〇六三年），小說將其延後了二十九年，直到一〇九二年才粉墨登場。且事實上楚王造反人數很少，更不是大規模野戰而是一場伏擊戰，陰謀也很快被粉碎。《遼史》（本紀第二二卷）記載如下：

秋七月丙辰，如太子山。戊午，皇太叔重元與其子楚國王涅魯古及陳國王陳六、同知北院樞密使事蕭胡覩、衛王貼不、林牙涅剌溥古、統軍使蕭迭里得、駙馬都尉參及弟朮者、圖骨、旗鼓拽剌詳穩耶律郭九、文班太保奚叔、內藏提點烏骨、護衛左太保敵不古、按答、副宮使韓家奴、寶神奴等凡四百人，誘脅弩手軍犯行宮。時南院樞密使許王仁先、知北樞密院事趙王耶律乙辛、南府宰相蕭唐古、北院宣徽使蕭韓家奴、北院樞密副使蕭惟信、敦睦宮使耶律良等率宿衛士卒數千人禦之。涅魯古躍馬突出，將戰，為近侍詳穩渤海阿廝、護衛蘇射殺之。己未，族逆黨家。庚申，重元亡入大漠，自殺。

耶律涅魯古確實是被一箭穿心當場死亡，但死在誰的箭下，也是一個十分有趣的話題。根據上文記載，耶律涅魯古是被「祥穩渤海阿、護衛蘇」射殺的，表面上看，是兩個人聯手立的大功，一個是叫「渤海阿」的祥穩（「祥穩」是契丹武官名，類似於都監、偏將一類的小軍官），另一個是一個叫「蘇」的護衛。

而實際上，殺死涅魯古的只有一個人，即護衛「蘇」，而他的軍職是「近侍祥穩」，就職於渤海軍的「祥穩司」。

遼國的兵源主要來自於四股力量：契丹兵、渤海兵、奚兵和漢兵，這四大部族的「多國部隊」搭建了整個遼軍的組織架構。契丹軍是當仁不讓的主力，其中屬皇族耶律氏的皮室軍和屬后族述律氏（蕭氏）的屬珊軍更是精銳中的精銳，此外還有由貴族子弟構成的舍利軍，跟隨耶律洪基捺缽狩獵的御營將士大多就從屬這三支部隊。

渤海兵主要被當作攻城拔寨的前鋒來使用，宋人劉跂詩云「列仗東丹騎，先驅渤海兵」，形象生動地反映了遼東渤海兵的軍容軍貌。而奚兵由於「少馬多步」、「善耕種步射」，一般被當作步軍弓箭手使用，配合騎兵作戰。漢兵的來源主要有兩個，一個是原燕雲十六州的前朝舊軍歸順整編（有羽林、龍虎、神武、神威、控鶴、虎翼、雄捷、驍武等部隊番號，遼代後期僅剩下前六支漢兵部隊），另外一個就是歷次宋遼戰爭中投降契丹的宋軍（分爲四捷軍、歸聖軍、歸化軍、順化軍等，頗具侮辱性）。漢兵主要部署在遼國南疆，防備整個燕雲十六州。

如此看來，其實契丹人並不傻，以漢制漢是一招，驅使渤海兵打頭陣又是一招，取長補短奚兵最大利用化又是一招，這三招保證了人口並不多的契丹人能夠保證種族的血統及薪火相傳。

言歸正傳，渤海兵往往作爲交戰的前鋒，那麼就很好理解了，耶律洪基的貼身近侍護衛「蘇」，這位渤海軍籍的偏將軍，最終完成了斬首行動，他是蕭峰的原型之一。

蕭峰的另外一位原型就是「南院樞密使、許王耶律仁先」。這是繼遼國戰神耶律休哥之後又一位光照後世的名將，生平有兩件不世偉業：平息楚王灤河之變、平定西北韃靼叛亂。他在平息灤河之變中的驚豔表現，《遼史》列傳卷二六中有著非常生動活潑的描寫，遠比上文的本紀部分來得詳細、精彩！

一代名臣

耶律仁先（西元一〇一三～一〇七二年），字糺鄰，父爲南府宰相耶律瑰引。《遼史》說他自小「魁偉爽秀，有智略」，是個文武雙全的英雄人物。雖然是個「官二代」，但畢竟有眞才實學，從一個宮廷小護衛做起，逐步攀升到宿值將軍、殿前副點檢、北面林牙。重熙十一年（西元一〇四二年），擢升爲北院樞密副使，與翰林學士劉六符出使宋朝，恩威並下、軟硬兼施，迫使宋朝答應「重熙增幣」的官方用詞是「納」而不是「賜」（在《澶淵之盟》的基礎上再增歲幣絹十萬匹、銀十萬兩）。

由於立下大功，耶律仁先此後一路平步青雲，先後知北院樞密使、南院兵馬副元帥、南院樞密使，並且加封許王、太尉兩個榮譽稱號。

耶律仁先的官運亨通，引起了耶律涅魯古等人的強烈嫉恨，耶律仁先也對涅魯古等人有了警惕防備之心。「灤河之變」變生肘腋之際，耶律洪基方寸大亂，找耶律仁先商議對策，提出先逃跑到北院大王或者南院大王處避難，徐圖後計。耶律仁先一口否決了這個提議，認爲此時只有聚兵抵抗、傳訊求援才是唯一的出路。

耶律仁先的兒子耶律撻不也此時忍不住多嘴（也有可能是替他爹卸掉政治包袱），插話說：「這是皇上的旨意，難道父親大人你敢違背嗎？」好個耶律仁先，也不管皇帝當時在場，照樣就給兒子「啪啪」兩巴掌，怒罵：「小畜生無知！聖上若率先逃之夭夭，必定導致軍心渙散，兩軍未曾交戰便大勢已去！況且你安知南北二大王其心如何？」

這兩巴掌打在耶律撻不也的臉上，卻打醒了耶律洪基。耶律洪基這才下決心堅決抵抗，將全盤作戰計畫交給耶律仁先策劃、指揮。

在皇太后蕭撻里的鼓勵下，耶律仁先「環車爲營，拆行馬，作兵仗」，率領身邊的三十餘近侍騎馬列陣迎敵。由於叛軍師出無名、士氣低落，剛一交戰，就有多人投降王軍，耶律涅魯古也中箭遭擒，耶律重元退卻。次日，耶律重元再率兩千奚兵進犯，恰好耶律仁先的援軍五院部蕭塔剌也及時趕到了，守軍士氣高漲，當下耶律仁先「背營而陣，乘便奮擊」，兩下夾擊，叛軍潰不成軍，丟盔棄甲逃出二十多里地，耶律重元僅帶數騎身免，最後於荒漠中自殺。

耶律仁先是平息灤河之變的最大功臣，耶律洪基十分感動，「帝執仁先手曰：『平亂皆卿之功也。』加尚父，進封宋王，爲北院樞密使，親制文以褒之，詔畫《灤河戰圖》以旌其功。」

多麼熟悉的一幕啊，小說中耶律洪基就是這麼獎賞蕭峰的。

咸雍元年（西元一〇六五年），耶律仁先加于越，改封遼王，與耶律乙辛共知北院樞密事。由於看不慣耶律乙辛這個大奸臣（此人事蹟前文已述），又正好聽說西北邊境韃靼人進犯，於是再次披掛上陣，歷經數年戎馬倥傯，終於降順韃靼，北境遂安。

一〇七二年耶律仁先去世，年僅六十，留遺囑令家人薄葬。耶律洪基聞訊無比悲痛，親扶靈柩下葬，輟朝三日以示哀悼；宋朝軍民聽說噩耗，無不嗟嘆，認爲他是繼耶律休哥之後遼國最出色的股肱重臣之一。

耶律仁先也是蕭峰的原型之一。

結合《遼史》的本紀和列傳部分，我們可以看出，在平息楚王叛亂一役中，王軍的戰役總指揮是耶律仁先，而射殺耶律涅魯古的是護衛蘇，他們倆的合體，就是《天龍八部》中的蕭峰。

戰鬥真相

歷史上的楚王造反，人數並不多，《遼史》「耶律仁先列傳」明確標明叛軍數目的，只有兩千奚兵；而《遼史》「耶律洪基本紀」部分，更是說叛軍只有區區四百人。可見不論哪個數據，離小說的「七十五萬人馬」相差太過懸殊。耶律洪基也只有數千人的禁衛軍，加上勤王的五院部蕭塔刺部，以多打少，撲滅叛軍也在情理之中。

遼國是一個全民皆兵的國家，「凡民年十五以上，五十以下，隸兵籍」；宋人民間也稱契丹「童子能彎弓，婦人可走馬」。但就是在這樣的情況下，帝國的常備軍總數也不過二、三十萬，這還包括了渤海兵、奚兵等僱傭軍在內。所以爲了增加小說的閱讀趣味，金庸先生虛化了叛軍的兵力，這也是完全可以理解的。

而在這場戰役中，耶律洪基的禁衛軍中有飛虎、飛豹、飛熊等貼身衛隊，大約就是指遼軍編組制度中的「龍軍、鳳軍、虎軍、熊軍、鷹軍」等部隊（《遼史》卷四六）；而契丹鐵騎「未遇大敵，不乘戰馬，俟近敵師，乘新羈馬，蹄有餘力。成列不戰，退則乘之」這一段，相信細心的金迷朋友也能在「金戈蕩寇鏖兵」這一章輕鬆找到原型描寫。

在小說中，王軍和叛軍有過一次驚心動魄的「光明正大」式清掃戰場行爲：雙方各出三百「特種兵」進行「群體性單挑」，在殺死殘留在戰場上的敵方傷兵後，隨即進行一場生死對決，六百人的大混戰，只待一方的三百勇士全軍覆沒後方才收手歸隊，而圍觀兵將只許看不許援手。

這一段描寫僅僅只有三百多字，卻回回看得我手心捏汗，緊張之餘只覺得精彩萬分。小說中借蕭峰的心理活動說這是「遼人規矩如此」，但可惜的是，我查遍典籍，也找不到遼軍哪支部隊是身負清掃職能並如此作戰的。

春秋戰國以後，「公平競爭」被「兵不厭詐」完全取代，只因泓水之戰中，宋襄公因為一念之仁，要等楚軍渡河、布陣完畢後才進行攻擊，結果被立穩腳跟的敵人打得落荒而逃。宋襄公的這種「貴族精神」，今天反而成了迂腐可笑的代名詞，毛澤東在《論持久戰》中就戲謔地說：「我們不是宋襄公，不要那種蠢豬式的仁義道德。」

故而，這場公平競爭性質的遼兵群體單挑，只不過是小說家的美好想像罷了。

首次西征：蒙古攻打撒馬爾罕

成吉思汗哨探獲悉，此城是花剌子模的新都，結集重兵十餘萬守禦，城精糧足，城防完固，城牆之堅厚更是號稱天下無雙，料得急切難拔，是以傳令四路軍馬會師齊攻。次晨郭靖揮軍沿那密河南行。軍行十日，已抵撒麻爾罕城下。城中見郭靖兵少，全軍開關出戰，卻被郭靖布下風揚、雲垂兩陣，半日之間，殺傷了敵人五千餘名。

——《射雕英雄傳》第三十七回

《射雕英雄傳》中郭靖飛將軍大破撒馬爾罕一場戲非常精彩，久攻不下的蒙古兵在郭靖的帶領下，趁夜「傘兵天降」，一舉攻克牢不可破的花剌子模首都，活捉大金國六王爺完顏洪烈，郭靖報了血海深仇。

歷史上的蒙古遠征花剌子模、攻克撒馬爾罕，又是怎樣的情況呢？說來話長。

西亞霸主

花剌子模古國舊疆在今天的烏茲別克斯坦、吉爾吉斯斯坦、塔吉克斯坦、土庫曼斯坦、阿富汗和伊朗等國境內，東臨中國新疆，西瀕裏海，北連哈薩克斯坦，南接巴基斯坦，國土面積約等於印度，是十三世紀初的中亞大國、地區一霸。

花剌子模在稱雄中亞之前，也有過不堪回首的受壓迫苦難史。

大約西元九世紀中期，突厥人的喀喇汗王朝在中亞興起，國土面積廣袤，東起庫車，西至鹹海，南臨阿姆河，北至巴爾喀什湖，花剌子模完全被包裹在內，成爲帝國的一個行省。一〇四一年，喀喇汗王朝被人爲一分爲二，以錫爾河爲界，分別稱爲東喀喇汗國和西喀喇汗國，花剌子模地區被分到了西喀喇汗國，撒馬爾罕成爲都城。

隨後的一百年裡，西喀喇汗國一直被先後崛起的哥疾寧王朝和塞爾柱王朝接管，淪爲它們的附庸，這種情況直到一個契丹人的到來才發生翻天覆地的變化。

這個契丹人名叫耶律大石，是西遼帝國的創始人，廟號德宗。

耶律大石是遼太祖耶律阿保機的八世孫，文武雙全，有膽有識，是遼末最光芒璀璨的英雄人物。

遼朝天祚帝保大四年（西元一一二四年），遼朝覆亡在即，殿試狀元耶律大石權衡再三，決意率領二百親兵一路向西突圍，去開創新的革命根據地，養精蓄銳、招兵買馬，再圖復國。

經過艱苦卓絕的八年奮戰，一一三二年，耶律大石在西域葉密立即皇帝位，號「菊兒汗」（古兒汗），至此，遼朝國祚在斷絕七年後，由西遼王朝重續香火。

一一三四年，西遼先後征服高昌回鶻和東喀喇汗國，國土版圖大大擴充。

耶律大石連滅兩國，震驚了整個中亞世界，他們想不到一個信仰佛教爲主的外來流亡政權，竟然可以虎口拔牙！畢竟血濃於水，西喀喇汗國決定向西遼起兵，爲東喀喇汗國報滅國仇。

耶律大石輕易打敗了前來挑釁的西喀喇汗國蘇丹馬赫穆德，這下整個中亞地區的國家都感覺到了巨大的生存危機，他們在宗主國塞爾柱王朝蘇丹桑賈爾的帶領下，組成了多國聯軍，號稱進行宗教「聖戰」，要把西遼這個外來戶趕回老家。

一一四一年九月，卡特萬會戰爆發。雖然西遼只有兩萬騎兵，而中亞聯軍有十萬之眾，但耶律大石設計將敵軍引入大峽，前後堵截，伏兵四出，打出了中亞史上經典的以少勝多軍事戰例！

戰後，桑賈爾、馬赫穆德等蘇丹集體西逃，塞爾柱王朝一蹶不振，花剌子模趁機擺脫西喀喇汗國獨立，奉西遼爲宗主國。西遼至此終成中亞一代霸主，「軍勢日盛，銳氣日倍」，徹底取代了塞爾柱王朝的地位。

西元一二〇〇年，摩訶末成爲花剌子模國蘇丹，到了一二〇八年，隨著西遼的式微，花剌子模成爲了中亞新霸主。

引火燒身

成吉思汗呑併了西遼後，爲了集中兵力對付最大的宿敵金國，因此對西遼鄰國花剌子模表示了親善之意，派出了商隊進行貿易合作。

花剌子模國有著優良的經商傳統，伊斯蘭駝隊將中亞的精美金銀飾品、地毯、燈具、刀劍輸送到世界各地，足跡最遠可達多瑙河和萊茵河兩岸。但當成吉思汗的四五〇人商隊抵達花剌子模訛答剌城後，一向見多識廣的花剌子模商人被精美的中土商品震驚了，這些來自遙遠東方的瓷器、漆器、絲綢、貂皮、珍珠、琥珀、玉器、茶葉……每一件都美輪美奐，塡補了本國外貿商品的空白，經濟價値極高。

貪婪的訛答剌城城主亦納勒術起了邪念，他藉口蒙古商隊中的一個印度商人侵犯了他的尊嚴，下令將整個蒙古商隊屠戮殆盡，自然，五百匹駱駝運載的商品就成爲了他奉獻給摩訶末的禮物。

被巨額財富衝昏頭腦的摩訶末不僅沒意識到這是一樁彌天大禍，反而嘉獎了亦納勒術。沒有不透風的牆，得知商隊遇難的成吉思汗強行按捺住內心的怒火，派出了三人外交使團去問責。結果如小說所述，一人身死，兩人被剃掉了鬍髮趕了回來。

大戰不可避免。

一二一九年，十五萬蒙軍（一說二十萬）趁著秋高氣爽，開啓了遠征花剌子模的征途。成吉思汗親自帶隊，兵分四路：朮赤進攻錫爾河下游城市；察合台、窩闊台圍攻訛答剌城；阿剌黑、蘇圖格、脫海三人帶隊進攻別納克特和忽氈；成吉思汗則帶著幼子拖雷進攻布哈拉城。

四路蒙軍陸續將各個城市攻陷，最終合兵在首都撒馬爾罕城下，這一天是西元一二二〇年的三月十五日。

撒馬爾罕是當時中亞的政治、經濟中心，人口有五十萬之眾，城高池深，三面環山，戰略地位十分突出。爲了防備蒙古人，摩訶末還特意加高了城牆，挖深了護城河，並且囤積了足夠十年的軍民糧草，做好了打持久戰的準備。

這座城市的十一萬勇悍戰士更給了摩訶末信心，只要堅守到冬天，住在蒙古包裡的蒙古人勢必後勤不足而撤兵，到時候再逐一收復淪陷國土就是。

但蒙古人沒有給他面子，他們只用了五天就攻克了這座銅牆鐵壁一般的巨大城市。

第一天，成吉思汗圍著撒馬爾罕城巡視，制訂戰鬥計畫。

第二天，成吉思汗向參戰將領分配戰鬥任務。

第三天，撒馬爾罕守軍主動出城攻擊，蒙古大軍應戰！戰鬥持續了整整一個白天，雙方各有傷亡，不分勝負。當晚，成吉思汗調來了炮兵團轟炸城頭。這支重炮部隊的投石機、投擲器源源不斷地將鐵製霰彈和石頭投擲到城頭，給城防工事造成了巨大的損失。

第四天，守軍祭出殺手鐧：戰象部隊。這些龐然大物皮糙肉厚，兩根長牙上各綁著一把大刀，守軍用煙火驅使這些大象衝向蒙古軍隊，自己則在大象屁股後面追殺殘敵。

《三國演義》裡，蠻王孟獲就用過這種戰術，諸葛亮羽扇輕搖，一舉破之。諸葛亮用的是噴火怪獸車嚇退大象，蒙古兵用巨弩射傷大象，導致這些大象掉頭往城裡跑，踩死踩傷無數花刺子模士兵，蒙古兵跟在大象後面斬殺潰軍。

當天晚上，摩訶末帶著王子札蘭丁和少量親信，偷偷從地道裡跑出城外，放棄了他的首都和臣民。

屠城血案

第五天，成吉思汗命令哲別和速不台帶領兩千士兵追擊摩訶末，其餘大軍繼續圍堵撒馬爾罕城。

國君逃亡，群龍無首，守城主將脫蓋罕、教會長老、大法官等達官顯貴出城投降，剩餘的三萬守軍也交上了武器。

蒙古人先是破壞了城防隘口，然後揮舞屠刀殺死了投降的守軍，做完這些以後，他們挑選了三萬名工匠當作奴隸送回蒙古，接下來就是血洗撒馬爾罕城以此報復。

這種行爲是極其殘忍和不道德的，將永遠遭受歷史的譴責！

小說中說，成吉思汗爲何要屠城，是因爲察合台的長子莫圖根在攻打撒馬爾罕城時，被完顏洪烈的金箭射死。實際上並非如此，莫圖根死在一二二一年的巴米揚帆延堡之戰（就是二〇〇一年塔利班恐怖組織炸毀的巴米揚大佛所在地），城破後，成吉思汗爲了報復，下令將巴米揚城夷爲平地、雞犬不留，此後該城蕭條了百餘年之久。

小說中的兩軍作戰細節幾乎和史實吻合，唯一可惜的是，當時沒有「郭靖」這個人物來懇求成吉思汗不要濫殺無辜。

最後交代一下摩訶末的結局，他被哲別和速不台一路追殺，最後倉皇逃到裏海中的一個無名小島上，在驚悸和憂鬱中走完人生。倒是他的兒子札蘭丁值得一表。

這位末代王子在戰前就建議父王聚集全國四十萬兵力決戰蒙古人，但正確意見未被採納。撒馬爾罕城破前夜，他隨同摩訶末出逃，摩訶末死後，札蘭丁繼位爲王。

札蘭丁回到故國舊都玉龍傑赤，收攏舊部，同時向周圍的伊斯蘭國家借兵復國，最後聚集了十萬大軍在喀布爾打敗了蒙古軍。但此後，窮兵黷武的札蘭丁逐漸失去伊斯蘭國家的信任，陷入了孤立，蒙古人又大舉來襲，札蘭丁四處流亡，一二三一年，他逃進了庫爾德地區，最終爲庫爾德人擒殺。

札蘭丁在國家滅亡後依然堅持對抗十年之久，一代天驕成吉思汗也不由得稱讚他是個值得尊敬的對手，希望自己的兒子能像他那樣頑強、堅韌。今天的烏茲別克斯坦花剌子模州的首府烏爾根奇市（玉龍傑赤）還立有他的雕塑，紀念這位花剌子模末代王子抵抗侵略的英勇事蹟。

大汗喪命：釣魚城改變歷史

依歷史記載，憲宗系因攻四川重慶不克而死，是否爲中了飛石，史書亦記載各異。但蒙古軍與宋軍激戰最久、戰況最烈者系在襄陽，蒙古軍前後進攻數十年而不能下。爲增加小說之興味起見，安排爲憲宗攻襄陽不克，中飛石而死，城圍因而得解。

——《神雕俠侶》第三十九回注解

《神雕俠侶》這本書的最高潮出現在小說的倒數第二回「大戰襄陽」，此役宋蒙雙方各傾主力生死相搏，宋方除了郭靖、黃蓉夫妻，還出現了黃藥師、一燈、周伯通等隱居多年的世外高人助守襄陽；而蒙古軍方面，除了蟄伏十六年的蒙古國師金輪法王重出江湖，大汗蒙哥也御駕親征，雙方絕對可算是火星撞地球。戰役最終結果是襄陽守城成功，蒙哥大汗斃命，楊過建立不世奇功。這一回小說是金書中我最愛的篇章之一，讀來令人熱血沸騰、激動不已。

斡腹之計

蒙古滅宋一共花了四十四年（西元一二三五～一二七九年），幾乎長達半個世紀。這半個世紀的較量裡，南宋的川陝、荊襄、江淮三大防區承受了嚴峻的考驗。

按照蒙古人的最初設想，宋人文弱不堪，縱橫歐亞大陸的蒙古鐵騎南下，自然望風披靡，平定天下指日可待。因此三路齊下速戰速決是最合適的戰術。

端平二年（西元一二三五年），宋蒙戰爭全面爆發，蒙古大軍分西、中、東三路，分別進攻南宋的川陝、荊襄和江淮三大防區。

川陝防區：一二三五年秋，蒙古闊端進攻南宋四川，陷沔州（今陝西略陽）；一二三六年蒙軍連破劍閣、閬中、成都；一二三七年，蒙軍屯兵於重慶夔州城下，因長江天險阻隔，無奈退兵。

從一二三九年起，南宋朝廷啓用名將孟珙爲四川宣撫使鎮守川陝，一二四二年，余玠接替孟珙擔任四川宣喻使，到了一二五〇年，經過余大帥八年苦心經營，四川「邊庭寧肅、人賴以安」，蒙軍駐足不前，四川出現「西土中興」的大好局面。

荊襄防區：一二三五年，蒙古曲出進攻南宋襄陽，爲宋軍所敗；一二三六年蒙軍捲土重來，安撫使趙範防禦不當，襄陽失守；一二三九年，孟珙收復襄陽。此後襄陽一直在宋人手裡，是抵抗蒙古入侵的橋頭堡，直到一二七三年呂文煥降元。

孟珙出生於名將世家，曾祖孟安、祖父孟林均與中華戰神岳飛並肩作戰過，但孟珙完成了岳飛終生未達的願望：收復失地，滅亡金國。一二三四年，孟珙作爲南宋統帥，與蒙軍一起合攻蔡州，俘獲金哀宗完顏守緒遺骸，獻骨太廟，報了金國滅亡北宋的宿仇。

孟珙於亂世之中，鎭守川陝、荊襄兩大防區，以一人之力統御南宋三分之二防線，鞠躬盡瘁，死而後已，是宋理宗時代最傑出的軍事指揮家，被後世軍史家讚譽爲「機動防禦大師」。只可惜孟珙壽數太短，只活了五十二歲，於一二四六年謝世。孟珙去世前，曾大力推薦賈似道、劉整二人作爲一文一武輔佐理宗皇帝，只可惜這二人一個誤國一個降敵，生生把孟大帥遺志給糟蹋了。

江淮防區：一二三六年，蒙古漢將張柔率軍迫近兩淮；一二三七年攻陷光州，直逼黃州，黃州江面狹窄，若失將危及臨安。又是孟珙擔任了救火隊員，一二三八年成功保衛了黃州。此後數年，宋蒙兩軍在安豐、廬州、盱眙、壽春、泗州等地展開血戰，南宋軍隊也明白江淮一失，等同國破家亡，故而殊死肉搏，保衛了江南新都的安全，迫使蒙古「造舟巢湖以窺江南」的勃勃野心失敗。一二四八年，蒙古逐漸退出江淮戰場。

三線作戰，力分則弱，導致三線受挫。蒙古伐宋不利，便欲效仿當年滅金的迂回包抄策略，決意繞過川陝防線，從雲貴高原鐵騎東進，讓南宋防軍腹背受敵，進而一鼓作氣消滅南宋！這條計策，便是著名的「斡腹之計」！

蒙古的如意算盤是，欲征服南宋，先征服吐蕃和大理，借道雲貴避開南宋正面防線，攻其側背薄弱環節。這種戰法古往今來屢見不鮮，「假途伐虢」算一個，二戰時德國繞過馬其頓防線滅法國也算一個。

蒙古垂涎吐蕃由來已久，早在成吉思汗初統大漠的一二〇六年，一盤散沙的吐蕃各部領主就集會商議和平歸蒙一事。一二二二年，蒙古征服花剌子模後，返程經過吐蕃，古魯格多爾濟汗率眾歸順。一二三九年，蒙古多達那波帶領兩千精兵入藏，焚燒熱振寺和傑拉康寺，屠殺五百多僧侶。一二四四年，成吉思汗孫闊端給西藏薩迦派第四代祖師貢嘎堅贊（西元一一八二～一二五一）寫了一封恩威並施的信件，提出了吐蕃和平歸順的要求。一二四六年，貢嘎堅贊帶領兩個侄子八思巴（十歲）和恰那多吉（八歲）抵達涼州，準備談判。一二四七年，和談達成，吐蕃正式併入蒙古，兩國未起兵戈，算是「和平演變」。

一二四七年的雙方和談，標誌著立國六百餘年的吐蕃古國退出歷史舞臺，同時也宣告了吐蕃從達磨滅佛後近四百年的分裂割據局面結束，此後西藏一直受中央王朝的管轄，共同創造中華民族的璀璨文明。

收編了吐蕃，下一步就是降服大理。大理雖然是個邊陲小邦，實力不濟，卻有著抵抗侵略的勇氣。一二五二～一二五三年，忽必烈、兀良合台革囊渡江，十萬蒙古鐵騎攻破大理都城羊苴咩，大理末主段興智逃亡被俘，投降蒙古；大理末相高泰祥兵敗遭擒，不屈而亡。順利拿下吐蕃和大理後，中華版圖上只剩下蒙古和南宋隔江對峙，天下三分蒙占其二，統一不可避免。寶佑三年，蒙古正式開始「斡腹之計」，雲南、陝西、四川的三路蒙軍夾擊重慶合州釣魚城，意圖拔掉這顆棘手的釘子！但由於宋理宗早早在川南、兩湖地區嚴密布防，一二五六年，三路蒙軍先後退兵。

寶佑五年，蒙古大汗蒙哥再也無法忍耐蒙軍在南宋戰場各條戰線的困頓不前，親率諸王出師伐宋。次年冬，蒙古雷霆大軍以泰山壓頂之勢殺向小小的釣魚城，歷史在這裡，將見證一場轟轟烈烈、蕩氣迴腸的保家衛國戰爭！偉大的釣魚城保衛戰，打響了！

孤城血戰

蒙哥汗此次以雷霆大軍壓境而來，也是兵分三路：東路軍由塔察兒率領，負責攻擊荊襄地區，阻止南宋荊襄援軍向釣魚城靠攏，此路軍志在牽制，而不在殲敵。選擇塔察兒也是蒙哥刻意爲之，因爲忽必烈和平收吐蕃、武力降大理，威望日盛，爲了防止弟弟功高蓋主，暫且先將其雪藏。

西路軍由蒙哥親自帶隊，是南征釣魚城的主力，據《史集》記載「蒙哥率軍六十萬」，這個數據過於誇大，不可信，另有文獻記載西路軍兵力爲十萬和四萬兩種說法，個人偏向於十萬大軍，皇帝御駕親征，規模應該不小。

南路軍由兀良合台領軍，兀良合台是名將速不台的長子，行軍打仗深得乃父眞傳！由他帶領南征大理的蒙古軍隊，從廣西、貴州出發，進攻潭州（今長沙），這也是爲了牽制宋軍以阻止其奔赴救援釣魚城。

蒙古大軍東西並進、南北夾擊，目標是拿下釣魚城，站穩腳跟發展水軍，而後合圍襄陽城！計畫不可謂不完美。然而釣魚城的獨特地理位置，讓蒙軍目瞪口呆。

釣魚城建在重慶東北十里（一里＝五百公尺）處的釣魚山上，嘉陵江、涪江、渠江三水合流，釣魚城北、西、南三面環水，只有東面與陸地相通，釣魚山高聳突兀、自成一系，算得上是山高水深、易守難攻。因爲地勢險要、山形險惡、水流險急，南宋朝廷在此苦心經營二十多年，小小釣魚城有內城、外城和八座堡壘城門，此外城南、城北還各有一道直達江邊的一字城牆，算得上固若金湯。

如果蒙軍採取圍而不打困死孤城的戰略，也是絕無可能讓守軍投降的：城內存糧足夠五年屯守，且有大量梯田耕種糧食，此外重慶、南充等地可水運糧草支援，除了江水飲用不絕，城裡還深挖井水防備不測。這麼看的話，想要彈盡糧絕、耗死守軍只能說是異想天開。蒙軍圍城數月不散，守城主將王堅曾經將兩尾剛剛捕撈上來的新鮮江魚和百餘張麵餅拋給城下蒙軍品嘗，活蹦亂跳的大魚重達三十多斤，草原軍士聞所未聞、見所未見。

釣魚城的險峻地理位置，讓蒙軍無計可施，「炮矢不可及、梯衝不可接」，蒙古大軍所向披靡的攻城利器此時全部失效。蒙哥叫降將晉國寶招降，結果被王堅斬殺，蒙哥汗無法可想，只能強攻釣魚城。

開慶元年二月初二，蒙軍開始渡江攻城，戰役進行了七天，蒙軍一無所獲。蒙哥急召東路軍增援，兩路蒙軍匯合在釣魚城下，又進行長達三個月的攻堅戰，依然無果。

釣魚城久攻不下，令蒙古人畏懼的盛夏即將到來，重慶是火爐，草原兵士水土不服，軍中疫病流行。

同時，宋理宗委任賈似道率領援軍增援釣魚城，呂文德、向士璧等人在涪州挫敗蒙軍後，乘戰船抵達釣魚城下。蒙軍看到敵人頑強無比、增援不絕，己方鬥志消沉，軍心渙散。

到了六月，蒙哥汗眼見破城無望，無奈下達了撤軍北還的命令，七月，蒙哥汗在重慶金劍山溫湯峽去世。

死因謎案

關於蒙哥之死，歷史上有多種說法，主要有中炮死說、病死說、中箭死說、氣死說、淹死說五種。之所以有這麼多說法，主要是最權威的《元史》交代蒙哥之死非常含糊：「是月，帝不豫。秋七月辛亥……癸亥，帝崩於釣魚山。」竟然對蒙哥死因未作交代。

第一種說法就是蒙哥被釣魚城守軍炮石擊中而致死。持有這種觀點的是無名氏的《釣魚城記》（萬曆《合州志》卷一），說蒙哥「爲炮風所震，因成疾」，最終導致不治而亡。《神劉譯華、馮爾康編著的《中國古代史》及邱樹森著的《元朝史話》均採納此種觀點。《神雕俠侶》顯然也採取了這種說法。

第二種說法流傳較廣，因爲水土不服，蒙哥得了赤痢，加上軍中霍亂、瘟疫盛行，病毒肆虐，無藥可治。持有這種觀點的是《史集》，作者是伊利汗國宰相拉施特，是一個具有猶太血統的西亞人。《續資治通鑑》也採納了這種說法。

第三種說法是著名的旅行家馬可·波羅提出的，蒙哥爲釣魚城守軍流矢射中而死。敘利亞阿部耳法刺底編著的《世界史節本》接受了這種說法，釣魚山忠義祠內的《新建二公祠堂記》石碑碑文也說蒙哥是「中飛矢而死」。

有趣的是，當代史學家翦伯贊則綜合了二、三種說法，在《中國史綱要》一書中說：「蒙古軍因軍中痢疾盛行，死傷極多，蒙哥汗又爲宋軍的飛矢射中身死。」

第四種說法見《古今紀要逸編》，作者黃震，他認爲蒙哥久攻不下釣魚城，羞怒交加，急火攻心，一怒而亡。

第五種說法見《海屯紀年》，說蒙哥乘戰船臨江督戰，爲宋軍水鬼扎破船底淹死……

而我則提出了第六種可能：毒死說。蒙古人爲了爭奪汗位也不擇手段，窩闊台毒死了親弟弟拖雷、拔都毒死了堂弟貴由，雖然兩案都是傳聞，未經證實，但不會無緣無故空穴來風。從蒙哥防備忽必烈，忽必烈和阿里不哥爭奪汗位來看，這兄弟三人關係貌合神離，蒙哥被人下毒而亡，並非全無可能，當然凶手是誰，也可以大膽猜想一下。

由於進軍不利，蒙哥曾召喚忽必烈替代東路軍主帥塔察兒，一二五八年十一月，忽必烈自開平起行，次年二月匯聚大軍於邢州。等到忽必烈抵達淮河的時候，已經傳來了蒙哥的死訊。忽必烈率三軍祭奠蒙哥後，繼續南下渡江攻擊鄂州，試圖以滅宋軍功競爭大汗之位。後來聽說阿里不哥在和林老家諸多宗室的支持下準備登基，其中包括蒙哥的遺孀忽都灰皇后，這才驚慌失措，匆匆與南宋簽署了停戰協議，帶兵北返和幼弟爭奪大汗之位。

這麼看來，忽必烈下毒的可能性很大，確實存在這種可能。

當然，蒙哥具體死因已經不重要了，釣魚城之戰擊斃了蒙哥大汗，不僅拯救了南宋，而且讓蒙古的第三次西征被迫停下了腳步，中西歐、非洲得到保全。忽必烈和阿里不哥的四年汗位爭奪戰，以及海都在帝國西北的反叛，都讓蒙古帝國繼任者焦頭爛額無暇南顧，南宋得以苟延殘喘再保社稷二十年。

等到忽必烈打敗了阿里不哥繼承汗位，蒙古再次南侵大宋，已經是八年後的一二六七年。這一次，蒙古選擇了襄陽作為突破口，也就是下一回的「襄陽之戰」。（小說中介紹說蒙古軍再攻襄陽是「宋度宗咸淳九年」，即西元一二七三年，正是襄陽城破之年，反推出郭靖享年七十二歲，算是高壽了。）

而對於釣魚城，蒙古軍已經不敢再行嘗試，直到臨安陷落三年後的一二七九年，釣魚城的守軍才在孤立無援的情況下無奈投降元朝。英勇頑強的釣魚城軍民和崖山流亡政權一起，昂著驕傲的頭顱進行了悲壯而完美的歷史謝幕表演。

保衛襄陽：南宋的悲壯挽歌

一時（襄陽）城內城外殺聲震動天地，空中羽箭來去，有似飛蝗。郭靖手執長劍，在城頭督師。黃蓉站在他的身旁，眼見半片天布滿紅霞，景色瑰麗無倫，城下敵軍飛騎奔馳，猙獰的面目隱隱可見，再看郭靖時，見他挺立城頭，英風颯颯，心中不由得充滿了說不盡的愛慕眷戀之意。

——《神雕俠侶》第三十九回

開頭引用文字是小說中我極愛的部分，郭黃二人的夫妻情深，在數十年守衛襄陽的壯舉中得到昇華，此中俠骨柔情、碧血丹心，令人熱淚盈眶、熱血沸騰。

前文已述，蒙古攻南宋戰事最慘烈所在就在襄陽，《神雕俠侶》這部小說的第三十九回「大戰襄陽」也比第四十回「華山之巔」來得精彩、好看，歷史上的襄陽保衛戰也頗有可圈可點之處，值得大書特書。

兵發襄陽

忽必烈一二六四年戰勝阿里不哥奪得大汗之位後，南下伐宋完成統一大業再次提到了議程上來。由於一二五九年蒙哥汗死於川東釣魚城之戰，因此此次「重兵圍攻荊襄」的作戰計畫逐漸清晰、明朗起來，避開多山崎嶇的川陝防區和水網密布的江淮防區，全力攻打長江中游的中原地帶城市襄陽、樊城，是忽必烈進軍的唯一目標和選擇。

忽必烈選擇襄樊作爲突破點，陸續聽取了三個人的意見。早在開慶元年（西元一二五九年），謀士杜瑛曾建議他「若控襄樊之師，委戈下流，以擣其背，大業可定矣」，可惜當時忽必烈只是親王，沒有軍事決策權。次年也就是景定元年（西元一二六〇年），曾隨同旭烈兀西征、攻城略地無數的千戶長郭侃也上書說：「宋據東南，以吳越爲家，其要地則荊襄而已。今日之計，當先取襄陽。既克襄陽，彼揚、廬諸城，彈丸地耳，置之勿顧，而直趨臨安，疾雷不及掩耳，江淮、巴蜀不攻自平。」郭侃乃興唐名將郭子儀之後，其戰略目光可謂精準、可怕。

當然一二六〇年忽必烈要和弟弟阿里不哥搶汗位，一時無暇南下。直到宋度宗咸淳三年（西元一二六七年）的十一月，以瀘州十五郡縣三十萬戶百姓作爲政治資本投降蒙古的南宋名將劉整，也向忽必烈獻出了自己的「亡宋之策」，即「無襄則無淮，無淮則江南唾手可下也」！同時劉整答應幫著忽必烈訓練一支不弱於南宋水軍的蒙古水軍，用以對抗敵人的最強兵種。

對於劉整的這種賣國行爲，文天祥認定「亡宋賊臣，整罪居首」、現代宋史專家王曾瑜先生認爲：「宋元後期戰爭的關鍵決策人物並非丞相伯顏，而是降將劉整。正是劉整使得元朝作出了重大的戰略調整……偏安江南，維持了一百四十多年的南宋王朝也終因元朝的戰略轉變而滅亡。」

在分別聽取了謀士、千戶、降將三方意見後，忽必烈終於定下了「次年伐宋，先取襄陽，順江而下，直逼臨安」的戰事總基調，同時開始厲兵秣馬、訓練水軍、籌備糧草，爲將來艱苦的攻城戰儲備戰略物資。

忽必烈此次決意一鼓作氣蕩平南宋，也是花了血本的：從一二六〇年起，蒙古就在河南、河北、山東、陝西各地不斷「簽軍」，襄樊大戰前夕更是四處徵兵；同時從一二六五年開始就不斷發展水軍，先後命王仲仁、董文炳、劉整等降將擔任水軍大將，叛將劉整的「忠勇」著實「可嘉」，一二七〇年宋蒙襄陽鏖戰正酣時，劉整造船五千艘，練卒七萬餘，「日練水軍，雖雨不能出，亦畫地為船而習之」，堪稱「赤膽忠心」。

而在戰略物資的儲備和供應方面，蒙古一改以往「因糧於敵」的「打草穀」傳統，設立了專門的後勤供輸機構，以保障持久戰的持續進行。同時，蒙軍還重金（一條玉帶）賄賂襄陽最高軍事長官、官拜京湖制置使的呂文德，讓其同意蒙軍在襄樊二城周邊的白河口、萬山、鹿門山等要隘開闢「榷場」，蒙軍開榷場展開交易是假，修建堡壘是真。雖然呂文德的弟弟呂文煥提醒自己的哥哥注意蒙軍的陰謀，但呂文德並不以為意，直到幾個榷場全部連接成了城牆，隔斷了襄樊和外界的聯繫，讓襄陽、樊城成為長江（漢水）兩岸的兩座孤城的時候，呂文德才仰天長嘆：「誤國家者，我也！」但有什麼用呢？此時悔之晚矣！

此時我們再看看宋蒙兩軍在襄陽城下的實力對比：

蒙軍方面：榷場城牆對襄樊形成了包圍，阻斷了外界對襄樊的糧草、軍隊支援；圍城的蒙軍最初有十萬之眾，包括騎兵、步兵、水軍、火炮部隊、攻城部隊，後續陸陸續續有新兵員加入；蒙軍就地屯田開墾，糧草供應豐富；主帥阿朮是蒙古名將速不台之孫、兀良合台之子，弓馬嫻熟，副帥劉整乃南宋叛將，精於水戰，熟悉南宋軍事格局。

宋軍方面：自從一二五一年高達收復襄陽後，南宋朝廷對襄陽的戰略性開始重視。宋理宗調撥了大量人力物力，經過十幾年的大力經營，襄陽重新成為城高池深、兵精糧足的軍事重鎭，成爲宋長江中游的門戶和屛障。城內守軍約五萬人，糧草可支持五年，襄陽和樊城之間，由鐵索浮橋跨江相連互爲救援。主帥呂文德戎馬多年，作戰經驗豐富，副帥呂文煥是其弟，年富力強。

一二六八年九月，忽必烈藉口南宋無故扣押蒙古使臣郝經八年不放，興舉國兵力南下，長達六年的襄陽攻堅戰開始了！

守城六載

蒙軍首先對襄樊外圍的其他零星要隘展開攻擊，很快就占領了金剛台、清潤寨、大洪山、歸州洞、射垛崗、鬼門關等一系列關卡，隨即「連珠紮寨，圍（襄樊）數十里不得通」，進一步令襄樊二城與外界「南北不能通」，收緊了對襄樊的包圍圈，而襄樊守軍對此只能望洋興嘆、力不能及。

蒙軍採取的是傳統的「圍點打援」戰術，襄陽守軍除了苦守別無他法，雖然宋理宗也不斷調配軍隊增援，但都衝不破蒙軍的包圍圈。一二六九年十一月，蒙軍「築台漢水中，與夾江堡相應，宋軍援襄者不能進」，憂憤交加的呂文德不堪重擊，一個月後撒手歸西，將城防重任交到了李庭芝、呂文煥手上。

一二七〇年二月，不甘坐以待斃的守軍出步騎一萬五千人，兵船百餘艘，水陸並進攻打蒙軍萬山堡，以此準備殺出一條通向外界的血路。但不幸的是攻打失利，宋軍潰敗退回襄陽。這一戰役標誌著襄陽守軍反擊包圍圈的企圖已經徹底失敗。

圍城繼續進行中……

襄陽不像釣魚城占據了天險地利，隨著戰事的推進，糧草開始成爲守軍的難題。一二七一年四月，南宋殿前副都指揮使范文虎押送糧草走水路增援襄陽，在鹿門山附近爲蒙軍擊敗；六月，范文虎率十萬水師馳援襄陽，被阿朮、劉整的蒙古水師擊敗，喪舟數百；所幸隨著夏季水位暴漲，南宋水師趁這天賜良機，多少輸送了一些布帛、糧草、鹽米之類的戰略物資進了襄陽城，爲頑強抵抗的襄陽軍民注射了一枝強心針。

同年，忽必烈委派各路大將佯攻重慶、瀘州、汝州、嘉定等城，斬斷了援襄宋軍的前進步伐。與此同時，忽必烈遣使到西方諸從屬國，重金懸賞攻城利器，回回人阿老瓦丁、亦思馬因揭榜應詔，帶來了當時世界上威力最大的投石機「回回炮」，這種威力巨大的攻城機器日後在攻陷襄陽的戰鬥中發揮了巨大的作用。

一二七二年，戰事更加險惡了。三月，蒙軍攻破樊城的外城，守軍兩千人全部戰死殉國，但剩餘守軍仍然堅守內城不降。樊城外城的失陷，標誌著襄樊戰役到了最後的決戰階段。

雖然援軍將領孫虎臣、高世傑，以及民兵領袖張順、張貴分別輸送了部分戰略物資進入襄樊二城，但此時敵我力量對比過於懸殊，沒有自身造血功能的孤城，無論如何也堅持不了多久了。

一二七二年九月，漢水水位新低，元軍在得到了數十架回回炮後，發起了最後的總攻。而此時的襄陽守軍主將們，李庭芝和范文虎不和，臨安小朝廷的宰相賈似道又不敢領大軍前來決戰解圍，襄樊到了最危急的時候！

歲末，元軍猛攻樊城，阿朮派兵先摧毀兩城之間的鐵索浮橋，阻止了襄陽方面的救援，在回回炮巨大的火力掩護下，元軍終於在一二七三年年初攻破樊城，雖然馬軍都統制牛富在城破後，依然率領七百勇士進行巷戰，但壯烈的行爲無法阻止城破的現實，牛富都統制和他的子弟兵們全部戰死殉國。爲了發洩不滿情緒，元軍將樊城屠城，全城老少雞犬不留。

攻下樊城後，襄陽的陷落已經是時間問題，經過六年的圍困，守軍疲憊、糧草短缺，居民「拆屋爲薪、緝麻爲衣」，呂文煥「每日巡城，南望慟哭」，加上回回炮「聲震天地，所擊無不摧陷，入地七尺」，整個襄陽陷入了人心渙散、士氣低落的氛圍。

一二七三年二月，亦思馬因親自點火，開炮轟擊襄陽城樓東南角，巨大的石群從天而降，部分城牆瞬間塌陷，少數襄陽守將心膽俱裂、逾城出降。

忽必烈愛惜呂文煥是個人才，多次派人招降，但都被呂文煥拒絕。直到最後忽必烈答應呂文煥，只要襄陽投降，絕不屠城洩憤，不讓樊城悲劇重演，勢單力孤的呂文煥才無奈開城降敵。

長達六年的宋元襄樊保衛戰雖然最終以宋敗元勝而告終，但分析起來，無論是軍事實力，還是戰爭準備，元軍都遠遠勝出，襄陽城堅守六年才無奈降元，已經是個了不起的奇蹟。

戰爭復盤

分析元軍之勝，原因多種，主要有六點：目標明確、戰術對頭、兵員充足、糧草豐富、水軍突起、西域火炮。而宋軍則很好地利用了城池堅固、儲備較豐、軍民英勇三點優勢，才能消耗忽必烈六年的光陰。南宋最終落敗，實力不濟是第一要素，其次才是將領不和、指揮不當等次要因素。而對於呂文煥的投誠，個人覺得可以理解，畢竟在那個時刻，元軍攻破襄陽城也是早晚的事，襄陽滿城百姓生死，盡在呂文煥一念之間，他也十分爲難。

據說忽必烈進城召見呂文煥時，呂文煥匍匐在地，渾身顫抖，但忽必烈還是溫言寬慰有加，由此獲得了呂文煥死心塌地的效命：呂文德、呂文煥兄弟在南宋軍界有著龐大的勢力範圍，呂文福是堂弟，呂師夔、呂師孟是侄子，范文虎是女婿，夏貴、孫虎臣是門生，這些人都是南宋重要的軍政大員，掌管著各地城池的軍政要務。隨著呂文煥的投降，這些人紛紛投降元軍，直接加速了南宋的滅亡。

襄陽易手後，宋元兩國實力對比更加懸殊，忽必烈十分得意，「赫然有掃清六合、混一車書之意」，而宋度宗趙禥則下詔書說「軍民離散、痛徹朕心」，兩位皇帝一悲一喜的強烈對比反差，眞眞教人感慨萬千！

南宋失去了襄陽這個最北端的帝國門戶後，只能龜縮挨打。而忽必烈在接下來的三年裡，先滅鄂州，瓦解了南宋荊襄防區；隨後兩國水軍決戰銅陵丁家洲，蒙古水師再破南宋水師；元軍馬不停蹄沿江而下，在鎮江焦山大破宋軍後，三路大軍陸續兵臨臨安城下，太皇太后謝道清發榜號召各地義軍勤王，但收效不大，無奈抱著五歲的小皇帝宋恭宗奉表出降，元軍遂進占臨安，南宋滅亡。

雖然殘宋隨後還有三年的崖山流亡政權歲月，但其實已經於事無補，用《封神榜》的話來說，就是「氣數已盡」。

歷史上的呂文德、呂文煥兄弟雖然狂傲不羈、貪婪嗜殺，但在鎮守襄陽的這幾年裡，也算是盡心盡力，尤其是呂文煥，比其兄更爲用心盡責，絕不是《射雕英雄傳》和《神雕俠侶》小說中描述的顢頇無能、貪生怕死的形象。襄陽之失，呂氏兄弟也算是竭盡全力，只是無法阻擋歷史的車輪滾滾前進。但呂文煥在降元後，爲了向新主子邀功請賞，不惜帶路賣國的行徑，則是不折不扣的「漢奸」行爲，永遠遭到後人的唾棄和鄙視。

而小說塑造的虛擬人物郭靖、黃蓉，乃至他們的子女郭芙、耶律齊、郭破虜，全部與城共存亡，捐軀沙場，這種熱愛國家大好河山、維護人民生命安危、保護中原優秀的文化藝術遺產的精神，這種「明知不可爲而爲之」的不懼危險、勇於奮進的戰鬥豪情，這種抗敵奮鬥、保家衛國的志向和勇氣，氣壯山河、青史留名，永遠值得我們後人景仰和效仿！

爲國爲民，俠之大者！縱死俠骨香，不慚世上英！

紅巾內戰：朱元璋、陳友諒決戰鄱陽湖

張無忌道：「楊左使之言不錯。彭大師，你與徐兄交好，請你便中勸導，小心提防於他，切不可讓兵馬大權落入他手中。」彭瑩玉答應了。

不料徐壽輝並未受勸，對陳友諒極是信任，終於命喪其手。後來陳友諒統率明教西路義軍，自稱漢王，與明教東路軍爭奪天下，直至鄱陽湖大戰，方始兵敗身死，數十年之間兵連禍結，令明教英雄豪傑遭受重大傷亡。

——《倚天屠龍記》第四十回

在《倚天屠龍記》中，朱元璋和陳友諒是被作爲兩個野心家兼陰謀家來刻畫的，這兩人都是工於心計、手腕毒辣，很難說誰是誰非：陳友諒固然不是好人，朱元璋也絕非善類。然而在我心裡，歷史上從未降元的陳友諒，人格比之朱元璋，無疑更爲高尚，小說明顯醜化了他。

漁家豪傑

元仁宗延佑七年（西元一三二〇年），陳友諒出生在湖北沔陽（今仙桃），其父陳普才已經有了兩個兒子：陳友富、陳友直，因此陳友諒是老三。陳普才後來又生了陳友仁、陳友貴二子，實現「五子登科」。在當地，打漁陳家也算是家族勢力比較強大的。

《明史》記載陳友諒「少讀書，略通文義」，這裡有兩種解釋：一種是少年時讀書，一種是讀書不多。我個人傾向於前者，因爲陳友諒成年後，「嘗爲縣小吏」。一個漁民之子、身爲第四等公民的陳友諒能當上元廷小公務員，在當時是一件十分了不起的事情，可見陳友諒從小天資聰穎、心思機靈，絕不是「略通文義」四個字能概括的。

一三五一年，白蓮教主韓山童聚集數千人揭竿而起，拉開了反元義軍的大旗，各地反元的百姓風起雲湧。羅田布販徐壽輝、麻城鐵匠鄒普勝、遊方和尚彭瑩玉、白蓮教徒倪文俊四人在蘄水、黃州一帶起兵響應，建立天完政權。陳友諒在亂世中敏銳的嗅到出人頭地的良機，遂棄官投軍，入夥造反。

由於文筆出色，又當過元廷的縣吏，陳友諒最初司職軍中主簿，幹些抄抄寫寫、發布通告的工作。這顯然不是陳友諒追求的目標，陳友諒主動要求上前線帶兵打仗。由於指揮得當，連打幾個勝仗，引起天完政權領導人的重視，遂將其提拔爲一方主將，歸倪文俊調配。

由於平民起義領袖的劣根性，天完政權起事之初打下的廣大地盤，陸陸續續又被元軍奪回不少，而天完紅巾軍眾多高層卻忙著勾心鬥角、內鬨不斷，把精力都放在內耗上，對元軍的步步緊逼顯得束手無策。直到天完政權的「首都」蘄水被元軍攻破後，「皇帝」徐壽輝才驚惶失措跑到黃梅縣暫避風頭，「太師」鄒普勝基本不管事，而「軍師」彭瑩玉見勢不妙，趁亂攜帶大批珠寶不知所蹤，從此再也沒有露過面。

所幸外派駐防的「丞相」倪文俊還算能幹，率軍回援，打退元軍奪回城池，遷都漢陽，皇帝徐壽輝才驚魂未定地回宮理政。但此時倪文俊已經變成了「曹操」，徐壽輝淪爲「漢獻帝」，軍國大權盡在倪文俊一人手裡。

一三五七年九月，倪文俊謀殺徐壽輝未遂，逃至愛將陳友諒處避難，陳友諒毫不留情，殺死老上司倪文俊，向徐壽輝邀功。徐壽輝喜出望外，對陳友諒加官晉爵，後者遂取代了倪文俊成爲了天完政權的實際領導人。此後兩年裡，陳友諒獨攬朝政，統領大軍東征西討，先後攻取安慶、池州、龍興、瑞州、邵武、吉安、撫州、建昌、贛州、汀州、信州、衢州等州郡，聲威大震，天完政權也從最初的偏安湖北一隅，發展到地控兩湖、襟連皖贛、染指浙閩，成爲當時最大的一股反元勢力。

陳友諒的強勢崛起，引起了淮西濠州反元義軍領袖朱元璋的不安，朱元璋勢力範圍夾在張士誠和陳友諒中間，地理位置極差，張士誠安心守成當一方草頭王也就罷了，陳友諒卻是胸懷天下要逐鹿中原的人，陳朱二人之間必有一戰。

從一三五九年起，天完紅巾軍和濠州紅巾軍就開始了內鬥，局部摩擦不斷（小說中的明教東西兩路義軍自相殘殺）。戰鬥從朱元璋主動進攻陳友諒的池州城開始，雙方在安慶、太平、龍興等地展開激烈的爭奪戰，互有勝負，不分上下。一三六〇年，陳友諒奪取朱元璋的采石磯，隨即殺死了徐壽輝自立爲帝，國號爲「漢」，改元「大義」（頗具諷刺意義）。這，也是陳友諒人生最輝煌的日子，實現了他畢生的抱負。

陳友諒稱帝後，隨即本著「遠交近攻」的原則，致書張士誠，約定兩國結盟，然後同時出兵夾擊中間的朱元璋。消息傳到應天府，濠州紅巾軍三軍震動、人心惶惶，但劉基卻給朱元璋吃了兩顆定心丸：他說張士誠鼠目寸光不會結盟，同時我軍以逸待勞勝算極大。

事實也正如劉伯溫所預料，張士誠樂見陳朱火拚，坐享漁人之利，因此拒絕出兵。而面對陳友諒的艨艟巨艦龐大水師，朱元璋連施反間計、詐降計、伏兵計，在應天城外重創漢軍，打了一個漂亮的反擊戰。

隨後，朱元璋趁熱打鐵，奪回了太平、安慶、南昌、江州等城，陳友諒敗退武昌。這一戰是陳朱首戰，朱元璋大獲全勝，陳友諒先折一陣。

面對朱元璋反客爲主咄咄逼人的態勢，陳友諒嚥不下這口氣，回國以後大興水軍，製造出更爲先進的樓船巨艦：船高數丈，上下三層，上馳奔馬，下納水手，船體邊角包以鐵皮，能衝能撞，極其堅實，簡直就是古代的大型驅逐艦。

陳友諒造了上千艘這樣的樓船，興舉國兵力六五萬傾巢出動，要和朱元璋決一勝負。朱元璋面對陳友諒的終極一戰來臨了！

決戰鄱陽

陳友諒沒有選擇直接攻打應天府，而是選擇了洪都（南昌）作爲突破口。朱元璋的侄子朱文正和猛將鄧愈把守洪都，面對數十倍於己兵力的敵人，毫無畏懼，艱苦守城八十五天，在南昌城下耗死陳友諒的水陸大軍，直到朱元璋、徐達、常遇春等人率軍來援。

雙方的全部主力都到齊了，陳友諒立即解除圍城，率軍入鄱陽湖，展開了對朱元璋的大決戰。

一三六三年，十四世紀世界最大規模的一場水戰，在中國最大的淡水湖流域，開始了！

戰役開始之初，朱元璋清醒的看到己方的不足：總兵力只有二十萬，不足對方的三分之一；水師多爲小船，且船隻總數遠遜於對方。

兵力和船隻都不如對方，朱元璋唯有利用自己的王牌：地利。

鄱陽湖形似葫蘆，南北長一一〇千公尺，東西寬五十千公尺～七十千公尺，北部最狹窄處僅五千公尺～十五千公尺。七月十六日，朱元璋軍由北向南入湖後，分別派兵駐守涇江口、南湖嘴、武陽渡三處北湖要隘，切斷了陳友諒軍未來的逃遁之路，隨後，主力水軍一路浩浩蕩蕩南下，去尋找陳友諒的主力船隊。

陳友諒大軍從南向北入湖，二十日，兩軍在鄱陽湖最開闊的水面——康郎山水域相遇，不需要更多的語言，直接展開全線攻擊。

漢軍的樓船「旌旗樓櫓，望之如山」，是不折不扣的水上移動長城，明軍的小艦船抬頭仰攻十分吃力。朱元璋命令船隊充分發揮本方靈活機動的特點，在大船的身側「遊而擊之」，明軍的火器準備得十分充分：火炮、火銃、火箭、火蒺梨、火槍，加上神機箭和弓弩，明軍在軍備上，總算占據了一次上風。

明軍大將徐達身先士卒，率艦隊勇猛衝擊，擊潰漢軍前鋒，斃敵一千五百餘人，並繳獲樓船巨艦一艘。受此鼓舞，大將俞通海趁機發炮，擊沉、焚毀漢軍二十餘艘樓船，漢軍被殺和淹死者甚眾。但明軍傷亡也不少，尤其是朱元璋座艦擱淺被圍，險遭不測、僥倖逃脫。這一日交戰，雙方互有傷亡，不分勝負。

首戰並未吃下朱元璋，陳友諒有些著急，竟然沿用《三國演義》裡赤壁大戰曹操水軍的計策，用鐵鍊將己方艦船連成一片，避免船隻落單被俘。朱元璋大喜過望，依書施計、採用火攻，一時「烈焰飛騰，湖水盡赤」，轉瞬之間燒毀漢軍數百艘巨艦，漢軍死傷過半，陳友諒的兩個弟弟陳友仁、陳友貴也在此役陣亡。

次戰過後，明軍扭轉頹勢，而漢軍遭受重創，雙方重新回到同一起跑線。

不甘失敗的陳友諒想到了「斬首行動」，集中優勢兵船，攻擊朱元璋王船座艦，絕不讓朱元璋的「死裡逃生計畫」重演。朱元璋的座艦全身爲白漆，十分好認，但通過密探得知「斬首行動」後，朱元璋連夜將所有大船漆上白漆，陳友諒的「斬首行動」無疾而終。形勢對陳友諒愈加不利，麾下左右金吾將軍也率眾投降敵人，氣急敗壞的陳友諒殺掉明軍戰俘洩憤，更是大喪人心。

元氣大傷的陳友諒在接下來的戰鬥中依然不能組織起有效的進攻，相持近月後，決定率先退出戰場。在撤退途中，因爲打開舷窗觀察敵情，陳友諒被明軍流矢射中，貫腦而亡，一代梟雄就此糊裡糊塗的完成了人生的謝幕演出。

復盤鄱陽湖大戰，戰役之初，漢軍兵力是明軍的三倍，水師龐大更是遠超對手，看起來雙方實力相差懸殊，勝負一目了然。然而，朱元璋卻戰勝了強敵，有四大因素，値得一表：

第一，明軍船隻靈活、火器犀利、作戰勇猛、士氣高昂。

第二，朱元璋指揮得當，成功運用多種火攻戰術，大破敵人主力。

第三，明軍抓住地利，扼守要衝，切斷了漢軍突圍、敗逃路線。

第四，非常偶然也是非常重要的一點，運氣不在陳友諒這邊。如果朱元璋王船擱淺時，漢軍能趁機殲滅敵酋；如果漢軍的「斬首行動」能順利展開；如果陳友諒不被流矢射死，那麼，歷史將重新書寫！然而，歷史終究不容假設。

柏楊在《中國人史綱》裡說過一句話，很樸實：「陳友諒的運氣太壞！」很有道理。

善待政敵

陳友諒死後，其子陳理在武昌繼位爲帝。一三六四年，被圍城多日的孤城武昌終於不支而降，年幼的陳理肉袒出降，被朱元璋特赦免死，並加封歸德侯。

終陳理一生，朱元璋都沒有對其揮起屠刀，只是將他遠遠流放到高麗以免陳漢王朝死灰復燃。不僅如此，朱元璋對陳友諒及其家人也網開一面：陳友諒死後歸葬武昌蛇山，朱元璋圍困武昌時，不僅親臨致祭，並且手書「人修天定」四字於墓前。滅亡陳漢後，加封陳普才爲承恩侯，陳友富爲歸仁伯，陳友直爲懷恩伯，追贈戰死的陳友仁爲康山伯，立廟祭祀，陳友貴配享從祀。

朱元璋厚待陳家的做法和他得國後遍殺功臣的行爲形成了鮮明的對比。不可否認，朱元璋厚待陳家有市恩賣好、收買人心的動機，題寫的悼詞、加封的爵名，都有嘲諷的因素。但，朱元璋畢竟保全了陳友諒的父兄子女性命，沒有斬草除根，從這點來說，或許只能用「英雄惺惺相惜」來解釋吧！

明末民間野史相傳，朱元璋第八子潭王朱梓其實是陳友諒的遺腹子，在封地長沙招兵買馬準備爲父復仇，朱元璋令徐達之子徐輝祖引兵平叛，朱梓不敵，舉家自焚。這件事情說得有鼻子有眼，以至於金庸先叔祖查繼佐在《罪惟錄》裡也收錄在案。

其實這件事情根本禁不起推敲，破綻極多，最大的破綻是陳友諒死於一三六三年，而朱梓生於一三六九年，謠言不攻自破，這條古代的「釣魚帖」也矇騙了不少讀者。

今天，陳友諒的墓依然靜靜安坐在武漢長江大橋之側，爲湖北省的重點文保單位，他的故居也在家鄉人民的熱情捐贈下宣告成立。歷史充分說明，這個畢生以推翻暴元爲己任、從未屈膝投降過的荊襄漁家子弟，在十八年戎馬倥傯的軍旅生涯中，憑藉著他的睿智與膽略，奮鬥成一個威震三楚、統兵百萬的平民起義領袖！其人縱橫天下，罕有匹敵！他的失敗，固然有多方面的原因，但運氣不好也是極其重要的一點，令人扼腕嘆息！

古往今來，從劉基、楊璟、高岱、谷應泰以降，直到談遷、張廷玉、饒漢祥、吳晗、彭勇等人，都給予了陳友諒較高的歷史評價，認爲他是元末風雲人物中，唯一能和朱元璋並列的義軍領袖。今天的諸多歷史文獻「尊朱貶陳」，大多出於「成王敗寇」的陳舊思想，導致了後人對陳友諒的評價有失偏頗。我們應該撥開歷史的迷霧，還原這位叱吒風雲的平民領袖一個公正的本來面目。

啼笑皆非：南明的擁唐擁桂內鬨

玄貞道人明白韋小寶的底細，知他肚中的料子有限，插口道：「韋香主，當年李闖攻入北京，逼死了崇禎天子。吳三桂帶領清兵入關，占我花花江山。各地的忠臣義士，紛紛推戴太祖皇帝的子孫爲王。先是福王在南京做天子。後來福王給韃子害了，咱們唐王在福建做天子，那是國姓爺鄭家一夥人擁戴的，自然是眞命天子。哪知道另一批人在廣西、雲南推戴桂王做天子，又有一批人在浙江推戴魯王做天子，那都是假的眞命天子。」

——《鹿鼎記》第九回

《鹿鼎記》這部小說裡，天地會與沐王府雖然同爲反清復明的民間武裝，卻有著截然不同的「正統」理念——雙方擁護的領導人雖然都姓朱，但天地會擁戴的是隆武帝朱聿鍵（唐王），而沐王府擁立的卻是永曆帝朱由榔（桂王），雙方各奉其主，互不服氣。

爲了所謂的「皇室正朔」，天地會的徐天川與沐王府的白氏兄弟不惜大打出手，造成一死一傷的雙輸格局。陳近南作爲爲數不多的、具有清醒頭腦和遠見目光的政治家，不想自己人窩裡鬥卻讓共同的敵人漁翁得利，遂顧全大局，與沐劍聲制訂了「誅吳定位」計畫——哪一方殺了吳三桂，哪一方供奉的流亡皇帝就是唯一的合法領導人。

而歷史上，所有的這些南明流亡皇帝，結局都相當悲慘，除了魯王朱以海善終外，餘者先後被清廷逐個剿滅。

蛤蟆天子

甲申之變後，由於李闖敗逃迅速、清軍追擊遲緩，長江以南出現權力眞空。在這種情況下，明神宗朱翊鈞之孫、受封洛陽的老福王朱常洵之子朱由崧，被江北四鎭軍閥（高傑、黃得功、劉良佐、劉澤清）和鳳陽總督馬士英扶植爲帝，一六四四年農曆五月十五，朱由崧在南京登基稱帝，改元弘光，南明簡史就此開篇。

如果朱由崧和趙構一樣，雖然猥瑣窩囊，但好歹有馭人之術和生存技巧，南明也能和南宋一樣存世百年。然而朱由崧只是個昏庸顢頇、荒淫好色的主兒，人稱「蛤蟆天子」（採集蟾酥配置春藥），朝政大權盡爲奸臣馬士英、阮大鋮之流把持，唯一的忠臣史可法被他外派揚州守城，卻又不給兵馬糧秣，直接導致了史可法以身殉國，造成「揚州十日」慘案。

揚州城破後，朱由崧帶領馬士英及少數親信，半夜出了南京城逃至蕪湖，投奔軍閥黃得功。一六四五年的農曆五月十五，南京被清兵大舉圍城，守城大臣趙之龍、錢謙益等獻城投降，弘光政權歷時整整一年後宣告終結。

而那位蛤蟆天子朱由崧，很快被黃得功部將田雄獻俘，次年被凌遲處死於北京，眞是死不足惜。

南京城破、弘光政權覆滅，爲之盡忠守節、以身相殉的大臣寥寥無幾，大多數文武臣工非降即逃。而那些南逃大臣中，馬士英、鄭鴻逵等人繼續投身革命，他們利用眞正的熱血抗敵義士，共同扶植其他太祖子孫成立小朝廷，來實現他們一貫的政治本意。

亂世之中，杭州、應天、撫州、桂林、重慶、建昌、巴東等地先後湧現了幾個曇花一現、執政數天的臨時政權，因爲迅速被清廷平滅，在此不予多述。

只有浙江的魯王政權、福建的唐王政權和西南的桂王政權，相對比較知名，在小說中，這三家流亡政權和他們的領導人，也有少量的篇幅介紹。

寓公魯王

魯王政權和唐王政權是差不多同時成立的，都早於桂王政權。一六四五年閏六月二十一日，陳函輝、錢肅樂、張煌言等人在台州擁立魯王朱以海監國，八月初三朱以海以紹興為都，正式稱帝；一六四五年七月，鄭芝龍、鄭鴻逵、蘇觀生等人在福州擁立唐王朱聿鍵監國，七月二十日，朱聿鍵即皇帝位，改元隆武。

魯王監國早於唐王，而唐王稱帝早於魯王，雙方起事時間相近、統治疆域相鄰，正所謂「天無二日民無二主」「一山不容二虎」，很快，唐魯之爭被提上了日程。

魯王朱以海是明太祖朱元璋十世孫，其父朱壽鏞封地在山東兗州，甲申之變後，朱以海南逃浙江，被推為帝。魯王政權仰仗錢塘江天險與清兵對抗，也曾經在一六四五年的十二月十五日，召集重兵圍攻杭州城，雖然給予了清廷迎頭痛擊，但可惜的是並未奪下杭州城，反而自身兵員損失嚴重，從此失去了和清廷對抗的資本。

魯王起事以後，黃宗羲、查繼佐二人曾投軍效力：黃宗羲指揮三千「火攻營」將士攻打海寧、海鹽二城，而查繼佐當時是其副手。不過隨著魯王最終渡海西逃，黃、查二人也隨即歸隱故鄉。

一六四六年開春，隨著清兵大量增援杭州，魯王政權日漸窘迫。六月一日，清兵趁著錢塘江天旱水淺，順利渡江攻陷紹興，魯王朱以海駕船逃到舟山群島苟延殘喘。這種飄泊海上、居無定所的日子過了幾年，隨著清兵的進一步追剿，朱以海不得已紆尊降貴，取消監國頭銜，以故明宗室身分投奔鄭成功尋求庇佑，鄭成功將其安置在臺灣，直到一六六二年魯王老死。

與庸碌無爲的魯王相比，唐王朱聿鍵倒頗得史家好評，他也是小說中天地會尊奉的流亡皇帝。

唐王兄弟

朱聿鍵是朱元璋九世孫，按輩分，是魯王的遠支族叔。朱聿鍵先祖唐定王朱桱是朱元璋第二十三子，受封南陽。朱聿鍵之父朱器墭雖爲唐端王朱碩熿的世子，但向來不爲老父所喜，最終被其弟毒死。這些遭遇導致了少年朱聿鍵生活於磨難之中，雖爲鳳子龍孫，其實與平民子女無異。

崇禎五年，朱碩熿死，朱聿鍵得襲王位。由於從小就飽嘗民間疾苦，青年朱聿鍵和那些渾渾噩噩的昏聵王爺不同，難能可貴的有著一顆忠君愛國、勵精圖治的雄心：一六三六年，清軍兵臨北京城下，朱聿鍵激於義憤，召集了三千兵士北上勤王，結果卻被御史楊繩武彈劾，說他無詔進京、圖謀不軌，崇禎皇帝趁機將其貶為庶人，安置在鳳陽守陵（其實是監禁）。

福王南京繼位後，將朱聿鍵釋放高牆，移居廣西平樂。就在朱聿鍵奉旨南遷途中，南京失陷，福建軍閥鄭芝龍覺得朱聿鍵奇貨可居，遂聯合黃道周等人，將朱聿鍵捧上帝位。隆武建國的消息很快傳到了四方，江蘇、浙江、江西、兩湖、兩廣各地義軍紛紛加盟，隆武政權的轄地一時十分可觀。

飽經憂患的隆武帝上任之初先安定民生，隨後預備出師北伐，並且準備御駕親征！不得不說，僅從這點，就看出朱聿鍵的敢作敢為有所擔當！然而隆武王朝的軍政大權，掌握在鄭芝龍、鄭鴻逵等武將手裡，沒有兵員的朱聿鍵最終只能徒呼奈何。

雖然朱聿鍵有黃道周、張肯堂等忠臣輔佐，但隨著鄭芝龍暗中降清、撤去守兵，一六四六年八月，清兵在平定浙江魯王勢力後，隨即討伐福建。八月二十八日，朱聿鍵與皇后曾氏在汀州被俘，曾皇后跳水自盡，朱聿鍵死於福州，隆武政權也就此終結。

朱聿鍵殉國後，大臣蘇觀生、何吾騶、顧元鏡等人本著「兄終弟及」的思想，又在廣州擁立朱聿鍵之弟朱聿鐭為帝，即南明紹武帝。從一六四六年十一月初二朱聿鐭監國、十一月初五登基，到十二月十五降將李成棟破城，紹武政權只維繫了區區一個多月就告滅亡，眞是來也匆匆、去也匆匆。

唐魯二王同爲宗室子孫，屬叔侄，本該脣齒相依，共同抗清：兩者若合作，則閩得北方屏障，浙獲南方後盾，二王合兵一處，便可聲勢大振。但可惜的是，「臥榻之側豈容他人鼾睡」，窩裡鬥是民族改不掉的劣根性！

唐魯矛盾

唐王稱帝後不久，派出兵科給事中劉中藻爲使節，向魯王宣詔，要求去位，給出的理由很可笑，竟然是拉扯親戚關係！唐王說：「朕無子，（魯）王爲皇太侄，同心戮力，共拜孝陵。朕有天下，終致於王。」毫無誠意的空頭支票顯然毫無說服力，朱以海嚴詞拒絕。

魯王心中不服，也派出了自己的都督陳謙出使福建。陳謙是鄭芝龍的朋友，魯王此舉，不難看出是攻心反間計。朱聿鍵看到魯王來信對其稱呼是「叔父」而不是「陛下」，勃然大怒，不顧鄭芝龍的苦苦求情，還是決然將陳謙斬首。此事直接導致了鄭芝龍對其漸生二心，也爲唐王政權的覆亡埋下了禍根。

或許是心中有愧，次年，朱聿鍵爲了改善關係，委派僉都御使陸清源解餉十萬犒師浙江，結果糧食被魯王大將方國安奪走，陸清源被殺。由此雙方結下化解不開的死仇。

監國江蘇的福王、監國浙江的魯王、監國福建的唐王，因爲實力上的巨大差距，以及文武臣工的良莠不齊，很快被清廷逐個擊破，淪爲三個短命政權，清政府也由此完成了對江南地區的統治。此時的南明血脈，只能繼續無奈的向西南大後方轉移，桂王朱由榔順應時勢，接過了這一份浸染著辛酸和苦澀的衣缽。然而，誰都沒有想到，朱由榔的運氣極好，逃跑的本事極高（和韋小寶一樣），他的永曆政權，竟然頑強生存了十六年之久！

唐桂之戰

朱由榔，明神宗之孫、桂端王朱常瀛第四子，算是宗室近親了，他也是弘光帝朱由崧的叔伯兄弟。天啓七年（西元一六二七年），朱常瀛受封衡州，後因爲張獻忠攻城，朱常瀛朱由榔父子狼狽逃至廣東。一六四四年朱常瀛死，一六四六年，朱由榔被隆武帝朱聿鍵晉封爲桂王。隆武帝殉國後，廣西巡撫瞿式耜認爲朱由榔「賢明仁孝、神宗嫡孫、以賢以親、宜正大位」（事實上朱由榔是個膽小如鼠、目不識丁的文盲），遂與容藩、方以智、周鼎瀚、丁魁楚等人商議，擁戴朱由榔監國。十月十四日，監國大典在肇慶隆重召開，南明最後一個殘餘政權登上歷史舞臺。

還記得都城廣州的朱聿鍵之弟朱聿鐭嗎？他在十一月初二監國，隨即迫不及待的在三天後的初五稱帝。朱聿鐭之所以會匆忙稱帝，是因爲內心有著打算的：第一，廣東一省，不能有兩個「監國」；第二，由於朱由榔曾被朱聿鍵封賜，故而朱聿鐭稱帝後，即可以上對下，勒令朱由榔去掉「監國」頭銜，臣服紹武政權。

朱由榔的智囊團們也不笨，見招拆招，他們隨即在十一月十八日爲朱由榔舉辦登基大典，也正式稱帝，即永曆皇帝。

小小一個廣東省，竟然出現了兩位「大明天子」，更可氣的是廣州和肇慶之間，只夾著一個小小的佛山！是可忍孰不可忍！紹武帝朱聿鐭率先委派主事陳邦彥西去肇慶，好言相勸朱由榔主動退位、不失富貴——自然是辦不到的；而永曆帝朱由榔也沒閒著，派出給事中彭耀，去廣州宣詔，標明己方的正統身分，其結果也可想而知——倒楣的彭耀被斬首。

自古以來，兩國交兵尚且不斬來使，朱由榔看到自己的下書使節竟然被殺，不禁勃然大怒，派兵部右侍郎林佳鼎興兵問罪，永曆大軍打著「討伐」的名義殺氣騰騰向東而去。

紹武帝自然不願意束手待斃，也派出了自己的精兵強將，由番禺人陳際泰領軍出征。和永曆帝一樣，紹武帝打出的旗號也是「討伐」——雙方都把自己放在正統地位，而把對方放在叛逆地位，渾然忘記同宗同族的血緣關係。

十一月二十九日，唐桂二軍終於在佛山三水縣城西郊相遇，一場南明內戰不可避免的爆發了。

三水地形西北高而東南低，故而占據地利的桂王大軍很快就擊潰了唐王的先頭部隊，陳際泰丟下八百多具將士屍體狼狽逃回廣州。林佳鼎首戰告捷，得意洋洋，指揮大軍氣勢洶洶殺向廣州。

朱聿鐭聞訊大驚失色，好在蘇觀生頗有智謀，派出廣東總兵林察領兵禦敵。林察與林佳鼎是舊相識，遂施展詐降計引君入甕。林佳鼎首勝之餘，不免驕傲輕敵，不假思索貿然赴約會見林察，結果被林察新招安的數萬海盜圍在垓心一頓窮追猛打，永曆大軍一敗塗地，林佳鼎本人也被炮火轟死，一萬多桂軍最後只剩下三十餘騎力戰得脫。

消息傳到兩邊，自然是一悲一喜。朱聿鐭在廣州張燈結綵慶祝勝利，朱由榔在肇慶垂頭喪氣如喪考妣。然而螳螂捕蟬黃雀在後，就在朱聿鐭興高采烈之際，清兵在李成棟、佟養甲的率領下，不聲不響逼近了廣州城。十二月十五日，由於紹武政權精兵都在西路防備永曆大軍，故而清兵輕而易舉攻破廣州，朱聿鐭、蘇觀生等君臣表現出了不屈的氣節，以身殉國，也算是給唐王政權留下一個光彩的尾聲。

清兵幫朱由榔除掉了朱聿鐭，下一個目標自然就是朱由榔。

跑路天子

永曆帝得知清兵剿滅紹武政權，心中百味雜陳，大敵當前，祭起拿手絕招：逃。李成棟毫不客氣，一六四七年農曆正月十六，清軍攻破永曆「都城」肇慶，正月二十九，攻陷梧州，隨即大軍劍指桂林，要活捉朱由榔。

在這危急時刻，兵部尚書瞿式耜、副總兵焦璉做出了驚人的決定，率領全城軍民死守桂林城，保護朱由榔在北方的全州安全。瞿式耜做出這個決定是有底氣的：他已經從澳門借得葡萄牙僱傭兵三百人，佛郎機重炮數門。憑藉這些，一六四七年的三月，李成棟倉皇丟下千餘清兵屍體，退回廣東，第一次桂林保衛戰也由此被譽爲「南渡以來武功第一」。五月下旬，不甘失敗的李成棟再次犯境，瞿式耜城頭督兵，親操西洋大銃；焦璉出城禦敵，斬殺無數清兵，再次打贏了桂林保衛戰。由此可見，先進武器在明清之交，確實能左右最後的戰況。

兩次桂林保衛戰打出了永曆政權的威名，廣西全境光復。同時，陳邦彥、張家玉、陳子壯等三人領導的「游擊隊」，也在廣東騷擾李成棟大軍。不僅如此，原大順軍悍將郝永忠也率眾來降，一時間，永曆政權頗顯「中興」氣象。

朱由榔的好運還沒有結束，時間來到一六四八年正月，因爲對清廷封賞不滿，金聲桓、王得仁二人在南昌宣布「反正」，江西歸順永曆政權；三個月後，同樣因爲「功高賞薄」而心懷不滿的大劊子手李成棟，宣布廣東「反正」，叛清投明。

好消息接二連三的傳來，永曆君臣起初還不敢相信這天上掉餡餅的好事，直到訊息確認，這才滿朝歡騰。一六四八年農曆六月初十，在李成棟的盛邀下，朱由榔喜氣洋洋「還都」肇慶，重拾舊山河。南明，破天荒地擁有了大半個長江以南的故土。

短短一年時間裡，永曆政權軍力大增。但在小朝廷內部，各方勢力拉幫結派、錯綜複雜，纏鬥在一起難以理清；而在小朝廷外部，擁兵各地的將領各行其是、恣睢跋扈，不把皇帝放在眼裡。朱由榔面對這種政局，也十分頭疼。

一六四九年二月，清軍收復南昌，金聲桓蹈水自殺、王得仁被俘凌遲；三月攻破信豐，李成棟落水喪生。永曆政權僥倖得來的大好局面一去不返。

從一六五〇年以後，永曆政權一直對清廷採取守勢，艱難度日。但好運依然沒有拋棄朱由榔，已故大西軍首領張獻忠的義子孫可望、李定國二人下書「扶明滅清」，朱由榔再得強援。

孫可望、李定國雖然是異姓兄弟，人品卻有天壤之別：孫可望驕橫跋扈、野心勃勃，不甘久居人下；李定國卻是驍勇善戰、忠心耿耿，一心侍奉永曆。

一六五六年，隨著清廷的逐步收緊包圍圈，永曆政權被壓縮在雲南一隅。一六五七年，孫可望因爲與李定國的個人私怨，無恥降清，充當攻打永曆政權的領頭羊。在這種不利情況下，一六五九年，朱由榔撤出昆明，跑到了中緬邊境上；當年五月，朱由榔厚著臉皮投奔昔日的藩屬國緬甸，打算常駐緬甸不走了。

一六六一年緬甸發生政變，老國王被其弟猛白所弑，猛白竊位後，向清廷獻媚，先誘殺了沐天波等四十二名永曆隨臣，而後在一六六二年一月，將永曆君臣、眷屬送回雲南昆明，交給吳三桂處理。吳三桂用弓弦絞殺了朱由榔，結束了南明最後一個流亡王朝。

永曆帝殉國的消息傳到了正在孟艮督軍的李定國耳裡，李定國悲痛萬分，於當年六月含恨病逝。而他的那位義兄孫可望，已經早他兩年去世。野史相傳，失去利用價值的孫可望是被清兵圍獵時「誤射」而死的。到了乾隆三十六年，孫可望後裔的爵祿全部被剝奪，孫可望家族從此在政治舞臺上消失。

掩卷長嘆

縱觀南明弘光、魯王、隆武、紹武、永曆幾個政權，長者十六年，短者四十天，無一不是在各種擔驚受怕、東躲西藏中度過的，他們想效仿南宋，與北方強敵劃江而治，但由於種種原因綜合，希望如肥皂泡一般破碎。平心而論，相比昏庸顢頇的朱由崧、暗弱不振的朱以海、膽小如鼠的朱由榔，朱聿鍵、朱聿鐭兄弟還算有所擔當，但可惜的是，這兩兄弟又缺乏朱由榔那般的好運氣，最終南明政權從江蘇、浙江、福建、廣東、廣西一路潰敗至雲南、貴州，甚至需要託庇於鄰邦緬甸才能僥倖生存，眞是令人唏噓不止。

南明各小朝廷面對共同的敵人，不去攜手抗敵，卻熱衷於「名分」，自己人窩裡鬥，魯王和唐王不和，小唐王和桂王又不和，將有生力量放在無端內鬨和自相殘殺上，間接助了清廷一臂之力，今天想來，依然鬱悶氣結不已！對明朝末年充滿了很多嘆息的《狩緬紀事》一書，曾發出尖銳、客觀、公正的見解：「明之亡，亡於謀慮之不臧，非時勢之不然也……明之敗，人也，非天也。」堪稱眞知灼見、一針見血。

小說中鄭成功旗下的天地會，忠誠於唐王隆武、紹武政權，算是目光不錯。現實世界裡，支持唐王政權的鄭成功不僅收留了避難的魯王朱以海，而且紹武政權覆滅後，明鄭家族一直以「永曆」紀元，直到永曆三十七年鄭克塽降清。從這個角度說，天地會和沐王府的這場爭奪名分之架，應該是打不起來的。

一代女王：俄羅斯蘇菲亞奪位之戰

次日一早，那火槍營副隊長帶了一小隊人馬，來到獵宮向蘇菲亞報告：二十營火槍隊昨晚遵奉女沙皇之命，搶了一夜，金銀美女，搶了不計其數，已把沙里綦娜達麗亞殺了。蘇菲亞大喜，跳起身來，叫道：「娜達麗亞殺死了？彼得呢？」副隊長道：「小彼得已抓了起來，關在克里姆林宮的酒窖裡。」蘇菲亞大叫：「赫拉笑！赫拉笑！」

——《鹿鼎記》第三十六回

《鹿鼎記》小說中韋小寶輔助俄羅斯蘇菲亞公主搶班奪權一事，是金書中唯一的一場外國宮廷政變。韋小寶憑藉看戲、聽書掌握的一點中國歷史皮毛，居然揚威異域，助人謀朝篡位、安邦定國，堪稱奇蹟。

歷史上，這一場宮廷政變發生在西元一六八二年，比小說時間一六七二年晚了整整十年，當然，「羅刹諸葛亮」韋小寶也是不存在的。

公主攝政

順治二年（西元一六四五年），中華大地上滿清、南明、大順、大西多個政權並存，江山動盪、天下未定。而此時，距離北京萬里之遙的莫斯科，老沙皇米哈伊爾病逝，年僅十六歲的皇太子阿列克謝．米哈伊洛維奇繼位，成為俄羅斯羅曼諾夫王朝的第二位沙皇。

這位阿列克謝沙皇也是個文韜武略的一代英主，執政三十一年，外克強敵，屢敗波蘭、烏克蘭、土耳其等國，使國土面積多次西擴；內和百姓，均衡物價、控制鹽商、團結教會、鎮壓起義。沙皇俄國在他領導下，綜合國力日漸增強，國際地位逐步提高。

阿列克謝（或譯為阿力克斯）沙皇共娶過兩任皇后：首任妻子瑪麗亞．米羅斯拉夫斯卡婭，共育有十三名子女，長女就是蘇菲亞公主，太子爺費奧多爾，次子伊凡；一六七一年，瑪麗亞去世，阿列克謝迎娶娜塔莉．基里爾洛夫娜，次年五月三十日，新皇后娜塔莉誕下一子，這位皇子便是俄國歷史上大名鼎鼎的彼得大帝。

一六七六年一月二十九日，阿列克謝沙皇病逝於莫斯科，滿朝文武向太子費奧多爾宣誓效忠，擁戴他成為羅曼諾夫王朝的第三任沙皇。

費奧多爾沙皇患有「壞血症」，故而在位六年便告身故，享年二十歲，並無子嗣、未留遺詔。

皇位空缺，覬覦者大有人在，費奧爾多的胞弟伊凡、同父異母弟彼得最具繼位可能。但當時，兩位小王爺年歲尚幼，伊凡十六歲，彼得只有十歲，更要命的是，伊凡雖然年長，卻是個從小體弱多病兼智力低下的低能兒。正在逐步走上升之路的羅曼諾夫王朝，自然不能讓這樣的黃口小兒來接掌龐大帝國，更何況還有「病秧子」費奧多爾這個前車之鑑。

老沙皇阿列克謝的兩個後黨外戚集團變成了水火不容的政敵：瑪麗亞已死，長公主蘇菲亞便是米羅斯拉夫斯基集團的領頭人；彼得的親媽娜塔莉不用說，是自己家族的代言人。滿朝文武、教會代表進行了皇位繼承人選拔大會，不出所料，雖然更年幼，但體格健壯、智力正常的彼得獲得了多數人的支持，最終十歲的小彼得當上沙皇，皇太后娜塔莉垂簾聽政。蘇菲亞自然不甘失敗的命運，與那對孤兒寡母之間，必有一場大戰！

蘇菲亞倚仗的，就是莫斯科的傳統「御林軍」——射擊軍。作爲拱衛京師的精銳武裝，射擊軍原本待遇不錯，人人羨慕。但從老沙皇阿列克謝時代開始，射擊軍的福利待遇就日漸窘迫，費奧多爾繼位後，射擊軍更加朝不保夕，欠薪、拖餉屢見不鮮，軍官還經常辱罵、毆打下級士兵。

彼得繼位才三天，射擊軍就因爲欠薪問題而進宮請願，娜塔莉太后虛與委蛇、滿口應承，事後卻把十六名領頭軍官撤職處分，射擊軍官兵上下內心的不滿和憤怒可想而知。

蘇菲亞不愧其名「智慧」本意，立刻四處散布謠言，說射擊軍作爲國家柱石，竟然遭受如此不公的待遇，令人心寒，皇太后娜塔莉只顧家族利益，完全不顧阿列克謝、費奧多爾兩代沙皇的遺志，賣官鬻爵、假公濟私、損害國家利益，完全不把忠心國家和人民的射擊軍放在眼裡。

煽動性的宣傳立刻收穫了效果，兩萬人的射擊軍人人怒火中燒，蘇菲亞趁熱打鐵，謊稱競選失敗的伊凡皇子已經被太后娜塔莉暗害，此時國家有難、匹夫有責，殺死禍國殃民的臨朝太后、匡扶社稷，起事將士有功無過。

一六八二年五月十五日，令人聞風喪膽的射擊軍叛亂開始了，這些火槍手們一改平日保境安民的良好形象，露出令人毛骨悚然的恐怖面目：他們衝進各個街道的大貴族、大商人家園，殺死領主，宣布接管這座莊園，而後，他們又衝進克里姆林宮，當著皇太后和小沙皇的面，殺死了權臣——太后的哥哥伊凡·納雷什金，並把他大卸八塊，頭顱、四肢被拋灑到不同的地方。

不僅如此，面對三朝老臣馬特維耶夫的指責，喪心病狂的火槍手們將這位忠心耿耿的老人長矛穿身，並在小彼得面前挑起示威。鮮血順著矛杆涔涔流下，浸染了克里姆林宮殿門口的地磚。然而，小彼得卻面無懼色，用憤怒的眼光看著眼前這些犯上作亂的昔日衛士，復仇的火苗就此種下。

火槍手的暴行終於嚇退了莫斯科市民，在宗教首領的斡旋下，大屠殺終於暫告停止。蘇菲亞利用射擊軍，順利亂中奪權，俄羅斯國家縉紳會議不得不改立伊凡皇子為第一沙皇，彼得皇子為第二沙皇，蘇菲亞自己則取代了娜塔莉的位置垂簾聽政，是爲俄羅斯史上第一位女攝政王！這一天，是西元一六八二年的五月二十六日，對於蘇菲亞公主來說，也是其生命中最輝煌、燦爛的一天。

彼得奪位

蘇菲亞榮登大位後，便開始著手剷除異己：八月，她羅織罪名，逮捕並處死了射擊軍頭號人物霍萬斯基，緊接著，任命自己的心腹瓦西里．戈里岑爲射擊軍首領（此人即小說中的蘇菲亞老情人高里津總督），將射擊軍大權牢牢掌握在自己手裡。

隨後，蘇菲亞公主又將娜塔莉、彼得母子流放到距離克里姆林宮七千公尺遠的普列奧布拉任斯科耶村，任由他們自生自滅。彼得母子生活清貧，不得不暗中接受謝爾吉聖三一大修道院的饋贈過活——這座修道院由「俄羅斯最偉大的聖徒」謝爾吉·拉多涅日斯基於十四世紀中葉創建，數百年來，屹立於莫斯科的北郊，作爲東正教的聖地，見證了俄羅斯帝國的風風雨雨、起起伏伏。因爲超然的地位，聖三一大修道院儼然與克里姆林宮雙子並列，成爲了俄羅斯皇室的御用教堂，類似天龍寺之於大理國。

政敵或死或退、沙皇多病低能，整個俄羅斯盡在蘇菲亞的掌握之中，由此，這位女攝政王開始了長達七年的執政生涯。這七年裡，她重用戈里岑，升他爲公爵，授予他東征西討的權力：西討克里木，與韃靼人作戰；東征雅克薩，和中國人爲敵。

但是，這位「聰明、英俊、有教養、能講拉丁語」的紳士，卻不是個優秀的指揮官：一六八七年，先敗於韃靼人之手；一六八九年，又簽署了在俄國人看來是國家吃虧的《中俄尼布楚條約》。

因爲軍事、外交上的屢屢敗績，戈里岑成爲了千夫所指的對象，蘇菲亞對其態度也日漸冷漠，不再寵愛。

再說彼得。

少年彼得親眼目睹了皇室更迭的血腥和殘酷後，一面露出恭順的假像麻痺皇姐；另一面，暗自豢養了屬自己的「青年近衛軍」武裝——兩個少年兵團。這兩個兵團由他的侍從、一些貴族子弟以及附近村落裡的少年夥伴編成，彼得以兩個村名爲其命名，一個叫普列奧布拉任斯基兵團，一個叫謝苗諾夫斯基兵團。小彼得每天和小夥伴們射擊搏鬥、沙場點兵，練就了一身非凡的武藝！更重要的是，因爲「總角之交」打下的深厚友誼，這兩個少年兵團日後爲彼得的逆襲登基、保住皇位打下最堅實的基礎！終彼得大帝一生，這兩支少年兵團一直是最嫡系、親近的近衛軍。

由於蘇菲亞當政的七年，沙皇俄國國勢低迷、民怨沸騰，故而在一六八九年彼得大婚後，民眾強烈要求讓已成年的彼得沙皇親政——意味著攝政王蘇菲亞要退居二線。

蘇菲亞當然不願將炙熱皇權拱手讓人，尤其是聽說了彼得已經武裝了兩個軍團，正準備攻打克里姆林宮，「以彼之道還施彼身」。於是，她決定先下手爲強，預謀在八月七日晚上圍剿彼得母子！

然而，就在政變前的幾小時，蘇菲亞的幾個軍官意志動搖了，他們向彼得通報了這場陰謀。彼得大驚失色，連夜帶著自己的部隊逃到了聖三一修道院——這同時也是一座牢不可破的堡壘，意圖負隅頑抗。

八月八日以後，又有幾支僱傭軍陸續前來投奔彼得，在得到多方援助後，彼得已經具有了和皇姐一較高低的實力，於是信心大增的彼得派人向莫斯科城的射擊軍傳話，命令他們放下武器、棄暗投明，不失一場富貴。

射擊軍權衡利弊後，拋棄了蘇菲亞攝政王，大勢已去的蘇菲亞只能在九月七日選擇了向弟弟投降。彼得幾乎未費一槍一彈就擊敗了自己的強勢姐姐，在各方的歡迎聲中策馬進城，成為了克里姆林宮的新一代主人。

一代雄主彼得親政後，大刀闊斧地進行了俄國歷史上第一次近代化改革，不惜隱瞞身分，親自到荷蘭、普魯士、英國等國大力學習西方先進的科學技術，將俄國從落後國家帶進了先進資本主義國家之列，餘蔭直至今日！彼得大帝也以其傑出的文治武功，被譽為俄羅斯帝國的「千古一帝」！

復辟夢碎

當然，蘇菲亞公主也並未向命運乖乖低頭。彼得大帝撥亂反正後，處死、流放了一批奸佞大臣，但還是對皇姐網開一面：廢除其「攝政女王」頭銜，將其監禁在新聖母修道院。然而，九年以後的一六九八年夏，得知彼得正在國外考察，蘇菲亞再次煽動射擊軍發動叛亂，妄圖東山再起。多虧彼得大帝的兩個少年軍團及時趕到（此時應該是青年軍團了），擊潰了犯上作亂的射擊軍，蘇菲亞的陰謀才徹底失敗。

經此一役後，彼得終於對獨裁皇姐失去了最後的信任和殘存的手足溫情，開始了嚴厲的大鎮壓：審訊二千多名射擊軍官兵，處死其中七百九十九名罪大惡極者，首惡蘇菲亞死罪可免、活罪難逃，再次被關進新聖母修道院，並勒令其出家爲修女，終身不得涉政。據說彼得大帝爲了嚇破皇姐的膽，徹底斷絕她的野心和邪念，在修道院拘禁室的窗外，長年懸掛著三具射擊軍叛兵的屍首，屍體手上，拿著蘇菲亞寫給射擊軍的煽動信。這幅另類、獨特的「窗外風景」，令蘇菲亞終日生活在陰森恐怖、惶惶不安的氣氛中。一七〇四年的七月三日，四十七歲的蘇菲亞公主在修道院走完了自己的全部人生，其人命運之波折坎坷，也令人唏噓感慨不已。

小說中的蘇菲亞公主金髮碧眼、雪膚花貌、風情萬種、美豔無雙，令人神魂顛倒。但歷史上的蘇菲亞公主則完全不是美女形象，俄國現實主義畫家列賓曾在一八七九年繪製了一幅公主全身像，被囚禁於修道院的公主身材魁梧、滿臉橫肉，因爲被弟弟幽禁而目露凶光、一臉戾氣，頗有幾分「金毛獅王」的神韻，令人望而生畏。

清乾隆時期文史大家趙翼（此人在《書劍恩仇錄》中曾和鄭板橋、沈德潛等人一起擔任過西湖花國選秀的「評委」），在他的《簷曝雜記》一書卷一「俄羅斯」條，記載了一件趣事：「康熙中，聖祖嘗遣侍衛托碩至彼定邊界事。托碩美鬚眉，爲女主所寵，凡三年始得歸。所定十八條，皆從枕席上訂盟，至今猶遵守不變。」

這位「托碩」侍衛，用美男計征服了俄羅斯公主，看來就是韋小寶的原型了。想必金庸先生也看過這條文獻，腦海裡留下深刻印象，故而在小說中著力塑造了韋小寶和蘇菲亞的短暫情史，爲中俄的歷史中寫下濃墨重彩的傳奇一筆！

黑水之圍：兆惠平定大小和卓

鐵甲軍三面受迫，自相踐踏，不由自主的一個個擠入泥淖之中。沙泥緩緩從腳上升到小腿，升到膝上，再升到腰間。無數清兵在大泥淖中狂喊亂叫，慘不忍聞。等到沙泥升到口中，喊聲停息，但見雙手揮舞，過了一會，全身沉入泥中……大泥淖把萬餘鐵甲軍吞得乾乾淨淨。人馬、刀槍、鐵甲，竟無半點痕跡，只有幾百面旗幟散在泥淖之上。

——《書劍恩仇錄》第十五回

《書劍恩仇錄》中兆惠征討回部，翠羽黃衫霍青桐指揮部眾在黑水河、葉爾羌城、英奇盤山三勝清軍，殲敵無數，圍困兆惠大軍達四月之久，稱之爲「黑水營之圍」。歷史上的「黑水營之圍」和小說還是有所差異的。

大小和卓

「征討回部」是乾隆的「十全武功」之一，小說中虛構的木卓倫、霍青桐、霍阿伊等人，大概就是影射大小和卓（布拉尼敦、霍集占兄弟倆）叛亂。兆惠雖然在黑水河被圍困三個多月，但最終還是堅持到了勝利的一天，回部叛軍終被平定，好大喜功的乾隆皇帝為此喜不自勝。

清代的回部，不是指回族部落，而是指維吾爾部落，他們信奉伊斯蘭教，千百年來，一直幸福快樂的生活在天山以南，和天山以北的準噶爾部合稱「南回北準」。

西元一二七六年，元朝統一中國，天山南麓的廣袤肥沃土地，被察合台汗國接管。十四世紀四〇年代，察合台汗國分裂為東西兩部分，西察合台汗國最終演變為帖木兒汗國，而東察合台汗國改稱「亦力把里」，接管了回部部眾。到了明朝中期，亦力把里國再次分裂成亦力把里、土魯番和葉爾羌三國，其中葉爾羌汗國面積最大，擁有天山以南、蔥嶺以東、博斯騰湖以西的大片土地，回部再次被葉爾羌汗國接管。

明朝末年，有個叫馬赫杜姆的中亞人，自稱「和卓」，據說是穆罕默德的後裔，從撒馬爾罕到葉爾羌汗國傳教。從國王拉什德汗以下，「回部以為貴種，所至輒擁戴之」，馬赫杜姆在葉爾羌獲得了極高的權勢，娶了許多妻子，生下一堆兒女，成為王國的顯赫家族，

「和卓」一詞也成爲該家族世代相傳的尊貴稱號。

馬赫杜姆定居葉爾羌以後，該國伊斯蘭教因爲教義理解分歧，逐漸演化爲白山、黑山兩派。馬赫杜姆死後，其長子依敏成爲了白山派首領，而庶子瓦力則成爲了黑山派的領袖，兩派爲了爭奪利益，不惜手足相殘，無所不用其極。

康熙十七年（西元一六七八年），噶爾丹入侵葉爾羌，享國一百六十四年的葉爾羌國滅亡，噶爾丹扶持和卓家族阿帕克統治回部，白山派由此勢力大盛。

一六八五年，阿帕克和卓去世（其墓被訛傳成香妃之墓），繼室與長子爭鬥不休，白山、黑山兩派內鬨不止，天山南麓回部陷入混亂狀態。到了一六九七年噶爾丹敗死後，南疆回部群龍無首，各派勢力割據稱雄，大和卓布拉尼敦、小和卓霍集占，就是在這個時刻，登上了風雲變幻的歷史舞臺。

布拉尼敦和霍集占兄弟是阿帕克和卓的曾孫，繼承了白山派的衣缽。在清廷的扶持下，兄弟二人於一七五五年冬率大軍圍困葉爾羌，剿滅了同宗兄弟加罕和卓，後者正是黑山派領袖。

自此，天山南麓重新被白山派所控制，布拉尼敦和霍集占兄弟成爲新的統治者。

回部重新統一後，乾隆皇帝要求回部臣服大清，選派質子入京。布拉尼敦願意接受條件，但霍集占卻有不同意見，認爲天高皇帝遠，兵威難至，不如自立爲王，與中央政府抗衡。

由於霍集占能言善辯、蠱惑人心，在他的煽動下，一個政教合一的封建農奴制反動政權逆時而生了。

黑水營之圍

乾隆二十三年（西元一七五八年）正月，清廷封兵部尚書雅爾哈善爲靖逆將軍，率領滿漢大軍共一萬餘人，攻打大小和卓。五月，清軍攻打庫車，圍城甚急，霍集占倉促率領數千人來援，清軍於托和鼐設埋伏，一戰而勝，殲敵一千四百餘人，霍集占率領了八百殘兵敗將逃進庫車。

敵酋被圍孤城，正是一戰平定的大好時機。雅爾哈善爲了搶功，下令猛攻庫車，然而庫車作爲千年古城，城防極其堅固，清軍連續數日火炮攻城，均未得逞。雅爾哈善又命令清兵偷偷挖掘地道，妄圖從地下打通一條捷徑，守軍先用火燒，再用水灌，將數百清軍消滅在地道內。

趁著清軍懈怠，霍集占率領四百死士連夜向西突圍，渡過鄂根河，逃進了阿克蘇。乾隆得知軍情後大怒，將雅爾哈善處死，由定邊將軍兆惠、副將軍富德進軍南疆。

由於大小和卓慢慢暴露出其分裂分子的眞面目，逐漸不得人心，越來越多的部屬獻城歸順清廷，乾隆皇帝也被大好形勢所迷惑，變得盲目樂觀起來，要求兆惠在年內結束戰爭，將罪魁禍首大小和卓獻俘京城。

皇帝的金口玉言，兆惠不敢違抗，歷史上多少「將在外，君命有所不受」的血淋淋案例，猶在眼前。兆惠匆忙召集了四千士兵，於農曆十月初六進抵葉爾羌城下。

因爲乾隆的盲目指示，兆惠這次沒有充分準備的軍事行動，造成了嚴重的後果，幾乎導致清軍全軍覆滅的結果。

葉爾羌也是千年古城，方圓十餘里，四面共有十二座城門，易守難攻。小和卓霍集占也準備負隅頑抗、死拚到底，城內糧草豐足、城外堅壁清野，做好了打持久戰的準備。大和卓布拉尼敦則領兵駐紮喀什噶爾，與葉爾羌城互爲犄角。

最終的大決戰來臨了！

兆惠指揮大軍攻打葉爾羌的近城土台，未果。由於敵眾我寡，爲了避免被敵人圍剿，清軍後撤，渡過葉爾羌河（黑水河），紮營自保。

七天後，兆惠偵知城南英奇盤山有大量的畜群放養，爲了增補軍糧，兆惠親率一千士兵渡河搶糧。不料，由於橋梁年久失修，剛剛過去四百餘人，橋梁從中斷裂，一千清兵被黑水河隔成兩半。

霍集占在城頭看到兆惠和四百清兵陷入困境，大喜過望，立刻點起大軍前來實施「斬首行動」，一萬五千守軍反客爲主，將四百多清軍團團圍住。一時間，黑水河畔殺聲四起，葉爾羌城下硝煙彌漫。

爲了保護主帥，四百清軍面對數十倍敵軍的瘋狂進攻，一邊拚命抵抗，一邊急速泅河，而清軍大營苦於無橋可過，除了吶喊助威，亦無他法。

是役，兆惠面部、腿部中創，死了兩匹坐騎，但僥倖浮水逃生，撿回一條性命；總兵高天喜、統領鄂實、副都統三格等將領則全部戰死。

霍集占組織隊伍，趁勢反撲，渡河將清兵再次圍住。清軍無處可退，只能奮死抵抗，回部軍人數雖眾，但也無法一舉全殲敵人。久攻不下的回部軍長築溝壕，預備將清軍圍困至死。

形勢十分危急，兆惠無奈之下，派遣死士攜帶告急文書，向駐守阿克蘇的參贊大臣舒赫德求救。在援軍未至的這段時間裡，回部軍多次衝殺，清軍拚死抵禦，並意外找到了水源、彈藥和軍糧（霍集占此前深挖儲備的）。有了這些戰略物資，清軍士氣大振，組織防守更爲有力。

富德、舒赫德率領增援部隊星夜奔馳，一七五九年正月初六抵達呼爾滿，離兆惠大營只有三百餘里（一里＝五百公尺）。霍集占、布拉尼敦率兵五千前往攔截，兩軍遂在呼爾滿展開大戰。

經過四晝夜的鏖戰，布拉尼敦被清軍打傷，退回喀什噶爾。但長途救援的清軍也傷亡慘重，「賊愈眾，不能進」。恰在此時，又有兩支清軍援兵趕到：一支是阿里袞率領的六百士兵和兩千馬匹，另一支是兆惠此前派出的牽制武裝六百人，由副都統愛隆阿統轄。三師匯合，聲勢大振，清軍一鼓作氣合力攻擊，霍集占不知援軍虛實，下令撤軍，清軍趁機奮力掩殺。而兆惠那邊，見圍營的回部軍減少，遠處又隱隱傳來槍炮聲，知道援軍已達，當下點齊人馬，拔營突圍，與富德援軍順利會師。

霍集占見敵人匯合，己方野戰已無勝算，遂撤師回城，黑水之圍遂解。

維護統一

兆惠孤軍被圍三個多月，依靠頑強的鬥志，加上不錯的運氣，成功熬過了一七五八年的寒冬，爲下一階段的勝利鋪平了道路。「黑水之圍」完全是乾隆皇帝不懂軍事，偏偏要越俎代庖、輕下戰令，以至於三軍統帥被陷於絕境，幾乎性命不保。戰後，乾隆也意識到自己冒險進軍、急於求成的失策，承擔了此次戰役失利的主要責任，此等胸襟和氣度，倒也令人讚賞。

一七五九年夏，準備充分的兆惠率領三萬大軍，再次征剿霍集占，大小和卓不敢迎戰，劫持了大量民眾向帕米爾高原逃遁。由於大小和卓兄弟的倒行逆施，引起了回部民眾的強烈憤慨，故而清軍在追剿過程中，兵不血刃，所至之地望風而降。

七月，眾叛親離的大小和卓喪失了一萬多的精銳，帶領了三、四百死黨，逃進巴達克山，為巴達克汗素勒坦沙所擒。

雖然素勒坦沙汗為大小和卓向乾隆求情，但乾隆不肯寬宥，索俘甚急，素勒坦沙汗面對清政府的外交、軍事雙重壓力，無奈於當年十月交出霍集占的首級，並說布拉尼敦屍首被人竊走，無法轉交。考慮到霍集占是最大的主犯，布拉尼敦只是從犯，如今主犯已授首伏法，基本目的達到，如再追究下去，難免和鄰國鬧翻，兵連禍結，難以收場，故而乾隆也藉此機會，不再追究。

至此，歷時一年半的兆惠平定回部大小和卓叛亂宣告取得徹底勝利，乾隆二十五年二月二十七日，乾隆皇帝親至良鄉迎接凱旋將士，自兆惠以下，俱有封賞。

小說中的「黑水營之圍」發生時間忠實於史實，斷橋、泥淖、火攻、炸藥等情節，也與史料相符（當然小說效果有所誇大）。但小說中，清軍是非正義的，而歷史上清軍維護中國統一、抵制分裂，是正義之師，這一點，相信細心的讀者自會分清。

第三章

千姿百態說人物

金庸筆下的皇帝

金庸小說中，刻畫了爲數不少的歷史眞實帝王。《天龍八部》小說中出現了遼道宗耶律洪基、金太祖完顏阿骨打、宋哲宗趙煦、西夏崇宗李乾順、大理保定帝段正明、文安帝段正淳、憲宗宣仁帝段正嚴（段譽）等皇帝；「射雕三部曲」裡出現了元太祖成吉思汗、元太宗窩闊台、元憲宗蒙哥、元世祖忽必烈、元順帝妥懽貼睦爾、大理功極帝段智興、明太祖朱元璋等皇帝；《碧血劍》、《鹿鼎記》、《書劍恩仇錄》等小說，更是把明清之交的皇帝們「一網打盡」：明思宗崇禎帝朱由檢、清太宗皇太極、清世祖順治、清聖祖康熙、清高宗乾隆，還有那個只當了四十二天「皇帝」的「大順天子」李自成。

這二十位皇帝中，異族帝王占了十六席，漢族天子僅僅只有四席，處於絕對弱勢。

有人說過，金庸筆下的列代帝王，異族帝王多數文韜武略、英明神武，漢族帝王多數暗弱不振、苟且偷生。

這話，需要一分爲二的理解。

這二十位皇帝中，開國之君有完顏阿骨打、成吉思汗、朱元璋、皇太極四人；強國之君有窩闊台、蒙哥、忽必烈、順治、康熙五人；守成之君有耶律洪基、趙煦、李乾順、段正明、段正淳、段譽、段智興、乾隆八人；亡國之君有妥懽貼睦爾、朱由檢兩人，而李自成算是例外，既是開國之君，又是亡國之君，情況比較特殊。

通過分類可見，開國、強國兩類君主共九人，漢人皇帝只有朱元璋一根獨苗苗；亡國之君共兩人，漢人皇帝卻占了一半——如果算廣義的亡國之君，三人中漢人竟然占了兩席。這麼看的話，得出「異族皇帝強於漢族皇帝」的結論也就不難理解了。

要澄清這種誤解，需要從金庸小說特殊的時代背景說起。

金庸小說的時代背景，選擇了從北宋晚期到清朝中期的時間段，其中亂世居多：要麼靖康之恥前夕，要麼襄陽城破關頭，要麼元末天災人禍，要麼明清甲申之變。換句話說，這種亂世，往往其後續是江山易主、改朝換代。

宋、元、明、清四朝，漢族政權和異族政權輪流坐莊，三次「革命」，有兩次是以夷制漢，故而，反映到金庸小說中，自然鐵木眞、窩闊台、忽必烈、皇太極等人形象明顯強於金、宋、明三朝末帝。

而朱元璋雖然率眾推翻暴元，但此人出身低賤、氣量狹小、性格陰鷙，登基後清算異己、遍殺功臣，在史書和民間的口碑都不高。更要命的是，與寬仁大度的張士誠、從未降元的陳友諒相比，朱元璋都存在道德弱點，所以，金庸先生在小說中，將其設定爲頗有手腕的野心家，竊取了明教上下的「革命果實」，並且在身登大寶後，屠戮、迫害昔日戰友，人品十分低劣。

以上種種綜合來看，不難讓人發出「漢不如夷」的感慨。

但金庸先生的高明之處就在於此。

朝代更迭，最遭殃的自然是老百姓，正所謂「興，百姓苦；亡，百姓苦」。在這個危急時刻，需要有江湖中的大英雄、大豪傑挺身而出、仗義行俠，解社稷於危難、救萬民於水火。

天下動盪之際，也正是時勢造英雄之機，而這種英雄，不僅局限於江山廟堂，更反映在江湖好漢之間。叱吒風雲的帝王，也需要一代大俠與之抗衡。

窩闊台、蒙哥、忽必烈伯侄三人，便有郭靖、楊過伯侄二人對抗；而膾炙人口的「武林至尊，寶刀屠龍；號令天下，莫敢不從；倚天不出，誰與爭鋒」口號，簡直就是爲雄主和大俠量身定做的！

金庸先生把異族君主寫得多彩多姿，同時把漢族大俠寫得光彩照人，讓兩位強者在命運的關鍵驀然相遇，經碰撞而發出這時代中最炫爛的火花。這種激烈的矛盾衝突，是吸引讀者最好的元素！

列代君主雖然是寫實的，但在小說中，卻都毫無爭議的成爲了虛構大俠的陪襯。郭靖的名人名言婦孺皆知，「爲國爲民，俠之大者」，正是有了這些捨生忘死、保家衛國的大英雄，中華民族的愛國主義精神才能一代代薪火相傳，中華文明的火光才會永不熄滅。

這裡還需要提一下康熙和乾隆祖孫倆，他們的情況比較特殊。金庸筆下的「第一明君」非康熙莫屬，《鹿鼎記》小說的主角是韋小寶，眞正隱形主角是康熙。

小說的最後，康熙對韋小寶有一段推心置腹的問話：

康熙又嘆了一口氣，抬起頭來，出神半晌，緩緩的道：「我做中國皇帝，雖然說不上堯舜禹湯，可是愛惜百姓，勵精圖治，明朝的皇帝中，有哪一個比我更加好的？現下三藩已平，臺灣已取，羅剎國又不敢來犯疆界，從此天下太平，百姓安居樂業。天地會的反賊定要規復朱明，難道百姓在姓朱的皇帝治下，日子會過得比今日好些嗎？」

滿朝文武，估計康熙可以傾訴的，也只有這個「不學有術」的流氓好友了。康熙的問話，別說文盲韋小寶，就算是顧炎武、黃宗羲、查繼佐等當世大儒，恐怕也一時難以辯駁。

康熙身體裡流著漢、滿、蒙三族血液：祖父皇太極是滿族人。祖母孝莊是蒙古人，外祖佟圖賴是漢人，外祖母覺羅氏是滿族人。由此可見，康熙體內，滿族血統占了一半，漢族、蒙古族血統各占四分之一。

而韋小寶則更爲「精彩」，他可能是漢藏滿蒙回「五族共和」的產物！（小說最後韋春花的回憶）。

康熙是「混血兒」，韋小寶可能是「混血兒」，所以清除滿族的權臣鼇拜也好，平定漢族的三藩之亂也好，破滅噶爾丹、桑結的分裂舉動也好，統統都是「人民內部矛盾」，是「中國人」自己的家務事。但是，打擊沙俄侵略，兩人又站在了同一戰線上，那才是眞正的「敵我矛盾」，不可等同視之。

韋小寶回到揚州後，曾專門問過他媽有沒有接待過「外國鬼子」，引起了韋春花的大怒，說：「羅刹鬼、紅毛鬼到麗春院來，老娘用大掃帚拍了出去！」韋小寶就此放心，說：「那很好！」

韋小寶雖然有可能是「混血兒」，但肯定是個「中國人」，故而小說中他的種種所作所為，都帶有合理性，不應受到譴責。

再說乾隆。

「十全老人」乾隆帝，他大概是金庸小說中唯一的一位四海升平的太平天子，不折騰、不胡鬧，有點風流秉性也屬正常。但可笑的是，金庸卻將其設定為「滿人衣冠漢人身」，而且是一個好大喜功、反覆無常的小人，《書劍恩仇錄》裡罵了一次不夠，《飛狐外傳》、《雪山飛狐》裡還接著罵。

有點黑色幽默。

純正的滿人被冠以漢人身分，是出於小說情節需要，這一點毋庸置疑。然而金庸自己也說過：「我在書中將他（乾隆）寫得很不堪，有時覺得有些抱歉。」但讀者往往不知道，看到漢人血統的乾隆皇帝背信棄義、心腸歹毒，自然對其沒有好感，一來二去，這漢人皇帝的總體得分，也難免更低了。

野心勃勃是朱元璋，剛愎自用朱由檢，草頭天子李自成，背信棄義是乾隆，金庸小說中的漢家天子，其形象確實不算太佳。但，這也是小說刻畫需要，是為了襯托主角，以及激發讀者的愛國主義精神！歷史上雄才大略的漢族皇帝如秦皇漢武、唐宗宋祖，其璀璨文治、豪邁武功自不必我來多說，相信讀者朋友都很清楚。

金庸筆下的大臣

上一回綜述了金庸筆下的皇帝，這一回討論皇帝們的左右手——大臣。

金庸小說中，形形色色的大臣塑造了數十位之多，單是一本《鹿鼎記》，就網羅了二十多位清初名臣。總體來說，金庸小說中大臣基本可以分爲兩類：忠臣和奸臣。

蘇轍、王堅、徐達、常遇春、王保保、陳近南、索額圖、康親王、兆惠，這些人自然都是忠臣。與之相對應的，耶律重元、耶律涅魯古、牛金星、吳三桂、耿精忠、尚之信、馮錫範、和珅之流，毫無疑問是奸臣。

但也有難以劃分、歸類的，比如高昇泰。小說中他是大理段氏皇族的得力下屬，段正淳的好兄弟，但實際上，歷史上的高昇泰是個竊國大盜，逼迫保定帝段正明禪位出家，自爲國主，改大理國爲「大中國」，顯然是個不折不扣的權奸。

有人被美化，就有人被醜化，比如忠心耿耿的鼇拜、從未開門的曹化淳、力主撤藩的明珠，這三人是明顯被醜化的，相當冤枉。

還有一些人，情況比較特殊，姑且稱爲「貳臣」（曾仕舊朝後又出任新朝官職的臣子）。

耶律楚材、劉秉忠、呂文德、呂文煥、吳三桂、范文程、祖大壽、施琅、寧完我、鮑承先、馮錫範、林興珠……

名單很長，除了耶律楚材、劉秉忠是金臣降元，其餘的全是漢臣降夷，無一例外。

金庸對遼人耶律楚材，顯然是正面評價的，不僅給予了崇高的地位，而且還讓他和郭靖結成了兒女親家。

但金庸對投降外族的漢人（包括劉秉忠），則明顯分了三個等級：

第一類，同情。

祖大壽、范文程、施琅、林興珠是其中的典型代表。

這一類大臣雖然投降異族，但都有難言之隱：祖大壽是力盡而降、范文程是有恩於民、施琅是爲報私仇、林興珠是有功於國，因爲種種原因，迫使他們不得不改換門庭，其情可憫，其人可諒。

第二類，嘲諷。

劉秉忠、呂文德、呂文煥、寧完我、鮑承先，這些人都屬這個範疇。

劉秉忠是忽必烈身邊最早的漢人謀士，「邢臺幫」的帶頭大哥；呂氏兄弟雖然力盡降元，但後來充當了可恥的帶路黨；寧、鮑二人曾領兵攻打過母邦。這幾人的罪過，比之第一類貳臣，顯然要深重得多。故而，金庸對他們是嘲諷的態度：子聰和尚（劉秉忠）被老頑童玩弄，呂氏兄弟被刻畫成膽小的懦夫，寧、鮑二人被袁承志踢暈——借虛構人物之手一消心中塊壘。

第三類，敵視。

第三類貳臣是罪大惡極、不可饒恕的，代表性人物吳三桂、馮錫範。

吳三桂先叛明賣國，再叛清稱帝，是個十足十兩面不討好的丑角，永世不得翻身是應該的；馮錫範出賣明鄭、害死少主、屠戮同僚，人品十分卑劣。

金庸用辛辣之筆，對這二賊展開了猛烈的口誅筆伐，批判力度酣暢淋漓，打擊範圍全面徹底。

吳三桂病死算他運氣好，小說中馮錫範的最終結局是被韋小寶施展偷梁換柱之計法場砍頭、身首異處，一報了師父枉死之仇，二救了茅十八之命。而歷史上的馮錫範降清後，「封伯爵，隸漢軍正白旗」，應該是善終。

其實，還有雙料的「貳臣」（也就是傳說中的「三姓家奴」），這個人就是《碧血劍》中的闖王部將田見秀。

闖王失事後，田見秀先接受南明何騰蛟的招撫，復降清將佟養和，在大順李過南下時又歸李過，不久後再降清，輪流侍奉三家政權。結果連多爾袞都看不下去了，十分鄙薄他的爲人，說他毫無氣節，「降叛反覆者俱斬」，旋即被殺。

乾隆皇帝曾令人編撰了一本《貳臣傳》。

《貳臣傳》分甲、乙兩編，附錄於《清史列傳》卷七八、卷七九兩卷中，共收錄了叛明降清、兩朝爲官的人物一百二十餘人。

之所以把《貳臣傳》設定爲甲、乙兩編，乾隆也是煞費苦心，明朝舊臣降清後，分兩種情況：一是對清朝死心塌地，積有功勛；二是對清朝口是心非，毫無建樹。爲了區分對待，將前一種人編入甲編，後一種人編入乙編——這也是將「貳臣」團隊區分成「忠心貳臣」和「奸詐貳臣」兩小類了。

這麼做，也反映了乾隆的精明過人之處：甲編的「忠心貳臣」後人，能感到清帝的寬容大度、通情達理，減少了心理抵觸情緒；而乙編的「奸詐貳臣」後人，也覺得先祖「人在曹營心在漢」，氣節尚存，能夠「青史留名」。

當然乾隆自己也是大贏家，清朝中葉四海升平，朝廷鼓勵百姓效忠皇室，忠君愛國、不當貳臣，故而編撰一本起警示作用的《貳臣傳》，也是爲了穩定國家安定。

祖大壽、鮑承先二人曾入選《貳臣傳》甲編，范文程、寧完我二人僥倖逃脫……可見清廷對功勛文臣網開一面，對剽悍武將就沒那麼客氣了。

金庸筆下的大臣們，還可以分爲能臣和庸臣。

所謂能臣，一有爲臣之道，二能安邦定國。換句話說，就是高才幹練的重臣。耶律楚材、劉秉忠、徐達、陳近南、范文程，這些人，都當得起「能臣」二字。

「庸臣」很好理解，就是庸碌無爲之臣，金庸小說中俯拾皆是，不表。

又要說到韋小寶韋爵爺，他是康熙皇帝的頭號寵臣。韋小寶的身上，匯聚了忠臣、奸臣、貳臣、能臣、庸臣的各種特徵，而且竟然是「忠孝仁義」俱全：對皇上忠、對朋友義、對母親孝、對妻子愛，聽得康熙哭笑不得。

康熙要他剿滅天地會，天地會要他刺殺康熙，韋小寶兩面難做人，只好一走了之，「告老還鄉」去也。金庸小說中另外一位大英雄「南院大王」蕭峰，中原群雄視他爲頭號仇寇，皇帝大哥要他領兵滅宋，蕭峰兩面難做人，卻選擇了自殺。

蕭峰不是無路可走，不論是投奔二弟虛竹還是三弟段譽，他都能安享晚年，然而蕭峰還是選擇了自盡，一了百了。

這就是蕭峰和韋小寶的人格巨大差異性。出生在妓院裡的韋小寶，沒有道德觀，只有利益性；而生長在名門正派裡的蕭峰，用江湖法則行事，缺少變通，自己將自己送上了不歸路。

所以說，韋小寶能在官場混得如魚得水、遊刃有餘，如果不是他主動「退休」，要混到一人之下萬人之上也只是時間問題。

和韋小寶相比，忠臣如陳近南、鼇拜，奸臣如馮錫範、鄭克塽，貳臣如吳三桂、耿精忠，能臣如索額圖、明珠，庸臣如多隆、薩布素，這些人，誰的成就超過了韋爵爺？誰又笑到了最後？

當然，韋小寶對自己的「定位」也很準確，那就是永遠臣服於康熙。《鹿鼎記》的最後，顧炎武等大儒鼓動韋小寶登基爲帝，和康熙爲敵，韋小寶著實嚇了一跳，雙手亂搖，連說「不成不成」。

小流氓都能看明白的問題，大學者卻硬是看不透，這不是辛辣的諷刺又是什麼?!

當然，金庸先生對岳飛、文天祥、袁崇煥和史可法這四位民族英雄，還是給予了高度的評價，在他的小說中，多處可見對他們的褒獎和讚揚，同時還有無盡的惋惜和同情。

堅貞不二、爲國爲民的先賢，如同郭靖一樣，始終是最令人尊敬和景仰的，從古至今，概莫能外。

金庸筆下的女主

在金庸先生的作品裡，女性歷史人物往往隱藏在男性歷史人物的身後，遠不如小說虛構人物那麼「男女平等」。但是，我們依然可以在小說中發現一些有趣的雪泥鴻爪片段，以小見大，這些隱藏在幕後的一代女主們的演出，也非常多彩多姿、精彩萬分。

這一節，我們說說《天龍八部》裡的大遼太后蕭撻里、大宋太皇太后高滔滔雙鳳爭鳴，以及貫穿《碧血劍》和《鹿鼎記》兩本小說的大清傳奇太后——孝莊文皇后博爾濟吉特氏。

因爲眾所周知的原因，歷史上女主幹政，往往會被當世和後世唾罵，稱之爲「牝雞司晨」，是「國亂之源」，遠如武曌，近的就不說了。然而金庸筆下的這三位太后，權勢一個比一個大、威嚴一個比一個深，但在歷史上，三人名聲都非常不錯：蕭撻里是平復「灤河之變」的有功之臣；高滔滔被史家稱爲「女中堯舜」；而孝莊皇太后以一介女流之身，周旋於宗親、權臣之間，力保皇太極的兩代後裔繼承大統，更爲少年康熙打下一個基礎良好的政治平臺，歷史評價很高。

按時間順序，先說蕭撻里。

小說中的楚王造反，叛軍曾押解耶律洪基皇太后蕭撻里、皇后蕭觀音二人到兩軍陣前，用以瓦解王軍的鬥志。然而婆媳二人卻表現出剛烈不屈的精神，鼓勵耶律洪基寧死不降，激起了王軍奮死一戰的勇氣。

歷史上的蕭撻里也確實在灤河之變中表現出色：重元之亂尚在醞釀之中，蕭撻里就已經聽到風聲，提醒皇帝小心為上，「此社稷大事，宜早為計」；平叛之戰，「太后親督衛士，破逆黨」。端的是繼承了大遼歷代蕭后勇武果敢、不讓鬚眉的巾幗本色！

此外，蕭撻里雖然貴為太后，卻一直勤儉持家，但凡各國進貢給她的金銀禮品，幾乎全部轉賜給貧苦之家，故而《遼史》褒獎其「仁慈淑謹，中外咸德」，大康二年（西元一〇七六年）蕭撻里去世，北宋、西夏、高麗諸國皇帝，都遣使前來弔喪，紀念這位有功於大遼社稷的功勛太后。

當時的北宋皇帝是宋神宗趙頊，一〇七六年正是王安石變法失敗之年，歷史的滾滾車輪，讓趙頊之母高滔滔身不由己的登上了表演的舞臺。

一〇八五年二月，年僅三十七歲的宋神宗趙頊病情日趨惡化，無法處理朝政，皇位更迭不可避免。當時有機會繼承皇位的，除了趙頊最大的兒子——九歲的皇儲趙傭（趙煦）以外，還有趙頊的兩個同母弟：雍王趙顥、曹王趙頵。彌留之際的趙頊為了避免皇權旁落，懇求其母高太后垂簾聽政，輔佐自己的兒子趙傭。高太后含淚答應以祖母的身分輔弼自己的孫子，而不把皇位傳遞給自己的次子或幼子。

趙傭正式登基後，改名趙煦，是爲宋哲宗。

這段故事在小說中，也有著原汁原味的體現：高滔滔彌留之際，趙煦一邊感謝太皇太后擁立之功，同時指出高滔滔懷有私心——便於垂簾聽政。而太皇太后也坦然承認，絲毫不以爲意。

在長達八年多的垂簾聽政時期（史稱「元祐更化」），高滔滔重新啓用以司馬光、呂公著爲首的守舊派大臣，同時將維新派大臣或貶或謫，終止了熙寧變法。

關於熙寧變法是對是錯，千百年來一直爭論不休，在此暫且不論。但是元祐更化這八年，北宋政治清明、經濟繁榮、國家穩定、人民富足，這和高太后的賢良淑德、有效治理是分不開的，高滔滔也由此被《宋史》讚譽爲「女中堯舜」。

相對比蕭撻里和高滔滔，孝莊皇后名氣可要大太多了。

孝莊皇后，原名博爾濟吉特·布木布泰，是蒙古科爾沁部寨桑貝勒的次女。一六二五年，年僅十三歲的布木布泰嫁給了比她大二十一歲的皇太極；一六三六年，皇太極在盛京稱帝，封其爲莊妃；一六三八年，莊妃產下一子，即後來的順治皇帝愛新覺羅·福臨。

一六四三年，清太宗皇太極猝然病死，未留遺詔。帝位由誰接掌，事關龐大帝國的未來，誰也不敢掉以輕心。

激烈的皇權爭奪戰在太宗十四弟多爾袞和太宗長子豪格之間展開。這二人都是身經百戰、年富力強、威望極高，具有繼承大統的最大可能性，但如果二虎相爭一死一傷的話，給剛剛成立的大清帝國造成的內傷也是極其嚴重的。

多爾袞手握正白、鑲白兩白旗，而豪格是太宗長子，得到了正黃、鑲黃兩黃旗的絕對性擁護。崇德九年八月十四日，推選新皇的議政大會在崇政殿召開，所有王公重臣悉數到場，雙方劍拔弩張，氣氛緊張得令人窒息。

然而會議的最終結果出乎所有人意料，由於多爾袞和豪格勢均力敵、不相上下，精明的多爾袞提議立年僅六歲的太宗第九子福臨登基，由自己和濟爾哈朗聯合攝政。

這條建議既符合兩白旗的利益，又滿足兩黃旗的心願，還能平穩過渡政局，故而得到了全體代表最終的一致通過。

多爾袞不惜和豪格「同歸於盡」，自毀政途，立莊妃的兒子福臨為帝，在歷史上一直是一樁疑案。野史說多爾袞和莊妃關係曖昧，既然自己無子，那麼冊立莊妃之子，自己當皇父攝政王也非常不錯。

金庸在《碧血劍》中，就採納了野史的說法，讓袁承志親眼目睹了多爾袞弒兄奪嫂的血腥一幕。

莊妃順利將自己的兒子扶上帝位，而具體方式則並不重要。

一六五〇年多爾袞病死，僅隔一年，順治先幽禁了多爾袞的同母兄阿濟格，隨後開始清算多爾袞——年僅十四歲的少年天子開始親政，走上了乾綱獨斷之路。

孝莊太后並未對兒子的舉動多加干涉，她所關心的，是兒子的大婚：因爲滿蒙世代聯姻，爲了保證蒙古科爾沁部的地位，孝莊將自己的親侄女許配給自己的兒子。但這樁政治婚姻不爲順治所喜，兩年後，順治廢掉皇后。

一六五四年，不死心的孝莊皇太后給兒子挑了一個更年輕的家族女子：廢后的堂侄女，即後來的孝惠章皇后。順治依然對其無比冷淡，導致了她畢生孤苦無依，落寞而終。

孝莊到了此刻，才知道什麼叫做「兒大不由娘」。

一六六一年正月初七，年僅二十四歲的順治皇帝因患天花不治而亡，隨後火化下葬。大清帝國迎來了他的第四位皇帝：愛新覺羅．玄燁。

順治彌留之際，明確皇三子玄燁爲皇位繼承人，避免了前兩代君主未留遺詔引起朝綱動盪的悲劇重演。順治、孝莊太后由於親眼見證了皇太極執政初期的「四汗制度」，以及順治執政初期的「攝政王制度」，對宗室親王輔政幼主制度，有著「一朝被蛇咬十年怕井繩」的恐懼感。故而，順治臨終之際，欽定索尼、蘇克薩哈、遏必隆和鼇拜四名心腹重臣擔任小康熙的輔政大臣。從宗室親王輔政到功勛重臣輔政，無疑是一種進步，帝制家天下制度得到了一定的改變，外來人才得到了重視——雖然說這種進步，只是微不足道的一小步。

下面的故事讀者耳熟能詳：康熙八年五月十六日，十五歲的少年天子愛新覺羅‧玄燁，在武英殿埋伏下十幾個摔跤布庫，並由索尼的兒子索額圖爲內應，一舉生擒朝廷一品重臣鼇拜，結束了四大輔臣輔政歲月，走上了親政之路。

平心而論，鼇拜眞不是處心積慮陰謀篡位的奸臣（他沒有皇室血統，根本沒有登基的可能），他充其量就是個後期頭腦發昏、驕橫跋扈、欺君罔上的權臣。在康熙擒鼇拜的歷史橋段中，顯然，孝莊太后是最大的幕後推手！正是在她的指導和默許下，少年康熙才敢於放手一搏，並僥倖畢其功於一役。

鼇拜伏誅以後，康熙大帝又開始著手平定三藩、收復臺灣，在這兩場大戰役中，孝莊皇太后給予了青年皇帝寶貴的政治鬥爭經驗，在祖母的有力參謀和顧問下，歷經九年，兩亂皆平，中國南方終告太平。

康熙二十六年十二月二十五日，七十五歲高齡的孝莊皇太后安詳的閉上了眼睛。在她充滿傳奇的一生中，歷經多次宮廷劇變和帝國動盪，卻能做到處變不驚、冷靜分析、把握機會、化險爲夷，成功扶持自己的兒子和孫子兩代君主，爲「康乾盛世」打下良好的基礎，孝莊皇太后不愧是有清一代最出色的女政治家！得到這樣的褒獎，她當之無愧。

縱觀蕭撻里、高滔滔、孝莊這三位太后，都是敢於擔當、有所作爲的一代女主，在她們或明或暗的輔政下，國力增強、人民安定，彰顯了女主干政的「正能量」！我們不應對女性執政抱以成見，更應該給予一個公正的評判。

在宋、元、明、清歷史上，還有西夏的「梁氏一門二后」、蒙古「四帝之母」莊聖太后唆魯禾帖尼值得一提，但由於在金庸的小說中，這三人都沒有出場，故而在本書中不再贅述。

金庸筆下的公主

和傳統戲文不同，金庸筆下的公主們不是嬌滴滴的金枝玉葉，恰恰相反，個個都是英姿颯爽的女中豪傑！西夏銀川公主，在其閨房中掛滿十八般兵器，讓人不由得想起了三國孫尚香；蒙古華箏公主，從小弓馬嫻熟，其四位兄長都不敢小視她；大明長平公主，國破後黯然出家，是大名鼎鼎的「獨臂神尼」；而那位大清的建寧公主，雖然是個假公主，但也好武成性、凶悍異常，閹割吳應熊一役，堪稱經典。

但這四位公主對待她們的戀人——小說男主角，倒是溫柔可親、小鳥依人，頗有些「很想嫁人」的情分，故而，金庸小說中的公主有兩個共同的標籤：好武、很想嫁人。

銀川公主、華箏公主，都是虛構的；長平公主、建寧公主，倒是史有其人。

夏崇宗李乾順是西夏歷史上的一位有爲之君，在位五十四年，東親大遼，南和大宋，整頓吏治，注重農桑，開創了一個全新的「乾順盛世」。但是，銀川公主不可能是他女兒，一〇九三年的中秋佳節，李乾順才剛滿十歲，何來的女兒？

「酒罷問君三語」情節，其實和「一品堂」招募天下英才一樣，都是影射西夏國的人才引進政策。作爲當世五國中最晚立國的國家，西夏需要面臨宋遼兩個強鄰的武力威脅，只有廣納賢才才能富國強兵，才有禦敵於國門之外的資本。

《宋史・夏國傳》記載元昊的「智囊團」中，有野利仁榮、嵬名守全、張陟、張絳、楊廓、徐敏宗、張文顯等人，分別擔任中書、樞密、侍中等官職，主謀攻；楊守素、鍾鼎臣、張延壽等人分別受納諸司，主文書。這些謀士當中，除了創建西夏文字的野利仁榮、文武雙全的嵬名守全是党項族人外，其餘諸人均是漢人。

當然，西夏國最出名的漢人謀臣是來自陝西華陰的張元和吳昊，《宋史》記載「華州有二生張（元）、吳（昊）者，俱困場屋，薄游不得志」，由於在母邦得不到重用，二人潛伏到西夏，成功獲得李元昊的青睞，張元當上了西夏太師、尙書令兼中書令（相當於宰相），吳昊爲其副手，兩人爲西夏立國三大戰（三川口、好水川、定川砦）出謀劃策，功不可沒。

歷史上的西夏公主，常常作爲政治婚姻的產物，被許配於吐蕃王公。夏毅宗李諒祚曾將宗室女嫁給吐蕃首領唃厮囉的幼子董氈，毅宗子夏惠宗李秉常也曾經將其妹嫁給董氈的兒子藺逋叱。由此看來，如果眞有「文儀公主李銀川」，終究還是爲吐蕃的「宗贊王子」所娶走了。

同樣，蒙古成吉思汗的女兒，也都是政治婚姻的結局，沒有自由戀愛一說。

成吉思汗的子女非常多，得益於他的老婆眾多，韓小瑩目測鐵木眞的老婆超過一百個，實際上載入史書的共有四十多位，未記的數不勝數，超過一百個應當毫無懸念。

鐵木眞的正妻孛兒帖夫人生了四個兒子：朮赤、察合台、窩闊台、拖雷。此外，孛兒帖夫人還生了五個女兒，分別是：昌國公主火眞別乞、延安公主扯扯亦堅、趙國公主阿剌海別吉、鄆國公主禿滿倫以及幼女阿兒達魯黑。但這五位公主全部都嫁人了，沒有一個終身不嫁「西赴絕域、以依長兄」的，可見華箏公主是虛構的人物。

成吉思汗用兒子們東征西戰，打下廣袤的國土；同時，用女兒們穩固四鄰，《最後的蒙古女王》記載說，「成吉思汗的女兒們在蒙古家園周圍構築了一個盾形方陣，她們統治著汪古部、畏兀兒部、哈剌魯部和衛拉特部，從而劃定了自己國家的邊界，並從四周保護著她。」

在成吉思汗的心中，還眞是「生男生女都一樣」。

大明長平公主，在金庸小說中是個光芒閃耀的人物，人氣值極高。

《碧血劍》中，她是一個機靈可愛的少女，暗戀主角而不可自拔；《鹿鼎記》中，她又成了武功卓絕的「獨臂神尼」，遊歷江湖、矢志復仇。

長平公主原名朱媺娖，是崇禎的女兒，倍受恩寵，她的原封號是「坤興公主」，降清後清廷改封其爲「長平公主」。由於親眼見證了國破家亡的人間慘劇，朱媺娖心灰意冷，懇請清廷允其出家爲尼。但清廷爲了「統戰」需要，未予答應，反而將其賜婚崇禎生前選好的駙馬周世顯。

婚禮如期舉行，十分隆重浩大，但朱媺娖內心的痛楚只有自己知道。婚後鬱鬱寡歡的日子，讓長平公主身體一日不如一日，終於在一六四六年的九月，大明末代公主朱媺娖在萬念俱灰的哀怨中與世長辭，年僅十七歲，其時已有五個月的身孕。

長平公主朱媺娖終身未出北京城，剛成年而夭亡，故而「九難師太」這個人物也是虛構無疑。其實早在金庸之前，民間就有獨臂神尼的傳說，說她收了白泰官、甘鳳池、呂四娘等八個武功高強的徒弟（清初「江南八俠」），其中呂留良的女兒呂四娘還深入禁宮刺死了雍正，爲其父報了大仇。可見善良的人們對這位身世坎坷的末代公主寄託了無限的同情，寧可相信她脫離了政治樊籠而重獲新生。

建寧公主也很悲劇。

歷史上的建寧公主當然是貨眞價實的眞公主，她是皇太極最小的女兒（第十四女），其母爲蒙古察哈爾部奇壘氏。

作爲順治的幼妹、康熙的小姑，建寧同樣逃不脫政治婚姻的束縛：在她十三歲那年，清廷將其指配給吳三桂的兒子吳應熊，大清歷史上第一個下嫁漢人的公主產生了！之後，順治還把他的兩位養女柔嘉公主與和順公主分別下嫁給了另外兩位漢人藩王的兒子耿聚忠和尚之隆。

康熙十二年，吳三桂舉旗造反。次年，吳應熊、吳世霖父子作爲留京人質，被康熙逮捕並處以絞刑。

或許是看在建寧的份上，康熙只是處死了建寧的丈夫和繼子，「其餘幼子，俱免死入官。應坐人犯、分別正法」（《清實錄．康熙朝實錄》）。由此可見，如果建寧和吳應熊生有子嗣的話，應該是保住一條小命了。

吳應熊死後，康熙皇帝經常下詔慰藉他的這位喪偶小姑，謂其「爲叛寇所累」。西元一七〇三年，在孤獨無依的期盼中，六十三歲的建寧公主終老去世。

小說中的公主們多數幸福、美滿，歷史上的公主們正好相反：亂世的公主也好，盛世的公主也罷，她們的命運不掌握在自己手裡，作爲政治獻品，她們是身不由己的，在時代的大潮中，只能隨波逐流。從這個意義上來說，今日社會男女青年自由戀愛、婚姻自主，是兩千年封建社會皇室子女所不具備的，足以讓他們豔羨、感懷不已。

金庸小說中除了四大公主，還描寫了數量眾多的「郡主」，如趙敏、沐劍屏、完顏萍以及段譽的一群妹妹們，她們的形象也十分生動活潑、充滿朝氣，由於篇幅所限，在此不再展開討論。

金庸筆下的神仙

金庸筆下的「神仙」，特指「被神化了的人物」，具體的說，就是明教的五散人。

明教的組織架構類似金字塔：教主之下是逍遙二仙，逍遙二仙之下是紫白金青四大護教法王，護教法王之下是五散人，五散人之下又是五行旗各正副掌旗使。由於這環環相扣的人事關係，保證了明教擁有強大的統御能力，教主教眾萬眾一心，發號施令如臂使指，爲最終推翻元廷奠定了基礎。

逍遙二仙、四大法王，這些如雷貫耳的名字都是虛構的，但五散人卻是虛實結合、實多虛少：彭瑩玉是響噹噹的反元義軍首領；周顛、張中、冷謙史載有傳；唯獨說不得是個例外，他的原型是五代後梁時期的布袋和尚，並沒有生活在元末明初。

根據金庸的設定，五散人中彭瑩玉最富智計、說不得輕功最好、冷謙武功最高，這是眾所周知的事情，而半瘋不癲的周顛和著墨不多的張中則難以準確定位。

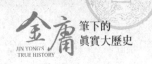

彭瑩玉

先說彭瑩玉。

彭瑩玉儼然是五散人中的隱形領袖、張無忌的副職軍師，爲明教的出謀劃策出了不少力。歷史上的彭瑩玉是江西袁州（今宜春）人，原名彭國玉，是元末南派紅巾軍的創始人之一。

彭瑩玉的祖、父都是堅定的佛教徒，在彭瑩玉十歲時，送其到附近的慈化寺出家。在常年禮佛生涯中，彭瑩玉先精研醫術，後改投彌勒宗，打著治病救人的旗號傳播反元抗爭的理念。

依仗高超的醫術，彭瑩玉在傳經布道過程中影響力越來越大，不僅信徒眾多，而且成了袁州白蓮教的教首，被尊稱爲「彭祖師」。在彭瑩玉的大批追隨者中，周子旺是個傑出人物。在小說中，常遇春的先主公周子旺是彭瑩玉的師弟，但歷史上，周子旺卻是彭瑩玉的大徒弟。

至元四年（西元一三三八年），彭瑩玉、周子旺發動了「袁州起義」。在起義之前，彭瑩玉做了一件令人瞠目結舌的事：他親手繪製了一種前心後背書寫「佛」字的戰袍，宣稱穿上這種衣服，就會得到彌勒佛的保佑，擁有了刀槍不入的超能力——義軍上下對彭祖師的話深信不疑。

五千「佛衣軍」殺向了重兵把守的袁州城，悲劇結局是可想而知的。義軍領袖「周王」周子旺被俘遇害，全家遭株連，兩個兒子周天生、周地生也都被殺害——不知道常遇春保的這個「周公子」是天生還是地生了。

彭瑩玉在袁州事敗後，僥倖逃脫，隱姓埋名流落到江淮、江西、兩湖各地，繼續組織地下反元活動。

彭瑩玉蟄伏十三年後，於一三五一年在安徽巢湖起義，響應韓山童、劉福通的潁州紅巾軍。由於巢湖義軍實力弱小，隨時有被元軍消滅的危險，恰好此時彭瑩玉的又一徒弟鄒普勝前來拜訪，邀請師父西去湖北蘄水、黃州一帶，輔佐徐壽輝開創霸業，彭瑩玉權衡再三後，欣然受命。

一三五一年十月，徐壽輝、鄒普勝、彭瑩玉、倪文俊四人率領白蓮教徒在蘄水、黃州一帶起兵，建立天完政權。徐壽輝身登大寶當了皇帝，也不虧待手下的兄弟們：加封彭瑩玉爲軍師，倪文俊爲元帥、另有四大名將：鄒普勝、丁普郎、趙普勝和傅友德。

這四大名將中，鄒普勝是當之無愧的老大，官封太師，他和丁普郎、趙普勝都是彭瑩玉的得意門生，在白蓮教徒中以「普」字排輩。元末明初名字中帶個「普」字的名人特別多，除了上述三位，還有歐普祥、項普略、楊普雄、陳普文、李普臣等人，都是白蓮教徒中的風雲人物。

天完政權起事之初，倒也國如其名，「壓過大元一頭」，從湖北一路攻克江西、安徽以及江蘇的部分州縣，直到浙江杭州，橫跨整個長江中下游地區。隨著天完勢力的日漸強盛，元廷開始了四面重兵鎮壓：一三五二年十一月，天完義軍遭元將也先帖木兒、三旦八、佛家閭、八失麻失里等部合擊，損失慘重，丟失了大部分城池。一三五三年，天完政權的「首都」蘄水被元軍攻破，徐壽輝逃到黃梅縣暫避風頭，而關於彭瑩玉的結局，史料有戰死和失蹤兩種說法。

第一種說法是一三五三年彭瑩玉率部轉戰江西，攻克高安。十一月江西右丞火你赤督部圍攻高安，彭瑩玉寡不敵眾，城陷被俘，不久被殺。

第二種說法是彭瑩玉在蘄水被破後，趁亂攜帶大批珠寶不知所蹤，從此再也沒有露過蹤跡。

吳晗曾寫過一本書《明太祖》（後改名《朱元璋傳》），在一九四九年前的老版本中，他設定彭瑩玉失蹤，而在一九四九年後的新版本中，重新設定彭瑩玉的結局是戰死，因爲這麼堅定的革命者，怎麼可能是個可恥逃兵？兩相對比，十分有趣。

我個人是支持失蹤說的。《明史》中對彭瑩玉語焉不詳，在「陳友諒列傳」部分只有一句「袁州僧彭瑩玉以妖術與麻城鄒普勝聚眾爲亂」，從此再無下文。可見如果彭瑩玉戰死某地，《明史》不會無載，且按照彭瑩玉的糊弄本事和逃跑前科，失蹤一說無疑更爲科學、合理。

說不得

再說五散人中的另外一個和尚說不得。在小說中，彭瑩玉和說不得雖然都是出家的和尚，但「偏偏這兩人最具雄心，最關心世人疾苦，立志要大大做一番事業」，彭瑩玉倒也當得起這份褒獎，說不得卻眞是「說不得」。

因爲說不得顯然不是一個正常的人名，所以彭瑩玉、冷謙、周顚和張中是實際存在的，而說不得是個有原型的虛擬人物。

布袋和尚——說不得的原型人物是五代後梁時期的僧人契此（號長汀子），契此是浙江奉化人，在奉化岳林寺出家，身材矮胖、大腹便便、整天背負一個大布袋而笑口常開，像極了佛教菩薩中「大肚能容、開口常笑」的彌勒佛。今天奉化溪口雪竇寺還因此成爲彌勒佛的道場。

契此雖然半瘋不癲遊戲人生，但與人談論福禍吉凶卻往往靈驗無比，故而被民間逐漸神化，被視爲彌勒佛降生。又，元末紅巾軍大起義的宗教背景是融合了摩尼教、彌勒教等教派的白蓮教，故而金庸在設定五散人時，將彌勒佛造型的說不得列在其中，也是十分妥當的。

冷謙

五散人中的冷謙是個另類：首先他的武功最高，其次他惜字如金，輕易不開口說話，是個標準的沒嘴葫蘆。

歷史上的冷謙是個博學多才的藝術家道士（號龍陽子），尤擅音樂、美術、養生，在這些方面造詣極深。關於他的籍貫，史料也是眾說紛紜，有說是杭州人，有說是嘉興人，有說是武陵人。而冷謙的生卒時間也難以考證，但基本可以確定活躍在元末明初的舞臺上。

明朝初年，朱元璋制定禮樂大典，聽說冷謙「知音（律），善鼓瑟」，故而「召爲協律郎，令協樂章聲譜，俾樂生習之……乃考正四廟雅樂，命謙較定音律及編鐘、編磬等器，遂定樂舞之制」，可見冷謙的音樂水準極高。冷謙是明代郊廟樂章的奠基者，曾著《太古遺音》琴譜一卷，今已佚；又著《琴聲十六法》，至今尚存。

明末清初姜紹書所撰之《無聲詩史》記載：「仙人冷謙……與趙子昂（孟）遊四明衛王府，睹唐李將軍畫，忽發胸臆效之，不月餘，山水、人物，悉臻其妙……所畫《蓬萊仙弈圖》，尤爲神物，圖後有張三豐題識，二仙之跡，可稱聯璧。先生於永樂中有畫鶴之誣，隱壁仙去。」

冷謙還於養生術頗有研究，提出「噓、呬、呵、吹、呼、嘻」六字延年要訣，所著的《修齡要旨》是明代一部內容豐富的氣功與養生保健專著，理論全面、見解獨到，到今天依然還有一定的參考借鑑意義。

多才多藝的冷謙到了明清兩朝，已經被神化了，後人對其事蹟，多有穿鑿附會，這和小說中沉默寡言的冷面先生形象相去甚遠。

周顛

周顛和張中是江西同鄉，合併在《明史》「方伎」篇，與張三豐毗鄰而居。

周顛，江西建昌人，據說是北宋大儒周敦頤的後人，十四歲時得了瘋癲病，整天在南昌鬧市「告太平」。朱元璋和陳友諒爭霸南昌城，周顛投奔朱元璋，在朱元璋面前幹了不少匪夷所思的神道事蹟：絕食一月而不死、借來東風送戰船。故而也遭受了朱元璋的猜忌，朱元璋將其放入大缸水淹、置於柴薪之上點火焚燒，但周顛毫髮無損，朱元璋又驚又怕，不敢再下毒手。

鄱陽湖大戰前夕，朱元璋忐忑不安，問卜周顛此戰勝負如何。周顛正色道：「能贏，上天沒給陳友諒安排皇帝寶座。」或許是因爲這種「精神勝利法」，朱元璋軍心大振、士氣高漲，以弱勝強一舉擊潰了陳友諒的大軍，奠定了明朝開國的根基。

《大明英烈傳》中周顛曾抱著朱元璋逃離王船，避開了陳友諒火炮轟擊，周顛對朱元璋有著救命之恩、救駕之義。所以朱元璋對周顛也有所回報：親自撰寫了御制周顛仙人傳，命中書舍人詹希庾勒石廬山，供後人錄出刊行。

周顛最後在朱元璋稱帝後隱居民間，不復出現，雖然朱元璋多次派人去找他，但都無功而返，周顛也由此避開了明初的政治清算運動，算是結局不錯。朱元璋在位最後幾年，一直對周仙人念念不忘，感慨道：「要之天地間自有一種仙風道骨，但仙凡隔路，不可力致而強爲也。」言語之中，充滿了無限的追思和惆悵。

張中

鐵冠道人張中在小說中是個若隱若現的邊緣人物，既沒有彭瑩玉的智謀，也沒有說不得的豪放，既沒有冷謙的個性，又沒有周顛的另類，是個幾乎被人遺忘的角色。

但歷史上的張中卻多彩多姿得多。張中，名貞常，字景和，一二九四年生，江西臨川人，和前朝王安石是同鄉。《明史》說他「少應進士舉不第，遂放情山水。遇異人，授數學，談禍福，多奇中」，也是個江湖術士一般的人物。

和周顛一樣，張中也被朱元璋納於帳下聽用，他成功預言了豫章血戰、康泰反叛、北門伏兵、南昌城圍等事件，更在鄱陽湖大戰中一口斷定陳友諒陣亡、常遇春生還，準確率高達百分之百，令人驚嘆。不僅如此，他還預言朱元璋必登帝位、徐達壽數不長、藍玉暗藏反心，這些也都被歷史所一一應驗。

張中算卦命中率極高，用今天的眼光看，一方面固然是運氣很好，另一方面也說明了張中觀察生活的仔細、深入，他的這些預測，與其說是仙人算卦的神奇，不如說是洞若觀火的深邃。《明史》記載：「（張中）爲人狷介寡合。與之言，稍涉倫理，輒亂以他語，類佯狂玩世者。」可見裝神弄鬼、顧左右而言他、東拉西扯是這些江湖術士慣用的手法，張中是深諳其道。

當然張中也是有些眞才實學的，他在數學上的天賦極高，著有《鐵算心易》一書，內容包含太華派數理和皇極聲音數等，具體事蹟可參閱《江寧府志》、《江西通志》等古籍。

張中最後的結局是「投水詐死」，《天龍八部》中的阿紫也這麼幹過，避開了耶律洪基的迫害。可見他也受到周顛的啓發，遠離已經富貴齊天的主公朱元璋，避免了被清算的可能。像他這樣聲望如日中天的江湖術士，對皇權的穩固是個極大的隱患，朱元璋不會袖手不管。

總結

縱觀明教五散人的歷史履歷，他們都是被神化的人物，在元末明初那個風雲變化的舞臺上，不論是義軍首領、藝術家、江湖術士，都避免不了時代浪潮的沖擊，或主動或被動的捲入到那場轟轟烈烈的群雄割據戰爭中。《倚天屠龍記》小說將他們匯聚在明教中，攜手並肩、驅逐暴元，也實現了歷史未竟的遺願。

如果給五散人簡單編個口訣，我覺得「造反頭子彭瑩玉，書畫雙絕是冷謙，鐵嘴半仙看張中，半瘋不傻數周顛」十分符合人物特徵。四個實際存在的人物加上虛構的「布袋和尚說不得」，構成了一個豐富多彩、個性鮮明的五散人團隊，給廣大金迷留下難以磨滅的印記。

第四章

撲朔迷離說疑案

張三豐壽數之謎

但見他身形高大異常，鬚髮如銀，臉上紅潤光滑，笑咪咪的甚是可親，一件青布道袍卻是汙穢不堪。要知張三豐任性自在，不修邊幅，壯年之時，江湖上背地裡稱他爲「邋遢道人」，也有人稱之爲「張邋遢」的，直到後來武功日高，威名日盛，才無人敢如此稱呼。

——《倚天屠龍記》第十回

在《倚天屠龍記》小說裡，張三豐（張君寶）是當之無愧的武林第一高手，少年時代就擊退了威震西域的崑崙三聖何足道，青年時代隱居武當山並在中年時代開創武當一派，在短短幾十年時間裡，原本名不見經傳的武當派迅速崛起，風頭直逼老牌的武林泰山北斗少林派。張三豐調教的七名弟子人稱「武當七俠」，個個都是武功驚人、俠肝義膽的英雄好漢，是中原六大派中出類拔萃的傑出人物。

歷史上的張三豐是一個極其神奇、被神化了的眞實人物，和小說存在較多的不同之處。他的出生地、生卒年分、墓葬地，至今都存在極大的爭議，眾說紛紜，莫衷一是。說他是中國歷史上最神祕、傳奇的道士，也並不爲過。

生死之謎

關於張三豐的出生地，目前主要集中在遼東懿州（今遼寧錦州）說和福建邵武說兩種，古籍偏向前者，而後者頗有後來居上的局勢。此外，還有寶雞說、義州說、遼陽說、閩縣說、金陵說等多種說法，但都無法找到其傳承的宗譜和有力的證據。更有甚者，還有說張三豐是沙陀人的，聽著實在不太可靠。

關於張三豐的出生時間，有元代說和南宋說兩種，但基本上都肯定了明代才是張三豐主要活動的舞臺。張三豐的生卒時間也沒有確定的說法，有說一二四七～一四五八年的，有說一二六四～一四六四年的，有說一二四六～一四一七年的，長者二百一十一歲，短者一百七十一歲，遠遠超出正常人類的壽命大限。

而關於張三豐死後歸葬何處，《明史》記載不詳，「終莫測其存亡也」，故而明清兩朝，不斷有人宣稱看到了張三豐活神仙再世，此情此景，和今日某人在某地發現了外星飛碟有得比。目前張三豐的墓葬地主要是江西上饒三清山說和山西太原南峪山說兩種，前者是其羽化成仙後的遺蛻所在，而後者據說當地村民曾見過張三豐的遺骸，但到底張三豐歸葬何處，現在也是一個謎。

據《明史》列傳卷一八七記載，「（張三豐）頎而偉，龜形鶴背，大耳圓目，鬚髯如戟。寒暑惟一衲一蓑，所啖，升斗輒盡，或數日一食，或數月不食」，是一個身材高大、濃眉大眼、能吃能睡、身體素質極好的道人。《神雕俠侶》結尾少年張君寶出場時，群雄見他「形貌甚奇，額尖頸細，胸闊腿長，環眼大耳」；《倚天屠龍記》第四回通過張翠山的視覺，九十高齡的張三豐老人依然「身長背厚，步履凝重」，可見金庸是完全接受了《明史》中關於張三豐的外貌記載的。

清人李西月、汪錫齡都把張三豐的出生時間定位在一二四七年農曆四月初九，金庸顯然也接受了這種論調，所以在《神雕俠侶》中，第三次華山論劍（西元一二五九年）時，張三豐看起來大約「十二、三歲年紀」；《倚天屠龍記》中「至元二年四月初九」（西元一三三六年）張三豐過九十大壽，也符合中國人過虛歲不過實歲的風俗。

張君寶五歲時患了眼疾，幾乎目不能視、漸近失明，死馬當活馬醫的其母林氏將其送入附近的碧落宮修道，拜張雲庵住持爲師。在張雲庵師父的精心治療下，其眼疾逐漸康復，同時張君寶開始正式入道修煉。

張君寶天資聰穎、過目不忘，在修道期間還閱讀了大量的佛經和儒家經典，爲其以後的傳經布道打下了堅實的基礎。七年後，張君寶出師，返回家中攻讀詩書、侍奉雙親。

一二六四年，十八歲的張君寶以其傑出才華而名聲鵲起，元初重臣廉希憲、劉秉忠都和他有所結交，劉秉忠推舉他爲河北中山博陵令，但張君寶無意仕途，僅在職一年左右，就藉口父母先後病故，需要回鄉守孝，以「丁憂」之名辭官而去。

在家鄉守孝期間，張君寶繼續尋求入道的眞諦，同時開始修習呼吸吐納、強身健體的方法。一二七四年一代名臣、對張君寶有知遇之恩的劉秉忠去世，張君寶大徹大悟：人生百年匆匆而過，榮華富貴過眼雲煙，不如拋家棄業修道求眞，也免得早晚成爲塚中枯骨。

張君寶定下了遠遊求仙的決心，他把房屋田產都轉交給族人，委託他們每年代爲祭掃自己的雙親，隨即帶著二童子連夜出遊，正式開始了求仙問道的生涯。

自此，張君寶的足跡踏遍了中華大地的名山大川：北到燕趙，東至齊魯，南遊韓魏，西去川陝，往來於青山古刹之間，吟詠閒觀，且行且止。直到二十年後遊覽寶雞三峰山時，張君寶靈感突來，以山爲號，先取「三峰」，後改「三豐」，從此，便有了「張三豐」這個傳誦近千年的名字。

一三一四年，已經年過花甲的張三豐老人來到了道教聖地終南山，拜火龍眞人爲師，火龍眞人據說是宋初陳摶老祖的弟子，張三豐遂成了陳摶老祖的徒孫。

張三豐在終南山修煉了四年後，出關下山，開始尋找適合自己的洞天福地。元泰定帝年間，張三豐終於選定了武當山作爲傳道之地，從此，武當附近出現了一個濟世度人、積善行德、武藝高超、衣衫邋遢的老道長！張三豐在武當山結廬修煉、潛行布道二十餘年，截止於明朝洪武元年（西元一三六八年），已經收徒多人。

一代宗師

金庸在《倚天屠龍記》小說第三回末有個注解，說：「據舊籍載，張三豐之七名弟子爲宋遠橋、俞蓮舟、俞岱巖、張松溪、張翠山、殷利亨、莫聲谷七人。殷利亨之名當取義於《易經》「元亨利貞」，但與其餘六人不類，茲就其形似而改名爲『梨亭』。」但這個「舊籍」，金庸先生卻沒有詳加闡述。

而據我考證，此處「舊籍」應該是《太極拳勢圖解》和《宋氏太極功源流支派論》這兩本書。這兩本書都是民國出版物，前者講的是宋遠橋、俞蓮舟等七人爲友，同往武當山拜張三豐爲師的故事；而後者據說是宋遠橋十七世孫宋書銘所著（宋青書有後了）。

今天，「武當七俠」裡眞正事蹟可考的人物，僅有張松溪一人，他是明嘉靖年間浙江寧波人，師從劍術名家孫十三老，絕不是張三豐的親傳弟子。但張松溪是武當傳人無疑，今天武當派還有「松溪派」這一支派留存，松溪派的南派太極拳、六步拳、白虹劍、春秋刀等武技，據說皆爲張松溪手創，《鹿鼎記》中的一代大儒黃宗羲曾將兒子黃百家送入松溪派習武強身。

張三豐的親傳弟子中，以丘玄清、孫碧雲、盧秋雲、周眞德、楊善澄、劉古泉六人最爲出名。丘玄清爲人寬襟大度，平時《黃庭經》、《道德經》總不離口，凝神坐忘修道不輟，儀表相貌嚴整謙恭，頗有宋遠橋之風；孫碧雲「服氣養神、研精覃思」，像極了俞蓮舟沉默寡言、武功高強的特點；而盧秋雲、周眞德、劉古泉、楊善澄四人又合稱「太和四仙」，大約就是小說中俞岱巖、張翠山、殷梨亭和莫聲谷的原型。

明朝開國後，因爲鄙薄全眞教服務金元異族政權，因此大力扶持武當道教，從太祖朱元璋起，明成祖朱棣、仁宗朱高熾、宣宗朱瞻基一直到熹宗朱由校，明朝十六帝，除了崇禎皇帝，其餘十五帝每一個都對武當山、張三豐、武當道教有過封賞和恩賜，崇禎皇帝不是不想來，而是實在沒有時間。

明成祖朱棣以「清君側」爲名發動「靖難之役」，由北向南進攻，北方屬玄武（眞武），武當山又是眞武大帝的道場，因此朱棣宣稱自己是眞武大帝下凡，是眞正的「眞龍天子」。在三年奪位戰爭中，北軍勢如破竹，多次大敗南軍，最終朱棣順利叔奪侄位，得償所願。

爲了統治需要，也爲了感謝眞武大帝「顯彰聖靈、始終佑助」，一四一一年起，朱棣在武當山大興土木，發動工匠民夫二十餘萬人，修建了規模宏大、氣勢恢宏的遇眞宮、太和宮、紫霄宮建築群，作爲張三豐的道場。今天武當山風景區的九宮八觀、三十六庵堂、七十二岩廟、三十九橋梁，尋根溯源，多數是拜朱棣所賜。

但張三豐從洪武開國起，就一直隱匿不見明朝帝王，不論朱元璋、朱棣等人用盡何種方法，張三豐就是神龍見首不見尾，神州大地四處可聞張三豐的活動蹤跡，但明朝政府就是無法請動這位來無影去無蹤的活神仙。

到了明英宗時期，明朝皇室已經對面見張神仙的可能性不抱希望，遂開始了逐漸加封的態勢：英宗封贈「通微顯化眞人」，憲宗封贈「韜光尚志眞仙」，世宗封贈「清虛元妙眞君」，熹宗追贈「飛龍顯化宏仁濟世眞君」，張三豐以及他的三豐道派，在明代掀起了中國道教的另一個高潮。

和全眞祖師王重陽一樣，張三豐也是文武雙全，崇尚三教合一。他留下的著作有《大道論》、《玄機直講》、《玄要篇》等，是今天研究元明道教的寶貴資料。此外，《明史・

藝文志》、《萬卷堂書》、《千頃堂書目》、《歷世眞仙修道通鑑》、《古書隱樓藏書》等古籍中，也陸續收錄了張三豐的部分思想著作，如《金丹小成》、《金丹直指》、《無根樹》、《金丹還液歌》等，算得上是學富五車、著作等身。

張三豐武功高強，擅長拳劍，既精於內丹仙學，又兼擅拳劍武藝。明清以後，武林多稱張三豐是內家拳、太極拳的祖師爺，而且武當一派開枝散葉，至今已有十七個支派流傳，算得上是發揚光大、名滿天下。

小說中張三豐出身少林，而據《道教派別宗譜》記載，張三豐年輕時曾經在嵩山崇福宮住過。崇福宮始建於漢，興盛於唐，北宋時期成爲皇家道觀，范仲淹、司馬光、朱熹等大儒曾在此集會講學，元朝時，崇福宮成了全眞教的道場。少林功夫流行天下，崇福宮和少林寺相去不遠，近水樓臺，估計張三豐學些少林拳腳功夫是很有可能的。

毫無疑問，張三豐是元末明初的一代奇人，他的故事世代相傳，流傳極廣。我們今天估計很難還原張三豐的具體生平，但張三豐眞人的得道高人、隱仙風範是中國人的一筆重要精神財富，他將繼續爲世世代代的現代人提供精神層面上的追思寄託以及人生智慧的無上啓迪。

李自成下落之謎

原來闖王是在石門縣夾山普慈寺出家，法名叫作奉天玉和尚。闖王一直活到康熙甲辰年二月，到七十歲的高齡方才逝世。闖王起事之時，稱爲「奉天倡義大元帥」，他的法名實是「奉天王」，爲了隱諱，才在「王」字中加了一點，成爲「玉」字。

——《雪山飛狐》第五回

在金庸的筆下，攪動明末清初天下大勢的一代梟雄李自成最終是以出家爲僧的方式了此殘生。按照《雪山飛狐》的說法，李自成活到了七十歲，於西元一六七六年圓寂，這一年是康熙十五年，農曆丙辰年，而非甲辰年；在《鹿鼎記》中，已過花甲之年的李自成豪情不減當年，單槍匹馬殺到雲南昆明，和昔日的死敵吳三桂爭風吃醋，大戰三聖庵，端的是烈士暮年、壯心不已。

歷史上的李自成最終下落，已經成了一樁無頭公案，眾說紛紜、莫衷一是，主要有戰死說、誤死說、自縊說、出家說四種，其中尤以出家說最為流傳廣泛，金庸先生也採用了這種說法。

山海關一片石大戰後，李自成倉皇退出北京，回到了陝西基地，意圖倚靠黃河天險、潼關鎖鑰負隅頑抗。但清兵志在入關一統天下，絕不給李自成任何喘息之機，故而在一六四四年十月，清廷派出兩路大軍進攻陝西：東路軍由豫親王多鐸率隊，經河南攻潼關；北路軍由英親王阿濟格帶隊，經山西、內蒙古攻陝北，計畫兩軍會師西安，徹底殲滅李自成。李自成的大順殘軍不是清軍對手，一六四五年正月十三，李自成在權衡利弊後，忍痛放棄「首都」西安，正式開始了南下流亡的歷程。

李自成從河南進入湖北後，意圖順江而下攻打南京，鎮守武昌的南明大將左良玉在驚惶之下撤軍東去，李自成輕鬆占領武昌。

然而，還沒等李自成繼續沿江南下，阿濟格的追兵已至，清軍「分水陸兩路躡其後……窮追至賊老營，大敗賊兵八次」。在這種情況下，窮途末路的李自成終於遇到了人生最大的危機，而且這一次，他終究沒能和以前一樣化險為夷、轉危為安。

作為明朝和清朝共同的敵人，最關心李自成生死的，莫過於清朝順治帝和南明隆武帝。

阿濟格給順治上書奏報說：「賊兵盡力窮竄入九宮山……爲村民所困，不能脫，遂自縊死。因遺素識自成者往認其屍，屍朽莫辨，若存或亡，俟就彼再行察訪。」（《清世祖實錄》）

阿濟格的奏章說李自成於九宮山自縊死。但是，第一，未注明此九宮山是通城縣九宮山（又名羅公山）還是通山縣九宮山；第二，未確定死者是李自成本人。

清人修《明史》，也參考了這份奏章，《流賊列傳》裡關於李自成的最終結果是：「自成走咸寧、蒲圻，至通城，竄於九宮山。秋九月，自成留李過守寨，自率二十騎掠食山中，爲村民所困，不能脫，遂縊死。或曰村民方築堡，見賊少，爭前擊之，人馬俱陷泥淖中，自成腦中鋤死。剝其衣，得龍衣金印，眇一目，村民乃大驚，謂爲自成也。時我兵遣識自成者驗其屍，朽莫辨。」

這份記載裡，確定李自成死於通城九宮山，但除了「縊死說」之外，還多了「誤死說」——被村民用鋤頭擊中頭部而死。堂堂的官方史書文獻，也無法確定李自成的死亡方式。

南明兵部尚書何騰蛟給隆武帝朱聿鍵上〈闖逆伏誅疏〉，說李自成「以二十八騎登九宮山爲窺伺計。不意伏兵四起，截殺於亂刃之下……闖逆之劉伴當飛騎追呼曰：『李萬歲爺被鄉兵殺死馬下，二十八騎無一存者。』一時賊黨聞之，滿營聚哭」。

何騰蛟得到的訊息是李自成被鄉兵地主武裝殺死於九宮山，這就是「戰死說」最原始的出處。

此外我們還可以從地方誌、宗譜來進一步考證。《通山縣誌》記載：「程九伯，六都人。順治二年五月，闖賊萬餘人至縣，蹂躪燒殺，民無寧處。九伯聚眾圍殺賊首於小源口。」通山《程氏宗譜》進一步記述，說：「程安思，字九伯，號南枝……於順治元年甲申，剿闖賊李延於牛脊嶺下，獻賊首、珠盔、龍袍於本省督憲軍門佟（養和）。」

同樣是這個「程九伯」，順治元年在牛脊嶺殺死闖軍將領李延；順治二年在小源口殺死無名「賊首」。但此後的諸多文獻、野史，都將李自成之死，強行安在程九伯的頭上，最爲推波助瀾的，就是費密的《荒書》，繪聲繪色的描述了程九伯和李自成大戰牛脊嶺，恰逢大雨，李自成坐在程九伯臀上，抽刀欲殺，因血漬、泥漿而拔不出，程九伯大呼救命，其金姓外甥聞訊前來，以鏟殺李，遂立大功。

這把拔不出來的闖王軍刀，也就是《雪山飛狐》裡傳說中，藏有闖王重寶訊息的天龍門世傳寶刀。

相反，個人更傾向於通城縣九宮山說。通城縣地處湘鄂贛三省交匯處，《通城縣誌》載：「順治二年乙酉，賊李自成盤踞鄉村四月……自引二十騎過羅公山下。山有元帝廟，山民賽會以盟，謀保閭井。自成呵騎止山下，單騎登山，入廟，見帝像伏謁，若有物擊之，不能起。民取所荷鍤，碎其首而死。其侄李過勒兵奪其屍，結草爲首，以袞冕葬於羅公山下，滅一村而去。」

持這種說法的，除了《通城縣誌》外，還有《罪惟錄》、《永曆實錄》、《甲申傳信錄》、《明末紀事補遺》、《懷陵流寇始終錄．甲申剩事》、《所知錄》、《乾隆御批綱鑑》、《綏寇紀略》、《見聞隨筆》、《明亡述略》等諸多公私著述。

如果李自成確實是被通城鄉民合力擊殺的，那麼大順餘軍必然會展開血腥的報復，「滅一村而去」的屠村行爲是合乎邏輯的。更何況，李自成下落不明後，大順餘軍在接下來的兩年時間裡，或投降清軍、或投奔南明、或解散返鄉、或落草爲寇，但再也沒有人打著「李自成」的旗號自成一家，可見李自成確實是死於通城縣羅公山（九宮山）無疑。

至於石門夾山禪隱說，只是「李自成出家說」其中一種，除此之外，還有益陽白鹿寺出家說、山西五臺山出家說、貴州正寧出家說、四川青城歸隱說等好幾種。

石門夾山禪隱說之所以流布最廣，和清乾隆時期澧州同知何璘有關。

何璘，順天府宛平縣人，乾隆十一年調任澧州同知，乾隆十五年（西元一七五〇年）主持纂修《澧州志林》。修志前，他各處詢問，搜集史料，冒著與當時官方正史持異的風險，親自寫了一篇〈書李自成傳後〉的重要文章，第一個提出了李自成禪隱夾山寺的觀點。

在這篇文章裡，何璘說李自成「獨竄石門夾山寺爲僧，今其墳尚在」「塔面大書『奉天玉和尚』，乃其徒野拂所撰」「和尚卒於康熙甲寅年二月，年約七十」「（和尚遺像）高顴深幽頁，鴟目曷鼻，狀貌猙獰，與《明史》所載相同，其爲自成無疑。」

這些證據都十分主觀，疑點、破綻甚多。故而，文章中，何璘也提出了自己的諸多疑問：「脫匿空門，竟成巨賊末路故套，而一時咸爲其所欺，不重可憤哉？」「賊匿跡方恐不深，安敢以奉天侈然自號？」「賊屬盤踞澧境六七年，詎無一物色故頭目而奉爲依歸者？」「況《明史》於九宮山鋤死之自成，而老僧親聆謦咳，其東西音又焉異也？」

最後，何璘特意注明，該文觀點、證據來自於「爰臚訪聞」，自己「備書傳尾」，目的是供後來的「怪史傳異辭者，有所參考云」。

換句話說，何璘自己對李自成夾山出家說，也是持保留意見的。

事實上，奉天玉老和尚是在順治年間從四川雲遊到石門的，他看到夾山寺殘破不堪，唐代古剎香火不再，遂大發宏願，沿門托缽，化緣建寺。奉天玉老和尚的苦心和善行終於博得了石門知縣和鄉紳耆宿的欽佩，從順治九年開始，歷任石門知縣，如魏紹芳、邵元璽、張霖等地方官都「相繼捐俸，置田畝，蠲免其租徭」，到了奉天玉和尚圓寂之時，夾山寺已經初具規模了。

故而，綜上所述，我認爲，李自成的最終下落是西元一六四五年下半年，在湖北通城縣羅公山，爲鄉民合力擊殺，其遺體也葬於羅公山下。今天，在通城縣九宮山北麓，還有一座李自成的墓園，埋葬著這位毀譽參半的一代豪強。

天地會起源之謎

陳近南道：「本會共有十堂，前五房五堂，後五房五堂。前五房蓮花堂、洪順堂、家後堂、參太堂、宏化堂。後五房青木堂、赤火堂、西金堂、玄水堂、黃土堂。」

……

那前五房中，長房蓮花堂該管福建，二房洪順堂該管廣東，三房家後堂該管廣西，四房參太堂該管湖南、湖北，五房宏化堂該管浙江。後五房中，長房青木堂該管江蘇，二房赤火堂該管貴州，三房西金堂該管四川，四房玄水堂該管雲南，五房黃土堂該管中州河南。

——《鹿鼎記》第八回

毫無疑問，天地會是《鹿鼎記》中最大的名門正派，總舵主陳近南大約也是全書武功最高的高手，江湖廣為流傳一句話「為人不識陳近南，便稱英雄也枉然」，可見天地會、陳近南在清初武林地位之高。

金庸先生在小說中，將天地會設定爲由臺灣鄭成功（萬雲龍）所創、陳近南領導、以職業軍人爲高層的反清復明團體，會眾數目眾多、遍及中華大地，是一支實力雄厚的在野武裝力量，足以讓清廷頭疼不已。

但是，歷史上的天地會，至今還保持著神祕的面紗，起於何年？源於何地？創自何人？一直是一個煙封霧鎖、疑竇重生的謎題，各路專家學者窮經皓首、各抒己見，但始終難以達成共識。

創會傳說

在天地會起始年分上，有順治年間說、康熙年間說、雍正年間說和乾隆年間說四種，目前康熙十三年（西元一六七四年）農曆七月二十五日晚丑時創會說占據主流；而關於天地會的創建地，也有福建漳州說、臺灣說、兩廣說、四川說、湖北說、浙江說等多種說法。近年來，由於在福建漳州雲霄縣東廈鄉找到了天地會「地振高岡一派溪山千古秀，門朝大海三合河水萬年流」對聯所在地高溪廟、觀音亭（紅花亭），故而福建漳州說逐漸占據了主流。而在創會祖師的問題上，鄭成功、萬五道宗（達宗和尚）、萬提喜各有支持者，但眞正的「萬雲龍大哥」只有一個，目前來看，萬五道宗可能性最大，是他在康熙年間手創天地會，並由萬提喜在乾隆年間將其發揚光大，而鄭成功創會的可能性幾乎可以忽略不計。

在天地會早期的內部文獻典籍《洪門志》和《海底》兩本書裡，記載了天地會起事的傳奇故事，亦眞亦幻，令人嘖嘖稱奇，簡述如下：

清康熙十三年，鄰邦西魯國大軍犯境，八旗軍屢戰屢敗，康熙無奈，發出皇榜昭告天下，尋求退敵英雄。時福建莆田九蓮山南少林僧兵一百二十八人應榜出征，不出三月，平息戰亂，西魯國奉表請降。

南少林眾僧謝絕了朝廷賞賜回歸林泉，然而奸臣張建秋、陳文耀二人在康熙面前進讒言，說南少林僧眾久有異志、不服王化，又和大將鄭君達交情匪淺，日後必然反叛、助叛。康熙深以爲然，下令於正月十五三更時分火燒少林寺。在少林叛徒馬寧兒的帶路下，南少林終究蒙難，闔寺僧侶，僅有蔡德忠、方大洪、馬超興、胡德帝、李式開五人逃出生天。這五人，就是天地會的「前五祖」。

蔡德忠等五人匆忙逃難，於沙灣口遭遇大隊追兵，幸被勇士吳天佑、方惠成、張敬之（張敬昭）、楊仗佑（楊文左）和林大江搭救，這五人，即天地會「中五祖」。

一行人再逃至惠州寶珠寺，得寺僧吳天成、洪太歲、李式弟、桃必達、林永昭五人相助（「後五祖」），殺死了陳文耀。此後，群雄在高溪廟邂逅歸隱學士陳近南，有石香爐順水漂來，重五十二斤十三兩（意喻「吾失二京十三省」），爐底刻有「反清復明」字樣。陳近南感嘆道：「此乃天意！倡舉義旗，便在今日！」

四方好漢聞訊，競相來投，一時聲勢大壯。七月廿五丑時，群雄遂於紅花亭祭告天地、歃血會盟，公推崇禎之孫朱洪竹爲主，拜陳近南爲軍師，整飭兵馬、計議北伐。

陳近南率大軍北上浙江，在萬雲山高溪寺結識方丈萬五道宗（萬雲龍），陳近南見他武藝超群、俠義爲懷，便讓朱洪竹拜其爲兄、立他爲帥。後萬五道宗戰死沙場，陳近南尊其爲「達宗神」。

因爲清廷勢大，群雄起事失敗後，陳近南吩咐眾人隱姓埋名潛伏草莽，等待良機相時而動，成立「天地會」，暗藏「三點革命詩」，制定五色旗號、詩句、暗語、切口，廣結黨徒、養精蓄銳，以冀未來之成功！

這三點革命詩，小說也有所引用，由蔡德忠念給韋小寶聽，詩云：

三點暗藏革命宗，入我洪門莫通風。
養成銳勢從仇日，誓滅清朝一掃空。

此外，群雄灑淚相別時，也賦詩一首，留作日後兄弟相認之用。這首詩在小說中，於徐天川、韋小寶和吳六奇三人口中吟出，詩云：

> 五人分開一首詩，身上洪英無人知。
> 自此傳得衆兄弟，後來相認團圓時。

縱觀天地會的創會傳說，多見《水滸傳》、《三國演義》等傳統話本的影子，這是因爲天地會的底層會眾，仍然以廣大平民、小手工業者、流民和潰兵爲主，文化層次不高，故而這些半人半神的故事、半文不白的語句能夠投其所好，爲天地會的勢力擴充起到了一定的輔助作用。

在天地會的創會傳說中，軍師陳近南是一個極其重要、穿針引線的人物，雖然其最終結局是「神龍見首不見尾」，但其人之璀璨光芒，終難掩蓋。歷史上的陳近南一般是指明鄭時期的「臺灣諸葛亮」陳永華，他忠心輔佐鄭氏政權，胼手胝足、身體力行，一舉奠定了近代臺灣的基本發展格局，堪稱功蓋千秋。

臺灣孔明

陳永華，崇禎七年（西元一六三四年）出生，父陳鼎為甲申年進士。一六四八年鄭成功收復福建同安，陳鼎出任同安教諭。隨著清兵再次攻陷同安，陳鼎自縊於官衙殉國，年僅十五歲、懷著國恨家仇的陳永華出逃至廈門，投奔鄭成功大軍，被授為「參軍」一職。

鄭成功對陳永華極為賞識，不僅稱呼其為「臥龍先生」，而且將世子鄭經託付給他。一六六二年，鄭成功收復臺灣後不久病逝，鄭經繼位延平郡王，陳永華成為百官第一人。

一六六五年，陳永華說服鄭經「建聖廟、立學校」，開創了臺灣的基礎教育工作。在陳永華的大力規劃下，臺灣的教育體系不僅全面科學，而且卓有成效，為明鄭政權的人才培養、官員選拔奠定了基礎。

在土地問題上，陳永華曾親自考察臺灣各地，丈量開墾情況，頒布屯田制度，進行屯田墾殖。

而在民生上，陳永華著力提升百姓生活水平：煮糖晒鹽，以利民生；燒磚煉瓦，改善民居。

在行政方面，陳永華劃定行政區域，推行里甲互保，民眾安居樂業。

而在臺灣的經濟命脈——對外商貿方面，陳永華輔助鄭氏與日本、泰國、越南等國通商，同時祕密和大陸福建、浙江、廣東沿海各地商戶開展業務往來。

以上的教育、農業、科技、治安、外貿等措施，都有陳永華的汗馬功勞，這些得力舉措保證了鄭氏能夠有底氣踞島而守。

康熙十三年（西元一六七四年），三藩造反，靖南王耿精忠相約鄭經起兵反清，鄭經以陳永華爲「留守總制使」，帶領大將劉國軒、侍衛長馮錫範親率鄭軍渡海作戰。而臺灣在軍師陳永華的代理下，實現了「路不拾遺、夜不閉戶」的盛世之態。

因爲與耿精忠的地盤紛爭，加上耿精忠的再次降清，一六七七年，鄭經退守廈門，一六八〇年，時乖運蹇的鄭經無奈放棄福建敗逃臺灣。

聽聞鄭軍大敗回臺的消息後，陳永華憂鬱成疾，於當年病逝，鄭經親自弔祭，追謚「文正」，極盡哀榮。陳永華死後的次年正月十八，鄭經也撒手西去，其長子鄭克𡒉繼位延平郡王。

鄭經共有三子：長子鄭克𡒉，爲陳永華之婿；次子鄭克塽，爲馮錫範之婿（降清後）；三子鄭克塁，其時尚幼。鄭克𡒉爲人端方正直，但其母出身不好，故而馮錫範聯合鄭經的幾位族弟，以鄭克𡒉非鄭經「眞血脈」爲由，誘使鄭成功之妻董老太后廢黜了鄭克𡒉改立鄭克塽。爲了斬草除根，馮錫範後來還是派人絞死了年僅十八歲的鄭克𡒉，克𡒉妻陳氏（陳永華之女）當時有孕數月，聞訊絕食自縊殉夫。

鄭克壓在位三天橫遭慘死，十二歲的鄭克塽竊位成功，臺灣軍政大權落入馮錫範、鄭聰、劉國軒等人手裡。《清史稿・列傳十一》記載，「克塽幼弱，事皆決於錫范」，野心家、陰謀家馮錫範導致臺灣民心、軍心盡喪。

兩年後的一六八三年，施琅平臺，鄭克塽、馮錫範、劉國軒率眾投降清朝，大明海外最後一片孤土消亡。鄭克塽被軟禁在北京後，一直活到了康熙四十六年才病故，享年四十七歲，倒是比其祖其父其兄都長命。

在小說中，康熙曾稱呼陳永華、劉國軒、馮錫範三人爲「臺灣三虎」，韋小寶說陳永華是好人，那兩人是壞人，康熙大大不以爲然，說陳永華的本事比另外二人厲害多了。平心而論，從建設、治理臺灣的角度來說，陳永華確實遠超二人，但論起陰謀詭計、屈膝投降，陳永華不如馮劉二人多矣。

因爲陳永華對臺灣的重要貢獻，從他逝世那天起，陳永華就受到了臺灣百姓的無盡思念和深切緬懷，今日臺南永華宮就是祭祀他的宗教廟宇。在臺灣百姓心中，熱愛臺灣、造福桑梓、忠誠正義、仁愛機智的陳永華軍師，無愧於「臺灣諸葛亮」的稱號，他永遠值得所有炎黃子孫來共同紀念！

一切，源於陳近南自我介紹的一句話：「我眞名叫陳永華，永遠的永，中華之華！」

歷史上的天地會是不是陳近南領導的，這其實並不重要，金庸先生在小說中，已經給了陳近南（陳永華）一個至高無上的天地會總舵主的地位，他文武雙全、儒雅俊秀、殫精竭慮、顧全大局的形象，永遠深深鐫刻在包括筆者在內的廣大讀者心中。

和眞實的陳近南一樣，《鹿鼎記》中的天地會，金庸也沒有完全照搬古籍材料，而是做了恰當的修訂，一如他在小說的旁注中所說：「本書中關於天地會之事蹟人物，未必盡與流傳之記載相符，其中大半為作者之想像及創造。」這點也需要讀者加以注意。

今日洪門

地會雖然是祕密會門，但由於會眾目標一致、互幫互助、相親相愛，因此從清朝中期後，發展極為迅速，組織極其龐大。在「有量」的同時，天地會還要求「有質」：由於天地會並無固定的教義與崇拜對象，故而有嚴格的會規（三十六誓、二十一則、十禁、十刑、十條十款），要求會眾忠於誓言，嚴守祕密。

故而，天地會的戰鬥力遠超其他教會門派，有清一朝，天地會起義的案例不絕如縷：如乾隆五十一年臺灣林爽文起義，乾隆六十年臺灣陳周全起義，嘉善起義等。又由於天地會在發展壯大過程中，一邊要對付清廷的鎮壓，一邊和其他兄弟幫派產生千絲萬縷的合作關係，故而天地會也不斷派生新的支派，如三合會、哥老會、小刀會、添弟會等。到了清朝晚期，天地會已經成爲擁有數十種支派的半公開會門，並參與了席捲天下、轟轟烈烈的太平天國起義，洪門天地會勢力之強，令各方不敢小覷。

辛亥革命時期，天地會積極參與、支持革命黨人領導的武裝起義，爲推翻滿清政權付出了血肉代價。海外的洪門組織，不僅在經費上對革命黨人給予大力支持，而且派人直接回國參加革命，拋頭顱灑熱血在所不惜。爲此，孫中山在民國三年，「通告洪門改組支部書」上，感動的說：「我洪門以自由組織……爲國艱辛，垂數百年，辛亥一役，韃虜政權遂覆……有志竟成，諸公偉力，誠不容沒也。」

今天，中國致公黨作爲洪門天地會的遠支，已經融入到新中國的民主建設工作中，成爲八大民主黨派之一，和中國共產黨一起攜手並進，在多黨合作和政治協商制度下，堅持「長期共存、互相監督、肝膽相照、榮辱與共」的十六字方針不動搖，爲中國社會主義現代化的建設，做出了重要貢獻！

太后下嫁之謎

順治六年，「皇父攝政王」多爾袞據說和皇太極的妃子莊妃、即順治皇帝的母親孝莊太后正式結婚。張煌言詩有云：「春官昨進新儀注，大禮恭逢太后婚。」此事普遍流傳，但無明文記載。近人孟森認爲不確，胡適則對孟森之考證以爲不夠令人信服。北方遊牧漁獵民族之習俗和中原漢人大異，兄終弟及，原屬常事。清太后下嫁多爾袞事，近世治清史者大都不否定有此可能。

——《碧血劍》十四回注

《碧血劍》裡，多爾袞私通其嫂莊妃，刺殺了其兄皇太極，令眞正的「刺客」袁承志目瞪口呆。金庸先生又在小說第十四回的後注裡，特別說明了多爾袞弒兄奪嫂的存在可能性，給小說增添了更多的傳奇色彩。

但歷史上，孝莊太后並未公開改嫁給多爾袞，「太后下嫁」一說並不成立。

目前史學界持改嫁觀點的，其論據主要有三：

第一，順治五年十一月，多爾袞改「皇叔父攝政王」爲「皇父攝政王」。

第二，滿洲有父死子繼、兄終弟及的婚姻舊俗。

第三，孝莊不與皇太極合葬昭陵。

我們來逐條辯駁。

「皇父攝政王」是最大、最重要的證據，一直爲人津津樂道。但其實深究起來，頗有看點。

孟森先生認爲，「皇父」之稱，類同古代的「尙父」、「仲父」，如劉禪對諸葛亮、齊桓公對管仲，並無其他深意。鄭天挺先生也認爲，滿族習慣於將親屬稱謂與爵秩稱號聯繫起來，以示尊崇，這裡的親屬稱謂代表著地位，而不是血緣關係。

多爾袞和濟爾哈朗作爲順治皇帝的攝政大臣，順治元年，一個被封爲「叔父攝政王」，一個被封爲「信義輔政叔王」，在順治眾多的叔伯親王中，唯獨這二人因爲地位突出，在爵位中有所標示。

又因爲多爾袞是滿清入關一統天下的最大功臣，有諂媚大臣獻言，奏請提升多爾袞的尊貴地位，「叔父攝政王」（滿語意爲「汗的叔父王」）再更進一步，翻譯成漢語，就是「汗的父王」，即「皇父攝政王」。

故而，「皇父攝政王」更多的含義是一種至高無上的王室爵秩，地位僅次於「皇帝」，而並不是「皇帝的父親」。如果孝莊下嫁多爾袞，多爾袞完全可自稱「太上皇」，而不是臣服於皇帝的「皇父攝政王」。

再說滿洲舊俗。

父死，子娶庶母；兄死，弟娶其嫂。這種風俗確實存在於原始社會的遊牧民族，主因還是爲了保證家族利益不外分、削減，早期女眞族也不例外。但是，隨著滿族逐漸被高度文明的漢族同化，這種舊俗也日漸衰微。皇太極早在天聰三年（西元一六二九年），就發布了類似的禁令：自今以後，凡人不許娶庶母及族中伯母、嬸母、嫂子、媳婦……凡人既生爲人，若娶族中婦女，與禽獸何異？……禁革不許亂娶。（《清太宗實錄》）

多爾袞在皇太極活著時不敢有所異動，但皇太極病死後，多爾袞逼死競爭對手豪格、再娶豪格之妻，顯然是觸犯了太宗遺令的。所以等多爾袞一死，他的政治對手們就把這一條罪狀列爲重罪之一，大肆鞭撻。

處於國母地位的孝莊，不可能違背亡夫遺令，無端授人以柄。

第三點，有人認爲這是孝莊心中有愧，不敢和太宗地下相見。實際上，如果孝莊改嫁多爾袞屬實，她應該和多爾袞合葬，完全可以不理會皇太極，也不用特意遺囑康熙將自己安葬在昭陵和孝陵附近，陪伴丈夫、兒子。

除了這些，第三方的文獻，如朝鮮的《李朝實錄》、德國人魏特的《湯若望傳》，也找不到太后下嫁的鐵證。尤其値得稱道的是《李朝實錄》，朝鮮作爲中國藩屬國，一直忠實記載兩國外交事例。甲申之後，朝鮮雖然無奈對清朝稱臣，但一直心中耿耿、思念大明（感激萬曆抗倭之功），但凡清朝吃虧，《李朝實錄》無不幸災樂禍、津津樂道，記述唯恐不詳盡全面，太后下嫁一事若是屬實，便是頭號八卦大醜聞，《李朝實錄》斷然不會無動於衷、一無所述。

野史喜歡花邊新聞，《清史通俗演義》、《多爾袞軼事》、《皇宮五千年》、《清宮十三朝演義》這些作品，將孝莊下嫁多爾袞作爲素材，無不源自張煌言的〈建夷宮詞〉一詩，詩云：

上壽殤為合巹尊，慈寧宮裡爛盈門。
春官昨進新儀注，大禮恭逢太后婚。

順治五年（西元一六四八年）十一月，多爾袞加封「皇父攝政王」。具有敏銳政治嗅覺的明朝遺臣張煌言，立刻在次年寫就〈建夷宮詞〉，對滿清皇室宮闈大肆嘲笑。然而，順治十年六月，孝莊才搬進新修的慈寧宮居住，但多爾袞已經在順治七年病死，太后在慈寧宮裡張燈結綵，是要準備嫁給誰？

故而，這首詩是張煌言為了發洩不滿情緒，出於民族義憤而編造的反清宣傳作品，沒有什麼確鑿證據。

綜上所述，孝莊太后下嫁多爾袞一事，並不成立。孝莊作為清朝最出色的女政治家，畢生在政治中度過，積累了豐富的政治經驗，以其人之老練、圓通，事關身家性命、死後清名，是分得清輕重緩急的。當然，孝莊和多爾袞叔嫂之間，並未公諸於世的地下關係，已經無法勘定，只有當事人自己才最清楚。

順治出家之謎

行痴（順治）原是個至性至情之人，只因對董鄂妃一往情深，這才在她逝世之後，連皇帝也不願做，甘棄萬乘之位，幽閉斗室之中。雖然參禪數年，但董鄂妃的影子在他心中何等深刻，一聽韋小寶提起，什麼禪理佛法，霎時之間都拋於腦後。

——《鹿鼎記》第十八回

中國民間廣爲流傳的「清初四大疑案」中，金庸小說或多或少都有所涉及：《碧血劍》中隱約提到了「太后下嫁」；《鹿鼎記》裡明確表示了「順治出家」；《鴛鴦刀》裡含糊交代了「雍正奪嫡」；而在《書劍恩仇錄》裡，乾隆出身海寧則是故事的主線。

而在歷史上，順治皇帝一六六一年病逝紫禁城，死後遺體火化，歸葬清孝陵，故而「五臺山出家說」禁不起推敲。

順治皇帝（西元一六三八～一六六一年），原名愛新覺羅・福臨，系清太宗皇太極第九子，母孝莊皇太后。

順治是滿清入關後的第一位皇帝，童年登基、少年親政，剷除異己、乾淨果斷，故而其性格也比較兩面化：既胸懷大志、勇於進取，又浮躁易怒、任性放縱，或許爲了更好的管束他，多一個女人看護他，其母孝莊皇太后決意在他親政大典後，立刻爲其操辦婚禮。

孝莊爲他找的新娘是自己的同族親侄女，蒙古科爾沁部博爾濟吉特氏。從努爾哈赤時代開始，建州女眞就和蒙古科爾沁部結成了戰略合作關係，愛新覺羅家族和科爾沁部世代聯姻，保證了兩個政權不被明朝分化殲滅，故而「滿蒙聯姻」是滿清的基本國策。

孝莊將自己的侄女許配給自己的兒子，這樁包辦婚姻不爲順治所喜，兩年後的一六五三年，極具個性的順治不顧各方勢力的阻擾，毅然將表妹皇后廢黜，降爲靜妃，改居側宮。

一六五四年，孝莊皇太后不死心，又將靜妃的堂侄女博爾濟吉特氏許配給順治，即孝惠章皇后（小說中爲假太后毛東珠幽禁床底多年的眞太后）。順治依然不喜歡這個政治婚姻的產物，對其極其冷淡，導致了她終生無子嗣，獨守深宮，七十七歲抱憾而亡。

一六五六年，正白旗內大臣鄂碩之女董鄂氏進宮爲妃，順治皇帝一生摯愛不變的感情終於姍姍來遲。從兩人首次見面那一刻起，十八歲的青年皇帝對其一見鍾情，至死不渝：

八月二十五日冊封爲「賢妃」，九月二十八日加封爲「皇貴妃」，十二月初六，順治爲董鄂妃大赦天下——在清朝歷史上，因爲冊封皇貴妃而大赦天下的，僅此一次。

當時的後宮中，除了孝惠章皇后，就是董鄂妃地位最高。一六五七年十月初七，董鄂妃產下一子，欣喜若狂的順治難以掩飾內心的激動，宣稱此子爲「朕第一子」，祭告天地、接受朝賀，渾然沒將已經三歲的玄燁放在眼裡。

然而這個孩子命短，僅僅三個半月後就不幸夭折（當然不是毛東珠下的黑手）。順治悲痛萬分，追封其爲「榮親王」，而遭受喪子之痛的董鄂妃也一病不起，於一六六〇年撒手人寰。

愛子、愛妻先後去世，令順治痛不欲生，追封董鄂妃爲皇后，上謚號爲「孝獻莊和至德宣仁溫惠端敬皇后」，簡稱「端敬皇后」。

小說中康熙得知假太后眞相後，並未處死毛東珠，內心裡還隱隱感激其除掉了自己的最大競爭對手榮親王，覺得這個女人「其實對己有功」。應該說，這也是符合康熙生性的，「帝皇權位」確實比「父母慈愛」爲重。

從董鄂妃死後，順治就心灰意冷到了極點，整日不理政事，決心出家爲僧，並眞的讓玉林琇禪師的徒弟茆溪森將自己剃了個光頭——當然，出家計畫未遂。

順治病逝於一六六一年正月初七，年僅二十四歲，死因是天花，這是史書確載的事實。《清世祖實錄》等官方文獻都明確記載「上崩於養心殿」，中書舍人張宸的《雜記》，還詳細記錄了順治病故、舉哀、火化、出殯、下葬的一系列過程，現代史學大家孟森、陳垣兩位前輩也考證過順治確實患天花而亡，故而「順治出家說」並不成立。

「順治出家說」在清初流傳極廣，得益於《清稗類鈔》、《清代野史大觀》、《清史通俗演義》等野史之功，吳偉業的《清涼寺贊佛詩》更是若隱若現的推波助瀾，故而金庸和梁羽生都接受了這條素材，將順治出家五臺山寫進了自己的作品裡，只不過《鹿鼎記》裡康熙孝順，而《七劍下天山》裡康熙謀逆，殺死了已經是和尚的父皇。

順治出家的傳說，自然不會空穴來風，而是事出有因：第一是順治好佛。從一六五七年起，順治就和當時的名僧多有來往，並且也眞的剃過髮，可見其向佛之心虔誠，野史將其設定出家五臺山，也是與順治的好佛禮佛不無關係。另一點就是董鄂妃韶華而逝，而順治又是個重情重義的個性皇帝，看破紅塵出家爲僧，這種觀點符合了民間善良百姓對其的美好設想。故而，「順治出家說」只不過是民間哀悼年輕皇帝不幸早亡的命運，感嘆皇帝和愛妃之間凄涼動人的愛情故事，選擇的一個攝動人心的虛幻結局而已。

說起董鄂妃，不能不提及董小宛。

長期以來，有讀者將《鹿鼎記》裡的董鄂妃，想像成「秦淮八豔」裡的董小宛。事實上，這二人是截然不同的兩個人。

董小宛（西元一六二四～一六五一年），名白，號青蓮，蘇州人，秦淮八豔之一。一六三九年，董小宛結識復社名士、風流才子冒辟疆。明亡後，小宛隨夫逃難江蘇如皋，此後與冒辟疆同甘共苦，直至二十八歲去世。

清道光以後，「董鄂妃實爲董小宛」之流言見諸野史，有人還活靈活現的編造出「洪承疇計取小宛，冒辟疆痛失愛妻」之類的情節，當然盡屬虛構。董小宛一六五一年即去世，而董鄂妃一六五六年始進宮，謠言不攻自破。

另外，還有董鄂妃是順治弟媳、無名軍官之妻兩種說法，前者已經被《愛新覺羅宗譜》否定，後者是洋傳教士湯若望的片面之詞，都當不得眞。

順治死後，遺詔三子玄燁繼承大統，是爲康熙帝。「小玄子」能登上帝位，除了運氣好之外，還眞要感謝湯若望，是他建議順治選取玄燁爲繼承人，原因卻有些幽默：玄燁曾出過天花，獲得治癒，擁有了終身免疫的功能。

順治死後，董鄂妃的族妹貞妃，一併殉葬。貞妃不僅是順治後妃中唯一殉葬的，也是清代最後一位殉葬的嬪妃。高陽在《清朝的皇帝》一書中，推測貞妃爲了平息孝莊對董鄂氏一族的憤怒，避免家族遭到皇太后勢力的清算、打擊、報復，無奈選擇了活人相殉，用以消弭孝莊皇太后的怨恨。

在小說中，董鄂妃、貞妃、榮親王，以及康熙生母孝康章皇后佟佳氏，都被虛擬人物毛東珠一一害死，這顯然是小說虛構，不符合史實，大明皮島總兵毛文龍，也絕對生不出如此凶悍、陰毒的女兒，並用這種方式「反清復明」。

乾隆身世之謎

陳家洛走上兩步，望住他臉。乾隆只覺他目光如電，似乎直看到了自己心裡去，不由得慢慢轉開了頭，隔了半晌，聽得陳家洛道：「哥哥，你到今日還不認我麼？」這句話語音柔和，聲調懇切，鑽入乾隆耳中，卻如晴空打了個霹靂。

——《書劍恩仇錄》第十一回

《書劍恩仇錄》這部小說的主要矛盾就是陳家洛和乾隆這對兄弟之間的家國矛盾：乾隆是內閣學士陳世倌的長子，被胤禛（雍正帝）祕密抱養到王府，最終成爲滿清進關後的第四位皇帝；陳家洛是陳世倌的幼子，認紅花會創會首領于萬亭爲義父，拜天池怪俠袁士霄爲師，畢生追求「興漢反滿」（舊版小說是「反清復明」），以推翻滿清爲己任。

在六和塔上，乾隆和陳家洛終於兄弟相認、化敵爲友，但是最終，乾隆還是貪戀富貴，做出背信棄義的舉動：「圍捕紅花會」。紅花會大鬧禁宮後，無奈遠走回疆，徹底退出政治舞臺。

小說將乾隆設定爲海寧陳家的後裔，並非金庸先生首創，而是早有淵藪：《滿清外史》（天嘏）、《清宮十三朝演義》（許嘯天）、《清史通俗演義》（蔡東藩）、《清宮詞》（錢塘九鐘主人）等作品，早就或明或暗的將乾隆設定爲海寧陳閣老之子，金庸作爲海寧人，從小耳濡目染，故而將此傳聞寫進他的處女作，也絲毫不以爲奇。

但在歷史上，愛新覺羅．弘曆卻是十足十的滿洲人，和海寧陳家沒有任何血緣關係。最重要的證據，就是乾隆出生的檔案，被清清楚楚記載於清代《玉牒》中：

世宗憲皇帝（雍正）第四子高宗純皇帝（乾隆），康熙五十年辛卯八月十三日生，孝聖憲皇后鈕祜祿氏，凌柱之女，誕生於雍和宮。

所謂《玉牒》，即皇室家譜。中國最早的玉牒可以追溯到唐朝，此後宋元明清列朝均繼而承之，視爲保證皇室血統純正性的最權威檔案。清代《玉牒》始於順治十三年（西元一六五六年），分帝系（黃帶子）、支系（紅帶子）兩類，有清一朝，共編纂、修訂、更新《玉牒》達二十八次之多（含民國時期的兩次），收錄愛新覺羅子孫後裔共十餘萬人，是不折不扣的「皇皇巨著」。

今天，這部世界上最龐大的家譜，被妥善保存於中國第一歷史檔案館和遼寧省檔案館，共二六〇〇餘冊的人口資料，靜靜的躺在檔案館見證著歲月的飛逝變遷……

除了清代《玉牒》，《清史稿》也明確標明：「弘曆，世宗第四子，母孝聖憲皇后，康熙五十年八月十三日生於雍親王府邸。」兩部最權威的檔案，都證明乾隆是正宗的滿族後裔。

有讀者會提出異議：如果乾隆確實是漢人，那麼實屬皇室頂級機密，知情者寥寥，史官不會知道眞相，故而存在檔案造假的可能性。

這個問題，需要從雍正的掉包計動機去分析。

雍正得位是否「正大光明」，數百年來被廣爲質疑，「九龍奪嫡」，皇四子胤禛不是最具實力的，他能最後勝出，是不是將「傳位十四皇子」添了一筆變成「傳位於四皇子」？這些傳聞都已經證實是空穴來風，康熙的遺詔是用滿漢兩種文字書寫，想要改寫根本就不可能，故而謠言不攻自破。

雍正是靠著低調、仁愛、大度和年長的因素登基爲君的，當然，除了「年長」一條，其餘的都是僞裝。

康熙執政晚年，皇太子黨、皇長子黨、皇八子黨各自抱團對抗，皇四子胤禛超然世外、明哲保身，不參與他們中的任何一個。胤禛在避開皇儲爭奪戰的同時，誠孝父皇、專治實務，多次參與重大政治事件：祭祀皇陵、巡視天下、察看水利、勘察糧倉、遠征西北、主持科舉，等等。

關鍵的是，這些工作，都是胤禛在弘曆出生前就已經完成的，換句話說，胤禛以其「德才兼備」形象，早就獲得了康熙的注意，得到重用，被列爲皇儲有力爭奪者之一。

故而，胤禛並不需要弘曆這個兒子來「輔助」自己登基，雖然，弘曆確實很得祖父喜愛。偷龍換鳳、以假亂眞這種事情，收益固然巨大，但風險同時並存，胤禛的政敵不少、眼線巨多，如果洩密引起雷霆震怒，輕則貶爲平民，重則滿門抄斬，百里存一的成功可能性，一貫小心謹愼、沉穩幹練的胤禛不會選擇這條路。

再退一步說，胤禛成爲雍正後，完全可以把皇位傳給自己的其他親兒子，如弘晝、弘瞻——如果弘曆眞的是「假兒子」的話。在古代中國，哪怕在當代，「血統純正」的觀點是極少有人能夠不在意的，更何況「天潢貴胄」的皇室家族？胤禛難道不怕百年後去地下，愛新覺羅列祖列宗會找他算帳麼？

綜上，弘曆是胤禛的親生兒子毫無疑問，所謂的「乾隆本是漢家子」只不過是個美麗的傳說罷了。乾隆六下江南、四次駐蹕海寧陳家，只因陳家是江南望族、朝廷股肱，和「回鄉省親」牽扯不上什麼干係。再說「愛日堂」和「春暉堂」兩塊匾額，據孟森先生考證，都是康熙御筆，分別是康熙三十九年和康熙五十二年，康熙皇帝賞賜給海寧陳家的陳元龍、陳邦彥二人的，表彰二陳的父母教子有方，和陳世倌毫無關係。

《書劍恩仇錄》小說中還提到了福康安和香香公主二人，說福康安是乾隆的私生子，事實證明，並無確切的證據；而香香公主也不是香妃（容妃），金庸先生自己在後記裡也澄清了。

《笑傲江湖》的時代背景之謎

《笑傲江湖》是一部政治寓言小說。這部小說未標明具體的時代背景。

金庸先生這麼設定，是有其良苦用心的。在小說的後記中，他說：「這部小說通過書中一些人物，企圖刻劃中國三千多年來政治生活中的若干普遍現象。」也就是說，這部小說適合中國的任一封建朝代。

但是，眾多金迷都認定，這部小說寫的就是明朝江湖的那些事情。

小說的大背景在明朝，最重要的證據有三點：一、張三豐手書《太極拳經》在八十餘年前被日月教奪走（第四十回），說明在元朝之後；二、祖千秋介紹酒杯，提到宋朝和元朝的瓷器（第十四回）；三、《鹿鼎記》中的少林老和尚澄觀曾向韋小寶介紹「前朝有位令狐沖大俠」（第二十三回），說明在清朝之前。

元之後、清之前，自然只有明朝。

可以再壓縮一下，勘定《笑傲江湖》的開局之年在哪一年。

小說第六回劉正風金盆洗手，捐了一個「小小」的武官「參將」，由「湖南省巡撫」

派人前來傳令。巡撫、參將兩官職，明清兩朝均有，但明代的一省大員是「承宣布政使司」（布政司），宣德以後，因軍事需要，專設總督和巡撫，且兩者職權均在布政司之上，換句話說，可以理解爲總督和巡撫主要管軍，布政司主要管民，巡撫給劉正風頒任軍事委狀，勉強可通。

而參將這個官職並不小，明代參將僅次於總兵和副總兵，約等於今天的師長。如此，便可將《笑傲江湖》定位在宣德年後（西元一四二六年）。

林平之落難時，曾接受無名農婦的兩株玉米施捨，玉米一五三一年才引進到中國，故而，再次將時間壓縮到一五三一年之後。

小說一開始，林平之的母親介紹自己「三十九歲，屬虎的」，換句話說，當年是龍年。一五三二年、一五四四年、一五五六年、一五六八年、一五八〇年、一五九二年，都是龍年。十七世紀以後暫不考慮，因爲《碧血劍》的華山派耆宿神劍仙猿穆人清出場時（西元一六三三年），「鬚髮皆白」，應有七、八十歲年紀，反推穆人清出生在一五四三～一五五三年之間，按照金庸小說主角二十歲成材的規律，穆人清初出茅廬應該在一五六三～一五七三年之間，故而再次將《笑傲江湖》的故事壓縮在一五三二、一五四四、一五五六，三個年分。

又，武當掌門沖虛說：「八十餘年前，日月教幾名高手長老夜襲武當山，將寶劍連同張三豐手書的一部《太極拳經》一併盜了去。」這個橋段和歐陽鋒盜取《九陰眞經》相似，都是等正主兒死了才動手，即，盜書之日，張三豐已死。

張三豐的死亡時間有三個：一四一七年、一四五八年、一四六四年，分別加上八一～八九年區間，取其交集，最終只有一五四四年符合標準！

一五四四年是明嘉靖二十三年，《笑傲江湖》的故事發生在三年內，所以嘉靖二十三至二十五年是《笑傲江湖》的最終之間！

查閱《明史》，將小說和史實比喻例證一番（略牽強，姑妄看之）：嘉靖二十三年，蒙古俺答汗屢屢犯境（朝廷失去對江湖人士的控制，嵩山派在金盆洗手典禮上權威大於朝廷大員），浙江、江西天災（西湖底任我行即將出關）；嘉靖二十四年，俺答汗犯大同，參將張鳳、指揮劉欽戰死（滄州遊擊吳天德升遷泉州參將），山西、陝西、京畿天災（華山派全派南下洛陽、華北黑木崖奪位劇變）；嘉靖二十五年，三月，四川白草番亂（任我行清除異己），五月，俺答款大同塞，邊將殺其使（令狐沖歸隱）。

綜上，我將《笑傲江湖》的開局之年定在西元一五四四年（嘉靖二十三年，農曆甲辰年）。這一年，明朝開國已有一百七十六年，距離明朝滅亡還有整整一百年，大明帝國的嘉靖皇帝依然醉心道教、不理朝政，奸臣嚴嵩即將上位，民族英雄戚繼光任登州衛指揮僉事，準備未來艱苦卓絕的抗倭戰爭，而在帝國的北疆，成吉思汗的子孫俺答汗屢屢犯境殺人越貨，丹青生多年前和西域友人以劍法換葡萄酒的美好外交典故一去不返。

大明帝國外表強大內裡虛弱，朝廷失去了對江湖的控制能力，正値多事之秋，符合金庸喜愛的歷史背景。

另外再推測一下令狐沖和穆人清的關係，一五四五年令狐沖二十六歲（五霸崗群雄大會），而這個時間也差不多是穆人清的出生時刻，故而令狐沖極有可能是穆人清的師父輩人物，又因爲令狐沖被華山派開革，當上了恆山派掌門，故而兩人之間只有傳藝關係沒有師徒名分（類似木桑之於袁承志），所以《碧血劍》裡穆人清對袁承志介紹華山派的祖師爺，是「風祖師爺」，但並未介紹「令狐師公」的詳情。

最後重申：《笑傲江湖》是一部沒有歷史背景的小說，小說中出現的「河北」、「董其昌」等名詞，與本文推測不符。本文純屬娛樂，若有錯漏，實屬正常。

第五章

綢繆雅致說風物

摺扇

嚴曉星的《金庸識小錄》中有一篇「摺扇」，令我印象非常深刻。作者認爲，摺扇之所以流行，始於明永樂時期，元代外國使節手持摺扇覲見皇帝，都還要被國人譏笑，可見宋代段譽、朱子柳、朱聰、歐陽克乃至後世的霍都、鮮于通等愛扇之人都可算是「開創者」，時尚又潮流。然而摺扇的歷史，也是一團亂，斬不斷理還亂。

扇子（團扇）起源很早，唐代顏師古說：「今沙門所持竹扇，上褒平而下圓，即古之便面也。」而「便面」一詞，早在漢代，就已經記載於史（《漢書》）。

但摺扇的歷史，則眾說紛紜，有東漢說，有東晉說，有南齊說，有唐代說，有北宋說。莫衷一是，眼花繚亂。

東漢說的證據，就是將摺扇等同於團扇，因此這種論調的支持者很少。畢竟從團扇到摺扇，光是這個創意，就足以令人嘆服。

東晉說也缺少相關鐵證，支持者認爲當時的文士喜歡聚會清談，個個手搖摺扇，極其瀟灑。但《二十二史箚記》云：「六朝人清淡比用麈尾。」麈尾就是拂塵，赤練仙子李莫愁的趁手兵器，可見，東晉說也站不住腳跟。

南齊說源於南宋史學家胡三省，胡三省在寶佑四年（西元一二五六年）開始專心著述《資治通鑑廣注》，對《通鑑》作校勘、考證、解釋。四庫全書本《資治通鑑》卷一三五記載：「十二月戊戌，以司空褚淵入朝，以腰扇鄣日。」胡三省想當然的認爲「扇佩之於腰，今謂之摺疊扇」，自此便不斷有人以此爲據，將摺扇的發明時間定位在南齊一朝。

但反對者也證據確鑿。清人桂馥《札樸》卷四《腰扇》條云：「腰扇如腰鼓，謂中腰瘦減，異於團扇。」更有不客氣者直斥其非，清人趙翼在《陔餘叢考》中說：「胡三省蓋後世之物妄爲附會耳。」

唐代說源於明人方以智，這人生逢明清之交的亂世，明亡後祕密組織反清復明，倒是個鐵骨錚錚的好漢子。但他對摺扇的歷史說得前後矛盾：先在《物理小識》卷八《器用・宮扇類》中說：「摺疊扇貢於東夷，永樂間盛行……東坡言高麗白松扇是也……則唐人已有矣。」又在《通雅》卷三十三《器用》中說：「東坡謂高麗白松扇，展之廣尺餘，合之止兩指許，正今摺扇，蓋自北宋已有之……」

一會兒唐代一會兒北宋，確實令人無法判定。但摺扇的三種發源地——中國、日本、朝鮮，方以智首先提出了朝鮮說。

北宋說得到了今天大多數學者的支持。《宋史》記載，摺扇是日本舶來品，早在端拱元年（西元九八八年），日本僧侶嘉因在汴京覲見了宋太宗，獻上日本檜扇二十二把等珍貴的禮物，這就是摺扇最早的初祖。到了明永樂年間，永樂大帝對摺扇情有獨鍾，從此摺扇才在中華大地遍地開花。

這麼看來，從西元九九八年中華大地第一次出現摺扇始，到了一個世紀後的《天龍八部》時代，武林中人手裡拿把摺扇，應該不算特別意外的事情。段譽是皇室子弟，搖著摺扇上無量山觀光，也是極有可能的。

倒是喬峰的那把摺扇有些突兀，小說中說，這是汪劍通送給徒弟二十五歲生日的禮物，扇子正面的七言絕句「邊塞詩」是汪劍通手書，背面的「壯士出塞殺敵圖」是徐長老所畫，喬峰「向來珍視，妥爲收藏」，但又因爲他「生性瀟脫，身上絕不攜帶摺扇之類的物事」，所以大膽猜測，喬峰將扇子收納在家中，以至於摺扇最終爲陳孤雁所盜，成爲指證喬峰是契丹胡虜的呈堂證供。

江湖、丐幫、幫主，這三個關鍵詞，很難和摺扇聯繫起來。金庸讓喬峰這個赳赳武夫收到文士摺扇這柄生日禮物，一來是讓下文情節順利銜接，二來也是體現汪劍通警示、點化喬峰的心理，故而這柄扇子雖然看著突兀，但卻是小說中不可或缺的一個重要道具。

鐵索橋

因為多管閒事，段譽和鍾靈失陷於神農幫，幫主司空玄扣押鍾靈為人質，讓段譽去鍾靈家拿解藥，否則大家一拍兩散。鍾靈指點段譽去她家的路上，要經過瀾滄江上的「善人渡」鐵索橋。這座鐵索橋，非常忠於史實。

小說中介紹說，「那橋共是四條鐵索，兩條在下，上鋪木板，以供行走，兩條在旁作為扶手。一踏上橋，幾條鐵索便即晃動。」顯然，這是紅軍「飛奪瀘定橋」的老祖宗。

鐵索橋的歷史可以追溯到很久，早在西元七〇七年，唐朝遠征吐蕃，大將唐九徵路過永昌郡，「時吐蕃以鐵索跨漾水、濞水為橋，以通西洱河，築城以鎮之」。唐九徵攻破吐蕃後，「焚其二橋」，並「勒石於劍川，建鐵碑於滇池，以紀功焉」。這就是著名的「唐標鐵柱」典故。

非常可惜，史載最早的鐵索橋建成沒多久，就被唐九徵這個武夫給毀了，今天的遺跡在雲南漾濞縣（宋代大理國境內），有機會的朋友可以去看看。

大理境內另外一座歷史悠久的鐵索橋在金沙江上，唐《雲南志》說，「鐵橋在劍川北三日程，川平路有驛，貞元十年，南詔蒙異牟尋用軍破東西兩城，斬斷鐵橋。」貞元十年是西元七九四年，可見早於這個時間，金沙江上已經蔚然跨越了一座雄偉的鐵索橋。

此外，《南詔野史》記載，在瀾滄江上，有一座「蘭津鐵橋」，也是非常雄偉，「峭壁飛泉，俯映江水，地勢險絕」，可惜遺址現今不存。

從唐初開始，雲南就出現了堅固結實的跨江鐵索橋，它的發明，在中國橋梁建築史上有著重要的意義。李約瑟認爲鐵索橋是中國古代二十六項重大發明之一（列第十九位），直接影響了歐洲的造橋技術，歐洲的第一座鐵製吊橋，要到十八世紀末才出現。

宋元以後，雲南的鐵索橋技術逐漸向周邊擴散，西藏高僧湯東傑布（原名赤烏班丹，一三六一～一四八五年）就是其中一位傑出的傳承者。湯東傑布一生除了傳經布道，就是身體力行造福於民，他自學建築學和冶金學，一生造了五十八座鐵索橋，其中部分在今天還在服役！以至於藏人尊稱他爲「鐵橋活佛」，深受藏民愛戴和敬仰。

湯東傑布畢生修橋鋪路，所以享年一百二十四歲，非常長壽。

元明以後，鐵索橋在中國西南地區大行其道，至今還在河道交通中發揮著重要作用。

中國歷史上最早的鐵索橋出現在唐代的雲南，小說中段譽也曾在瀾滄江上顫顫巍巍的走過一次鐵索橋，非常符合史實可能。當然小說中，在縹緲峰靈鷲宮也出現了一座「鐵索橋」，名喚「接天橋」，是「連通百丈澗和仙愁門兩處天險之間的必經要道」，雖說是「橋」，其實只是一根鐵鍊，無論如何，和正規的「鐵索橋」是拉不上什麼關係了。

碧螺春、茶磚

鳩摩智挾持了段譽一路跑到蘇州，太湖中巧遇朱碧雙姝。二女請他們喝蘇州特產碧螺春茶，結果喝慣了黑色磚茶的鳩摩智不識貨，以爲這種「碧綠有毛的茶葉」有毒，竟然嚇得不敢飲用，叫人貽笑大方。

小說中介紹道：「這珠狀茶葉是太湖附近山峰的特產，後世稱爲『碧螺春』，北宋之時還未有這雅致名稱，本地人叫做『嚇煞人香』，以極言其香。」這一段茶經符合史實。

碧螺春茶早在隋唐年間就得享大名（康熙正式爲之定名，之前均以蘇州俗語「嚇煞人香」稱呼），唐代皮日休〈崦里〉詩云：「罷釣時煮菱，停橈或焙茗。」崦里今在太湖西洞庭山，皮日休在太湖上釣魚煮菱、束巾飲茶，小日子好不逍遙。皮日休的好友陸龜蒙曾作詩〈茶塢〉與之應和：「茗地曲隈回，野行多繚繞。向陽就中密，背澗差還少。遙盤雲髻慢，亂簇香篝小。何處好幽期，滿巖春露曉。」

陸龜蒙是品茶大家，寫過一部《茶書》，可惜今已失傳，但他所作另一本《奉和襲美茶具十詠》卻保留了下來，書中對茶具藝術的研究已到一定深度，想必他對家鄉的特產碧螺春也不陌生。

北宋樂史撰《太平寰宇記》（西元九八七年前後），説：「江南東道蘇州長洲縣洞庭山……山出美茶，歲爲入貢。」朱長文《吳郡圖經續記》（西元一〇八四年）記載：「洞庭山出美茶，舊入爲貢……頗爲吳人所貴。」可見北宋年間，碧螺春茶已經成爲朝廷貢茶，價格昂貴，大名遠揚。

碧螺春又名「佛動心」，只可惜鳩摩智是番僧，不是活佛，所以他不懂。大理段譽和吐蕃鳩摩智常年居住中華西陲，不識江南好茶葉，也是情有可原。

當然鳩摩智常喝的磚茶也不是凡品。

磚茶（也叫茶磚）顧名思義，就是壓縮得像磚塊一樣的茶葉，類似於壓縮餅乾。根據原料和製作工藝的不同，磚茶可以分爲黑磚茶、花磚茶、茯磚茶、米磚茶、青磚茶、康磚茶等幾類，鳩摩智愛喝的就是其中的黑磚茶。所有的磚茶都是蒸壓成型，但成型方式有所不同。

唐文宗太和年間（西元八二七～八三五年），磚茶開始出現在中華西南，沿著茶馬古道向周圍國家傳輸。由於西南諸國民眾飲食多肉少菜，愛喝馬奶，因此具有消化、健脾功能的磚茶迅速成爲他們的日常消耗品，《唐史》就有「嗜食乳酪，不得茶以病」的記載。

磚茶有很多藥用功效：補充維生素和礦物質、幫助消化、降脂減肥、延緩衰老、降壓抗癌、殺菌消炎、利尿解毒，此外還可養生，實在是居家旅遊必備良品。碧螺春是貢茶，估計一般老百姓喝不起；磚茶與之不同，是西南諸國君民不可或缺的生活用品。所以從這個角度來說，如果在鳩摩智面前放上兩份茶葉，一份碧螺春一份磚茶，相信鳩摩智大師還是會選擇磚茶，無他，更具實用性。

但是崔百泉和過彥之這兩個伏牛派的江湖人士，竟然也不識得碧螺春的妙處，只能用赳赳武夫不懂茶經，如同郭靖吃菜似「牛嚼牡丹」一般來解釋了。

金蛇劍

如果把金庸小說中的奇門兵器單列一個兵器譜，我想金蛇劍應該可以入選：造型奇特、經歷傳奇、神兵利器、削鐵如泥。金蛇劍跟隨兩任主人揚威大江南北，最終南下異域，開闢一片新天地，著實大出風頭。

我本以爲金蛇劍是金庸先生憑空想像的兵器，世上並不存在，不料日前參觀馬來西亞國家博物館時，在二樓兵器展廳，竟然見到了幾把唯妙唯肖的「金蛇劍」！第一眼看到之際，不禁心旌搖動、情難自已，一句「金蛇劍！難道這就是傳說中的金蛇劍?!」脫口而出。

我見到的是馬來西亞蘇丹皇室的佩劍，全名「馬來克力士劍（馬來刃）」。馬來克力士劍是世界三大名刃之一，與大馬士革刀、日本刀齊名，馳名世界、享譽全球。

因爲，這種寶劍最初是用隕石打造的！（與玄鐵劍同材質）

早在中國漢代初期，馬來群島的武器製造技術就已經自成一家了，馬來克力士劍有著大約二千年的悠久歷史。但由於馬來群島缺乏鐵礦，故而，最早的馬來克力士劍只能用隕鐵來打造，平民百姓發現隕石坑後，必須立刻向政府報告，由政府組織人力開採。得到了隕鐵以後，製劍工匠即刻奉旨開工——馬來人尊稱這些製劍工匠爲「安普」。安普除了社會地位高，福利待遇好，皇室給予俸祿外，還享有種種特權，而且父子相傳，製劍絕技祕不示人。

製劍的訣竅是多次折疊、鍛打，折疊方式和鍛打次數決定著馬來劍的最終形態和犀利程度，據說一把上好的克力士劍，需要鍛打六百多次、淬火五百多次，而三國時期魏國太子曹丕的佩劍，也只不過鍛打、淬火了百餘次而已。

成型後的克力士劍需要在劍身修飾花紋，按不同要求，製劍工匠用檸檬汁、食鹽水、米湯等混合液浸煮，直到最後的鑄劍大成。如果在混合液中加入香料，這把克力士劍將成爲「香刃」——寶劍出鞘、異香滿室；如果在混合液中加入毒液，那麼令人聞之色變的克力士「毒刃」便應運而生了。

十六世紀荷蘭殖民者入侵東南亞，在征服馬來群島的過程中付出了血的代價：殖民者的槍枝被馬來克力士劍輕易砍斷，更要命的是，荷蘭士兵只要被毒刃劃破皮膚，一旦見血，必死無疑——馬來克力士劍劍身多有細微孔隙，故而毒物可以長期保存。

馬來群島諸國最終還是被西方的堅船利炮轟開了國門，但克力士劍卻由此名揚歐洲，不得不說，眞是造物主開的大玩笑。

早期的克力士劍因爲原料的稀少、人力的昂貴、工藝的複雜、成品的鋒利，故而只是貴族的專利產品。隨著鐵礦的發現和引進，克力士劍也逐漸走入尋常百姓家，據說每一個成年馬來男子都有三把克力士劍：一把是家傳的，一把是婚禮上妻子所贈，一把是自己購置的，可見克力士劍是何等受歡迎。

並不是所有的馬來克力士劍都是蛇形長劍，也有部分直型的，克力士劍據稱有五十四種之多，其中曲型（蛇形）的三十三種，直型的二十一種。由於蛇形劍比較有特點，令人過目難忘，故而得到西方殖民者的鍾愛，他們把蛇形克力士劍傳遍歐洲，造成了今日「克力士劍就是蛇形劍」的誤解。

今天，克力士劍還有八種流傳於世，分別是森巴拉、邦江、孫唐、鄧波克拉達、巴代克、滿者伯夷、比奇特以及益康巴里，其中滿者伯夷和益康巴里就是大名鼎鼎的「毒刃」。

和許多行將失傳的傳統工藝一樣，今日的馬來西亞、印尼、菲律賓等國，馬來克力士劍也逐漸面臨消亡的狀態，東南亞諸國政府爲了挽救這一項民族瑰寶，推出了一些行之有效的保護、推廣措施。有著兩千年悠久歷史的馬來克力士劍，在傳統和創新的劇烈碰撞中，用其寒芒奪目的劍尖，指出了新的出路和方向。

明代華人徙居馬來群島者愈眾，可以操縱當地經濟、政治，兼以武力及自製火槍抵禦白種人入侵，幫助馬來獨立。從這點來看，袁承志等人在一六四四年下南洋、開闢新天地，是有歷史可能性的。

都說「劍有靈性」，如果金蛇劍見到了它的「南洋兄弟」馬來克力士劍，不知道會不會作出「他鄉遇故知」的感想。

瓜果蔬菜

金庸小說中，瓜果蔬菜作爲「龍套道具」，一直不爲人所注意，然而細究起來，也特別有意思。

瓜果方面，簡略統計了一下，計有：喬峰在杏子林遭到逼宮；黃蓉用櫻桃入菜、帶著西瓜靜室療傷、買蘋果送女兒；陳玄風送梅超風大桃子；裘千尺以棗續命；張君寶少室山採草莓；阿繡餵過石破天吃柿子；丹青生喝過葡萄酒（必然已經有葡萄）；喀絲麗剖過哈密瓜。

而蔬菜方面就更多了：段譽和鳩摩智吃過辣椒；楊過吃過南瓜粥，小時候還偷過地瓜、紅薯；程英、陸無雙採過菱角；絕情谷擅長四道菜：青菜、豆腐、豆芽、冬菇；韋小寶吃過豌豆、蠶豆；狄雲吃過空心菜；林平之吃過玉米。

如果從植物學來考量，以上這些瓜果蔬菜，有些會出現在小說中，有些則絕對不會登場亮相。

按時間順序陸續介紹。

葡萄是當之無愧的「活化石」，它是世界最早的植物之一，六百五十萬年之前就已經存活在地球上了。中國引進葡萄大概在漢武帝時期（一說張騫、一說李廣），「年年戰骨埋荒外，空見葡萄入漢家」，距今已有二千年歷史，《齊民要術》和《本草綱目》有著詳盡的介紹。

緊隨葡萄的，是本土的菱角。一萬年前，菱角就在江南水鄉茂盛生長，七千年前被馴化，至今河姆渡、馬家濱、馬王堆遺跡尚存。

杏、桃、李、栗、棗合稱「五果」，夏商周時期就在中華大地廣爲人工種植，「投我以木桃，報之以瓊瑤」、「靈山之下，其木多杏」、「八月剝棗，十月獲稻」，《山海經》等文獻多有記載，不表。

櫻桃看著像舶來品，但其實在商代已經出現，河北藁城台西村商代遺址出土過櫻桃種子。《禮記》將其稱爲「會桃」，唐詩宋詞多見詠櫻桃的篇章，留下「櫻桃小口」這句美麗的成語。

廣東高要茅崗戰國墓出土過柿子皮，可見其時柿子已經廣爲種植。

蘋果有點複雜。湖北江陵戰國墓發現蘋果皮及其種子，但蘋果在古代不叫「蘋果」，而被稱爲「柰」，西漢時期漢武帝在皇家園林上林苑大肆種植，到了元代，眞正意義上的蘋果才開始從中亞引進，但只有皇室才有資格享用，「蘋果」這個名字是明代中期才開始確定的。

豌豆、豆芽、蠶豆，都是漢初得到大發展的，和葡萄一樣，距今有二千年悠久歷史。

空心菜（蕹菜）最晚在晉代成爲百姓家常蔬菜，嵇含在《南方草木狀》一書中記載：「利用葦筏漂浮水面，栽培蕹菜。」這應該是中國最早的無土栽培技術。

青菜最晚在南北朝的梁代出現，名醫陶弘景稱其「通利腸胃，除胸中煩，解酒毒」。看來彼時多半是藥用植物而不是食用植物。

西瓜的來源十分曲折。《五代史》記載：「蕭翰北歸，有同州郃陽縣令胡嶠爲翰掌書記，隨入契丹……後周廣順三年（按：西元九五三年），亡歸中國，略能道其所見……自上京東去四十里……多草木，始食西瓜，云契丹破回紇得此種。」

這一段寶貴的文獻，確定了西瓜在五代時期從回紇進入遼國。南宋建炎三年（西元一一二九年），宋使洪皓出使金國，被關押扣留十五年，一一四三年洪皓祕密潛逃，帶回西瓜種子，從此西瓜在江南廣泛種植。這個故事記載在《松漠紀聞》裡，令人感慨。

「瓜中之王」哈密瓜卻有著四千年的栽培史，李志常的《長春眞人西遊記》裡記載說：「甘瓜如枕許，其香味蓋中國未有也。」但到了康熙年間，哈密瓜才正式定名。

以上這些瓜果蔬菜都在宋代之前問世，因此出現在金庸小說中是毫無問題的。然而，辣椒、玉米、紅薯、地瓜、南瓜和草莓這些物事，卻多少令人忍俊不禁。

歷史，要牢記一個人的名字：義大利航海家哥倫布。

一四九二年（明孝宗弘治五年），哥倫布發現美洲大陸，掀開了世界歷史、地理新篇章。哥倫布從美洲返回西班牙，帶回了大量的新奇物品，其中包括玉米、紅薯、辣椒、馬鈴薯等農作物，此後，這些美洲農作物才逐漸從歐洲擴散到世界各地。玉米大概於一五三一年在中國廣西登陸；紅薯在萬曆年間流行全國；辣椒在明朝末年大肆推廣；而馬鈴薯至今也不過三百多年本土化歷史。

南瓜的經歷和玉米等物差不多，原產東南亞，十六世紀進入浙江、福建，隨即傳遍中國。

最年輕的莫過於草莓。

草莓原產南美智利，今日最常見的是大果鳳梨草莓，是弗州草莓和智利草莓的雜交品種，一七五〇年在法國培育成功（之前的都是小果野生種）。中國古代沒有草莓，只有林叢莓、東方莓、山地莓等野生種，且從未獲得政府和百姓的關注。

一九一五年，一個俄羅斯僑民從莫斯科率先引進了五千株維多利亞草莓到黑龍江栽培，視爲草莓進入中國的先驅。此後，一九一八年有人從高加索引進草莓；上海、河北陸續有洋傳教士栽種草莓，由於味道甜美可口、營養豐富、種植簡易，草莓迅速流行開來。

也就是說，草莓在中國還不足百年歷史。

如果這麼看的話，段譽是不可能吃到辣椒的（只能是花椒、胡椒），楊過也偷不到紅薯和地瓜，他要煮南瓜粥給小龍女吃，只能找倭瓜代替；張三豐少年時在少室山，是肯定採不到草莓的；而林平之落難時啃玉米，則限定了《笑傲江湖》的發生年代在西元一五三一年以後，而據前文考證，青城派滅福威鏢局滿門在西元一五四四年暮春，此時距離玉米登陸中華已經有十三年之久，想必民間已經開始廣爲種植，小白臉林平之才不至於餓死街頭，他應該感謝哥倫布先生的無私奉獻。

丹藥

金庸小說中的丹藥非常多，簡略盤點一下，計有小還丹、無常丹、絕情丹、化屍粉、玉眞散、醉仙蜜、悲酥清風、七心海棠、通犀地龍丸、九花玉露丸、豹胎易筋丸、茯苓首烏丸、九轉熊蛇丸、白雲熊膽丸、三黃寶蠟丸、十香軟筋散、三笑逍遙散、田七鯊膽散、陰陽和合散、七蟲七花膏、黑玉斷續膏、回陽五龍膏、生生造化丹、玉洞黑石丹、天王保心丹、六陽正氣丹、三屍腦神丹，等等，品種十分豐富。

這些丹藥中，有些是救人的良藥，有些卻是殺人的毒藥，其名字也基本符合藥性，十分傳神：化屍粉、悲酥清風、十香軟筋散、陰陽和合散，一聽就知道是幹啥用的，其餘的如白雲熊膽丸、黑玉斷續膏、生生造化丹、天王保心丹等，也基本能猜出用途。藥性神奇、名字優美，金庸先生命名這些丹藥，也是花了一定的心血和功夫的，絕不是信口編造。

小還丹和玉眞散是古已有之。在各種道藏書籍裡，「小還丹」的名字屢屢可見，如《太清玉碑子》、《太清石壁記》、《庚道集卷》、《張眞人金石靈砂論》、《石藥爾雅》等，可靠點的，說它能「止虛熱、壓驚癢」，不可靠的，說能「治一切病」，甚至「長生不死、點化飛仙」，自然，都是滿口胡言。小還丹在小說中，只不過是少林派的療傷丹藥，且療效極其一般。

華山派的玉眞散，在古代是當作治療破傷風的靈藥來使用的，《方藥本事》、《醫學綱目》《醫砭》、《普濟本事方》、《聖濟總錄》都記載了詳細藥方：「玉眞散，治破傷風，手足打撲損傷。南星、防風（各等分）上爲末，生薑汁同酒……微麻爲妙。不愈，再服《寶鑑》方，酒糊丸，梧桐子大，每服十五丸。」梧桐子大的丸藥每次要吃十五丸，等同吃飯了。

悲酥清風的名字，金庸在小說中給出了取名依據：「中毒後淚下如雨，稱之爲『悲』，全身不能動彈，稱之爲『酥』，毒氣無色無臭，稱之爲『清風』。」據我推測，應該含有甲醛和乙醚成分，後來慕容復對其進行改良，去除了「刺目流淚的氣息」，使之更加害人無形，卻不知道慕容復在其中，動了什麼手腳了。

歐陽鋒的通犀地龍丸，普天之下只有一顆，採自西域異獸之體，佩戴身上，百毒不侵。通犀就是犀牛角，《北戶錄》記載「犀食百毒棘刺」；地龍就是蚯蚓，《神農本草經》又說地龍能清熱、定驚、通絡、利尿。看來老毒物沒有吹牛。

九花玉露丸應該是金書中最美麗的丹藥名了，典出宋代詩歌筆記，和醫書藥典、佛經道藏無關。宋代羅大經著有《鶴林玉露》筆記，《全宋詩》收錄了蘇東坡的〈和子由盆中石菖蒲忽生九花〉，或許金庸先生是從這裡找到靈感的吧！

豹胎易筋丸中的「豹胎」，指母豹子的胎盤，一意來源珍貴，二喻取之凶險。神龍教的豹胎易筋丸服後，若定期不得解藥，則教人身體倍受摧殘。杜牧〈杜秋娘〉詩云：「歸來煮豹胎，饜飫不能飴。」就是說的這個意思。

九轉熊蛇丸中的「九轉」，常見於各種道教典籍，指多次提煉燒製，以「九」爲最大化數字；「熊蛇」則出自《詩經．小雅．斯干》，「維熊維羆，男子之祥；維虺維蛇，女子之祥」，故而這種逍遙派的靈藥適用於男女各色人物。

武當派的「三黃寶蠟丸」，三黃是指雄黃、麻黃、藤黃。然而，這種藥物在清朝中期就已經被開發了出來（發明人爲乾隆御醫吳謙），其在《醫宗金鑑》中記述了藥丸的主要成分：藤黃、天竺黃、雄黃、紅芽大戟、劉寄奴、血竭、孩兒茶、樸硝、當歸尾、鉛粉、水銀、乳香、麝香、琥珀。專治跌打損傷、瘀血奔心、痰迷心竅、蛇蟲咬傷等疑難雜症。

桃花島的療傷靈藥田七鯊膽散，主要由田七和鯊魚膽製成，田七止血止痛，鯊膽清熱解毒，總體來看是一味止血消炎的外用藥，所以柯鎭惡雖然雙目失明，但見多識廣，默默的接過了「小妖女」黃蓉遞來的療傷藥。

崆峒派的祕藥回陽五龍膏，疑爲「回陽玉龍膏」。明代正德皇帝御醫薛己著《正體類要》，發明了這種靈藥：草烏二錢、南星一兩、軍薑一兩、白芷一兩、赤芍藥一兩、肉桂五錢，用爲末，葱湯調塗，熱酒亦可。治跌撲所傷、元氣虛寒、腫不消散、癰腫堅硬、筋攣骨痛及一切冷症並效。

崆峒派的另一祕藥「玉洞黑石丹」，也是源於道教典籍《玉洞大神丹砂眞要訣》。作者張果是唐代道士，號「通元先生」，又名「姑射山人」。這位張果道士還有一個別名中國人婦孺皆知——張果老，即八仙裡倒騎驢的那位，「老」是對「張果」的尊稱，類似於今天的「王老」、「張老」。

南宋理宗年間，詩人方岳寫了一首詩〈即事十首〉，詩云：「記得秋風此削瓜，偶遺子亦自成花。生生造化無終極，但有根芽未可涯。」可見「生生造化丹」的出處便源於此。

日月神教的「三屍腦神丹」是一種類似「豹胎易筋丸」的凶狠毒藥。「三屍」指的是人體內三種作祟的靈異力量，分別控制人體上中下三部位。《酉陽雜俎》記載說：「上屍青姑，伐人眼；中屍白姑，伐人五臟；下屍血姑，伐人胃命。」《雲笈七籤》云：「上屍（蟲）居腦官，使人嗜欲痴滯；中屍（蟲）居明堂，使人貪財，好喜怒；下屍（蟲）居腹胃，使人耽酒好色。」由此可見，三屍蟲可以控制人的七情六欲。小說中，如果次年端午節不服用解藥，那麼三屍蟲破藥而出，噬咬病人腦漿，令人瘋狂至死，十分可怕。

金庸小說中的丹藥，多數都有取名典故，細究起來，頗爲有趣。此外，斷腸草也是自然界有原型的，胡青牛、胡青羊、薛慕華、程靈素等人的名字也和藥典有關，只不過這些和「丹藥」無關，故而在此不再展開敘述。

天山雪蓮

陳家洛初遇香香公主時，曾不顧性命危險，於懸崖峭壁之上採了兩朵珍貴的「雪中蓮」送給她做禮物。這兩朵雪蓮「海碗般大、花瓣碧綠、嬌豔華美、奇麗萬狀」，顯然，就是天山雪蓮。

天山雪蓮，又名雪荷花、雪蓮花、寒雪草，多年生草本植物，屬菊科鳳毛菊，是中國新疆、西藏等地特有的珍奇名貴中草藥。天山雪蓮並不生長在雪裡，常見於海拔四千公尺左右的岩縫罅隙中。

植物學上將雪蓮分為雪蓮亞屬和雪兔子亞屬兩大類，共約三十種之多。雪蓮花從種子萌芽到順利開花，生長期很長，大約需要六～八年，每年的七、八月分雪蓮盛開，花朵越大，品質越佳，但「海碗大小」的花朵極其罕見。寒冷的氣候、稀薄的空氣，不僅未能摧毀這種傲寒奇花，反而給她增添了一抹奇異的色彩：藥用價值極高！

雪蓮根、莖、葉富含生物鹼、黃酮類、揮發油、內脂、甾體類、多糖及還原性物質，其花蕾更富含微量元素和氨基酸。《柑園小識》、《本草綱目》、《月王藥診》、《本草綱目拾遺》、《維吾爾藥志》、《四川中藥志》、《新疆中藥手冊》等古今藥典，分別記載了雪蓮具有「除寒壯陽、強筋舒絡、治腰膝酸軟、除冷痰、補血、治女子月經不調及崩漏帶下、延年益壽」等神奇功效，可謂男女通用、老少咸宜。自古以來，天山雪蓮作爲高級滋補佳品，絕非浪得虛名。

二十世紀五〇～六〇年代，天山雪蓮在全疆遍地都是，面積大約有五千畝；到了九〇年代，人們還可看到大小連片的雪蓮；進入二十一世紀，在三千公尺雪線之下，根本找不到雪蓮的蹤跡——全部被人盜挖完畢，全疆殘存面積不足一千畝。

專家估計，如果不加制止的話，以這樣的速度瘋狂盜挖下去，三十年後，新疆天山雪蓮將會徹底滅絕。

有鑑於此，從二〇〇一年開始，新疆自治區政府明確規定，禁止任何人上山私採私挖雪蓮，嚴厲打擊非法採挖活動。另一方面，將雪蓮列爲國家瀕危二級植物，並實行三年封山封育、輪採輪育，直到其恢復爲止。二〇〇三年，新疆天山雪蓮保護培育基地正式建立。

二〇〇一年，金庸先生和棋聖聶衛平參加完「炎黃杯」名人圍棋邀請賽後，一同前往天山種植雪蓮，金庸親自將一株人工培植的雪蓮苗栽到了雪蓮溝，爲小說中陳家洛私採雪蓮，完成了一次救贖行爲。

梅莊四寶

向問天去西湖梅莊設局，誆騙梅莊四友，所帶的「賭本」都是稀世珍寶：嵇康的〈廣陵散〉、劉仲甫的《嘔血棋譜》、張旭的《率意帖》以及范寬的《溪山行旅圖》。《率意帖》、《嘔血棋譜》都是虛構的，〈廣陵散〉、《溪山行旅圖》眞實存在。

〈廣陵散〉的故事十分傳奇。

嵇康，魏晉名士，「竹林七賢」的精神領袖，精通音律、尤善彈琴。〈廣陵散〉（又名〈聶政刺韓王曲〉）不是嵇康原創的音樂作品，但卻是經他發揚光大的，這一點毋庸置疑。

作爲中國十大古曲之一，〈廣陵散〉以其慷慨激昂、壯懷激烈而聞名，〈廣陵散〉全曲共有四十五個樂段，分開指、小序、大序、正聲、亂聲、後序六個部分，深刻塑造了刺客聶政不畏強暴、寧死不屈的戰鬥精神，以及慨然赴死、視死如歸的浩然之氣。〈廣陵散〉是中國現存古琴曲中唯一的具有攻占殺伐、戰鬥氣氛的樂曲，具有極高的思想性及藝術性，能與之相對應的，恐怕只有琵琶名曲〈十面埋伏〉。

三國歸晉後，作爲曹魏宗室女婿、「公眾知識分子」，嵇康是深受司馬氏忌諱的。嵇康因呂安的案子被收押，鍾會勸司馬昭趁此良機除掉嵇康。嵇康入獄後，輿論大嘩，諸多豪傑之士紛紛要求與嵇康一同入獄；而行刑當日，又有三千名太學生集體請願，請求赦免嵇康。

這些舉措不僅未能挽救嵇康的性命，反而更加激起司馬昭的怒氣。臨刑之時，嵇康神色如常，在刑場上彈了一曲〈廣陵散〉。曲畢，嵇康嘆息道：「昔袁孝尼嘗從吾學廣陵散，吾每靳固之，廣陵散於今絕矣！」說完後，嵇康從容就死，時年三十九。

由於嵇康不是〈廣陵散〉唯一的演奏者，故而在他死後，琴曲依然一代代傳承不息，但在清代曾絕響一時。建國後，中國著名古琴家管平湖先生對此進行了搶救性整理，這首傳奇古曲得以重現人間。

嵇康墓今位於安徽省渦陽縣石弓鎮嵇山南麓，爲渦陽縣級文保單位。其墓依山鑿石而建，巨石封門，墓在山腹，極其隱蔽，但墓葬早早被盜，空無一物，只存空墓。

不知道是不是曲洋幹的。

范寬的《溪山行旅圖》也十分了不起！

范寬，北宋初年陝西華原人（今銅川），本名「中立」，字「仲立」，因爲性格寬厚，時人稱其「范寬」，並流傳至今。

在中國的山水畫歷史上，「荊關董巨」是極其重要的一個里程碑。所謂「荊關董巨」，是指五代十國時期荊浩、關仝、董源、巨然四位繪畫大師。荊浩、關仝二人屬北方畫派，作品雄渾大氣，格調恢弘，彰顯塞北山川的雄奇；董源、巨然二人屬南方畫派，作品細膩婉約，畫風柔美，寫盡江南山水的秀麗。

荊浩、關仝二人收了個得意弟子，名叫李成，李成又有個青出於藍的學生，就是范寬。荊浩、李成、范寬「祖孫」三人，並稱「宋初（山水畫）三大家」，其一脈相承的北派畫風歷經元明清一直影響至今。

范寬繪畫，推崇「與其師人，不若師其造化」，講究自出機杼、別開洞天，故而其畫作終成北派扛鼎之作，其人也成一代宗師。

《溪山行旅圖》描繪的是旅人趕著驢隊路過秦隴名山大川：巨大的青黛山頭高聳突兀、遍生樹冠，飛瀑從山腰間泄流直下，山腳下亂石嶙峋、水花四濺，一條巨大的溪澗潺潺流淌，崖高路窄，樹蔭蔽日，行人卻無心賞景，低頭趕著驢隊急匆匆穿山而過。此畫動中有靜、靜中有動，總體陰鬱冷峻基調下，也有一抹明媚亮色，畫法大開大闔、開闊深遠，具體的「雨點皴」筆法又讓山崖石壁錯落有致、紋理鮮明。

《宣和畫譜》稱其意境是：「雲煙慘淡，風月陰霽，難狀之景，默與神遇，一寄於筆端之間，則其千巖萬壑，恍然如行山陰道中，雖盛暑中，凜凜然使人急欲挾擴也。」——非常讓人身臨其境！

這幅畫尺寸爲長二〇六點三公分×寬一〇三點三公分，絹本，水墨。整個畫面層次分明，墨色渾厚，極富美感，明代畫家董其昌褒獎其爲「宋畫第一」。

《溪山行旅圖》先後被宋徽宗、乾隆帝珍藏，現收藏於臺灣臺北故宮博物院。臺灣臺北故宮共有書畫作品五千二百四十二件，其中宋畫九百四十三件，這近千件宋代畫作中，以范寬的《溪山行旅圖》、郭熙的《早春圖》和李唐的《萬壑松風圖》最爲珍貴！被視爲中國古代書畫史的斷代依據！三幅畫作也由此聯袂進入「臺北故宮十大文物」之列！

有這麼珍奇的四樣寶貝，能不動心的，恐怕沒有吧？

鳩摩羅什

鳩摩羅什（西元三四四～四一三年），中國佛教史上四大譯經家之一。父籍天竺，而鳩摩羅什則生於西域的龜茲國（今新疆庫車一帶）。鳩摩羅什七歲隨母親出家，博讀大、小乘經論，名聞西域諸國。

西元三八二年，好佛的前秦苻堅大帝聽說了鳩摩羅什的大名，委派使節出使龜茲國，向當時的龜茲國王白純開口索人。白純面對重金珍寶不爲所動，原樣退回，苻堅大怒，命令大將呂光率領七萬精兵攻打龜茲國，強奪鳩摩羅什。

西元三八三年，呂光成功討平龜茲國，俘獲鳩摩羅什。但接下來，呂光幹了一件令人感覺匪夷所思的事情，茅盾將其寫進了自己的雜文〈雨天雜寫之二〉：

> 翻譯了三百多卷的經論的鳩摩羅什就是個不自由的和尚。他本來好好的住在龜茲國潛研佛法，苻堅聞知了他的大名，便派驍騎將軍呂光帶兵打龜茲國，「請」他入關……鳩摩羅什做了尊貴的俘虜，那位呂將軍異想天開，強要以

龜茲王女給鳩摩羅什做老婆，這位青年的和尚苦苦求免……呂光將鳩摩羅什灌醉，與龜茲王女同閉禁於一室，這樣，這個青年和尚遂破了戒。

鳩摩羅什破了戒後，跟隨呂光東去。但此時傳來了苻堅兵敗淝水的消息，呂光遂占據涼州，自立爲王。

西元三八五年，本著「痛打落水狗」的精神，慕容復的老祖宗慕容沖圍攻長安，苻堅出逃，被部將姚萇趁亂殺死。姚萇弒主後，一不做二不休，於西元三八六年稱帝，史稱後秦。而那位呂光也沒閒著，他冷眼旁觀主公被同僚謀害後，既不出兵報仇，也不納土歸降，而是選擇了和姚萇一樣的出路：稱帝自立！西元三八六年十月，呂光建國後涼。後秦和後涼接壤，可想而知，在接下來的歲月裡，兩國邊界紛爭不斷。西元四〇三年，後秦文桓帝姚興打敗後涼末帝呂隆，後涼宣告滅亡。

姚興掃平後涼後，以「國師」禮迎接鳩摩羅什到都城長安，並給他分派了八百多名僧侶助其翻譯佛經。從此鳩摩羅什就在長安定居，直到西元四一三年圓寂。

鳩摩羅什共譯出《大品般若經》、《維摩詰經》、《妙法蓮華經》、《金剛經》、《大智度論》、《中論》、《百論》、《成實論》等七十四部經書，共三百八十四卷。他的成就，不僅在於系統的介紹般若、中觀之學，在翻譯上更一改過去滯文格義的現象，辭理圓通，使中土誦習者易於接受理解，開闢後來宗派的義海。

鳩摩羅什一生只譯不作，但他的佛學之高，當世無人能出其右。南方東晉的佛界領袖慧遠（佛教淨土宗的創始人）雖不能向他當面請教，但也通過信函往來經常向鳩摩羅什求教問題，後來這些書函成書爲《大乘大義章》。

由於鳩摩羅什佛法精深，姚興對其十分敬重，說：「大師聰明，海內無雙，怎麼可以不傳種呢？」就強逼他納宮女——整整十名絕色宮女。鳩摩羅什「忍辱從之」，再一次墜入欲障。

或許鳩摩羅什這麼做，是有家族傳統的。鳩摩羅什的父親鳩摩炎原本是天竺國的丞相，棄位出家後，遊歷到龜茲國，被國王看上，將王妹許配與他，生下鳩摩羅什——可見這父子倆的經歷何其一脈相承。

通過這麼多的鳩摩羅什事蹟，虛竹的形象越來越清晰明瞭了：

鳩摩炎、鳩摩羅什，玄慈、虛竹，兩對父子都是僧侶；虛竹爲天山童姥所擒，在西夏皇宮冰窖中與西夏公主產生肌膚之親，這是「無奈破戒」；虛竹優化了逍遙派的天山六陽掌、天山折梅手，並且在新修版小說裡，還傳承了丐幫的「降龍十八掌」，從這個角度來說，虛竹吸收、轉化、傳承各門各派的武功，正如鳩摩羅什的「只譯不作」，且兩者的工作量、技術含量，都相當可觀……

金庸先生熟讀佛家經典，對鳩摩羅什的典故肯定不陌生，故而在《天龍八部》裡，安排了虛竹這個人物，顯然是有跡可循的。

「南院大王」官職

耶律洪基轉頭向北院大王道：「你傳下聖旨，封蕭峰為楚王，官居南院大王，督率叛軍，回歸上京。」

蕭峰吃了一驚，他殺楚王，擒皇太叔，全是為了要救義兄之命，決無貪圖爵祿之意，耶律洪基封他這樣的大官，倒令他手足無措，一時說不出話來。

——《天龍八部》第二十七回

因為幫助結義大哥耶律洪基平叛，蕭峰接替耶律涅魯古（漢名「耶律洪孝」）之職位，成為新任的大遼南院大王。這個「南院大王」到底是個多大的官？主管領域又是哪些？說來話長。

契丹民族起源很早，早在南北朝時期就活躍在華北大草原上，從唐代以後，契丹實力逐漸增強，成爲草原霸主。

契丹族的八個主要部落裡，先後有阿大何部大賀氏、乙室部姚輦氏、迭剌部耶律氏各領風騷一百年，各自當了約一百年的可汗（部落聯盟酋長）。在姚輦氏當政期間，耶律氏世代爲其左右手，官名「夷離堇」，掌握著契丹八部的軍事權和審判權，是實際上的一把手，姚輦氏可汗有名無實。也就是說，耶律氏把持了近二百年的契丹軍政實權。

九〇一年，耶律阿保機接任契丹迭剌部夷離堇；九〇三年，阿保機又兼任大于越，成爲契丹八部眞正的統治者。

「于越」這個職位非常有意思，它是百官之首，一人之下萬人之上，但沒有具體的職務分撥，也就是說，這只是個榮譽稱號，「大之極矣，故而沒品」，類似於中原王朝的太師、太傅、太保這三師職位，是歷代皇帝對大臣最高的精神獎勵。

九〇七年，耶律阿保機毫無懸念的被推選爲可汗，正式開始了契丹之主的政途。

契丹迭剌部是耶律阿保機的龍興之族，九一六年阿保機在全部落人民的鼎力支持下合併了其他七部人馬，正式創建大契丹國。阿保機草原開國以後，原始的契丹國尚處於奴隸社會向封建社會轉型期，因此最初的官制比較簡單，大體是因人設事、以北制南。「分迭剌部夷離堇爲北、南二大王，謂之北、南院。宰相、樞密、宣徽、林牙，下至郎君、護衛皆分北南，其實所治之事皆北面之事。」

有人認爲，此時契丹官制中眞正掌實權的是北院大小諸官，北院大王之下，就是北院丞相，而後依次是北院樞密、北院宣徽、北院林牙等，南院諸官只是各級一把手的副手，談不上有多少話語權，即南院大王還達不到「一人之下萬人之上」的尊榮。

這一點和後世的明朝很像，終大明三百年江山，始終有北京南京兩套政府班子存在。明成祖朱棣遷都北京後，南京作爲留都，三司六部一應俱全，但沒有實權，是各級官員的養老所在，只有發生外敵入侵帝都失陷等重大變故時，南京政府才有權發揮應急作用。

九二六年阿保機去世，遼太宗耶律德光繼位。九三八年，後晉獻燕雲十六州於契丹，由於大量漢官的湧入，不可避免的和原有的契丹官員產生種種關係。因爲官位的相互重疊，造成雙方責權不明，爭權奪利、推諉塞責時有發生，甚至引發各種矛盾衝突，以至於遼國南疆的混亂局面時常可見。

面對地盤迅速擴充、人口快速增長的大好局面，耶律德光必須要花大力氣革除弊病、重新規劃整理北南面官制度。即「以國制治契丹，以漢制待漢人」，實行「一國兩制」：契丹官制北面官、漢族官制南面官，其中「北面治官帳、部族、屬國之政，南面治漢人州縣、租賦、軍馬之事」。

也就是說，契丹官制負責皇室、部落、藩屬國的相關政務，而漢族官制負責燕雲十六州的賦稅、軍馬事務——顯然，北面官實權遠大於南面官。但「遼人治遼、漢人治漢」的方式大大有利於耶律氏的政權穩固，爲國家的長治久安打下牢固的基礎，終遼一朝，北南面官制度一直得到很好的傳承，漢人的社會地位逐步提高。

此時的「南院大王」職位也悄悄的發生了轉變，耶律德光將北、南院大王視戶部，分掌迭剌部的軍民之政——南院大王已經貶職到戶部侍郎等級了。此外，附屬於遼國的各部落、各屬國，酋長都有權自主命名屬下爲「大王」，但均需接受契丹人的管理——和南院大王平起平坐的各路「大王」如過江之鯽，眞是「城頭變幻大王旗」。

從遼太宗以後，遼國的北南面官制度基本維持不變，兩個體系裡的樞密使、宰相和大王可算是三巨頭，但大王實權尚在樞密使和宰相之下，屈居第三。

在小說中，耶律洪基吩咐北院大王傳旨封蕭峰爲南院大王，以上傳下，完全符合史實可能。但蕭峰推辭不受後，耶律洪基又向他解釋說「這楚王之封、南院大王的官位，在我遼國已是最高的爵祿」，這個就與實不符了，看來這耶律洪基做皇帝也是夠隨便的。你看，在封完蕭峰之後，他又馬上加封左軍將軍耶律莫哥爲南院樞密使，命他輔佐蕭大王統領燕雲十六州地區的軍政大權——這南院樞密使的官位，可是大了南院大王兩級的喲。

太祖長拳

眾人盡皆識得，那是江湖上流傳頗廣的「太祖長拳」。宋太祖趙匡胤以一對拳頭、一條杆棒，打下了大宋的錦繡江山。自來帝皇，從無如宋太祖之神勇者。那一套「太祖長拳」和「太祖棒」，當時是武林中最爲流行的武功，就算不會使的，看也看得熟了。

——《天龍八部》第十九回

北宋的前兩任皇帝趙匡胤和趙光義都是職業軍人出身，這兄弟倆開疆闢土、南征北戰，才打下了兩宋三百年的國祚，以至於《水滸傳》開篇就高度頌揚了宋太祖的豐功偉績，說他「一條杆棒等身齊，打四百座軍州都姓趙」，相當了不起。

《天龍八部》中，少林玄難和丐幫喬峰曾經在聚賢莊以趙匡胤手創的「太祖長拳」精彩對攻，在數千江湖豪傑面前，好好的替大宋開國皇帝露了一次臉。但是，如果我們從史實出發，這一段爲金迷津津樂道的「聚賢莊大戰」不僅不會發生，而且衍生的諸多其他細節，足以令人掩卷竊笑。

眾所周知，中國歷史上，漢人執政的大一統王朝中，漢唐強而宋明弱。漢唐爲何強大，宋明爲何羸弱，原因多種，但其中重要的一點是，漢唐民間習武之風強盛，而宋明皇室禁武之令頻繁。

趙匡胤知道自己得國不正，陳橋兵變、黃袍加身，欺負柴榮大哥的孤兒寡母，道義上倍受譴責，所以北宋立國後，一方面爲了杜絕唐末藩鎮割據、武人擅權局面再現，另一方面也是爲了避免類似的奪位事件重演，他也做了三手應對措施：一是召集石守信、高懷德、王審琦等宿將「杯酒釋兵權」，加強中央集權；二是崇文抑武，厚待士大夫，不殺諫議士子；三是嚴令民間不得私藏兵器、不得隨便集社聚會，違者將處以重罰。

不得不說趙匡胤的這連環三手非常漂亮，深宮之中，中央集權；廟堂之上，以文制武；江湖之間，防微杜漸，保證了趙宋官家的政治生命不像五代十國那些走馬燈似的王朝那麼短命。

但由此帶來的負面反應也十分明顯：整個兩宋時代，遼、西夏、金、元先後崛起於中國北方，宋朝和它們多年征戰不休，輸多勝少，不得不納幣求和。但這樣交保護費買平安的日子也沒過多久，先是宋室南渡偏安一隅，後是崖山海戰國祚終亡。

我們在武俠小說和影視作品裡，常常可見武林人士身佩刀劍行走江湖，快意恩仇、非常瀟灑。但實際上，在整個宋朝，這種場面是極少出現的。

北宋建國後的第十年（西元九七〇年），太祖皇帝頒布了一條法令，昭告天下，京都士人及百姓均不得私蓄兵器。這是以首都爲開始地區，很快，禁令推行到全國，後續的補充條例連綿不絕：淳化二年（西元九九一年）、天禧五年（西元一〇二一年）、景祐二年（西元一〇三五年）、慶曆八年（西元一〇四八年）、嘉祐七年（西元一〇六二年）乃至宣和六年、七年（西元一一二四～一一二五年），各種禁私兵法度接二連三的推出，一次比一次嚴厲，一次比一次苛刻。

這一系列禁令，涉及面極廣，不但禁了上陣用的軍用武器，一度連老百姓日常開山種田的工具刀都給禁了。仁宗天聖八年，朝廷詔曰：「川陝路不得造著袴刀。」褲刀有一項重要功能是開山種田。此令一下，川陝兩省百姓怨聲載道，以至於利州路的地方長官轉運使陳貫不得不上書陳弊，希望朝廷網開一面，一分爲二的看問題，「褲刀爲兵器者禁斷，爲農器者放行」。

到了仁宗景祐二年，皇帝又下詔了：「廣南民家毋得置博刀，犯者并鍛人並以私有禁兵律論。」這次官府不但禁了「博刀」這種百姓日常生活刀具，而且連其製造者都要負連帶責任，打擊力度之大，前所未有。這對中國的兵器製造技術以及兵器文化的發展和傳承，無疑都是極致命的。

當然，趙宋官家也不是什麼刀都禁，比如并刀。并刀是山西并州產的一種水果刀，輕便、鋒利，以削皮快速、乾淨而著稱，是宋朝百姓十分喜愛的一種常見刀具。周邦彥的名句「并刀如水，吳鹽勝雪，纖手破新橙」，說的就是李師師爲宋徽宗切果盤——如果拿把菜刀，將十分煞風景。

與此同時，宋自開國起還一直嚴厲管制各種民間集會，即使是民間祭祀和廟會也不例外，不僅需要審批，而且派人監督。各地官吏們屢屢上奏朝廷提請警惕和禁止祭祀、廟會、集會的記載，於史不絕。由此宋朝政府又出了一系列禁止在這些民俗和宗教儀式上使用儀仗兵器的禁令，如《宋會要輯稿．刑法》有天禧五年的詔曰：「神社槍旗等嚴行鈴轄，如有違犯，內頭首取敕裁，及許陳告。」

到了徽宗宣和六年，大宋朝廷在這個基礎上又再次宣布，在祭祀、廟會等民間群體活動中，只要是帶刃的傢伙就一概不許用，哪怕你是用於儀式的儀仗擺設。

當然，官方也不會把事做絕，他們也善意的給出了參考建議，那就是允許用竹木做成兵器形狀，然後在刃面上貼上蠟紙（那時候還沒有錫紙），遠遠看去，倒也能起到以假亂眞的作用……

所以有宋一代，民間一禁兵器，二禁集社，武禁很嚴（宗教界可略寬鬆）。那大夥平時可以用什麼兵器防身呢？桿棒！即白蠟桿子、齊眉短棍一類的兵器。宋元流行「桿棒」，小說、平話、雜劇裡放眼看去，滿篇都是棍棒，罕見刀劍，是有道理的。

不妨側面印證一下：《水滸傳》的故事發生在北宋末年，林沖做的是八十萬禁軍的「槍棒教頭」；魯達三拳打死了鎮關西，逃難時拿的防身兵器，是一條齊眉短棍，只有在五臺山做了和尚以後，才可以打戒刀和禪杖；最經典的是武松，景陽岡上打老虎，手裡的武器是哨棒，結果一棒打在大樹上，折了，只好赤手空拳與虎肉搏。

有人要問了，那林沖繳納投名狀，和楊志兩把朴刀鬥得精彩紛呈；史進剪徑赤松林，拿把朴刀攔路打劫，又該怎麼解釋？

問對了！大宋朝，能夠持有管制刀具的，除了官兵捕快，就是強盜罪犯。你看史進在落草前，做他的史家莊少莊主，第一次登場亮相手裡拿的武器是什麼？桿棒！

而具體反映到《天龍八部》中，像慕容復這樣的公子哥兒整天腰懸長劍東遊西晃，在大宋朝是一種明目張膽的犯罪行爲，上街就會被抓。一心復國的慕容世家估計不敢這麼高調；而丐幫幫主喬峰呢，褲腿外有一條長布套，裡面裝的是打狗棒，這就非常合法，受政府保護。

玄慈帶領十幾位私交甚篤的江湖好漢偷偷去雁門關外攔截遼國武士是可能的；而游氏雙雄召集大批武林人士，帶著刀槍劍戟各色武器，在聚賢莊聚會商議圍攻喬峰，在歷史上，估計是不太可能的。喬峰尚未拜莊，北宋的政府軍肯定會率先過來剿匪。

同樣的案例用在《射雕英雄傳》中，小說中說，韓世忠的部將上官劍南從南宋皇宮盜得《武穆遺書》後，回到鐵掌山大會群雄，計議北伐，收復失地。豈知朝廷對鐵掌幫一夥義士非但不予嘉獎，反而派兵圍剿。

這就對了，誰叫你非法聚會、持有武器來著？就算你出發點是好的，但招致了趙宋官家的忌諱，不鎮壓你又鎮壓哪個？

（本節感謝汗青兄的材料提供。）

姹女嬰兒

馬鈺曾經夥同江南六怪在崖頂故布疑陣，冒充全眞七子盡數到場嚇退梅超風。梅超風臨走之時問了馬鈺兩個問題，一個是「鉛汞謹收藏」，一個是「姹女嬰兒」。對於第一個問題，馬鈺一時不察，老老實實作了解答，說：「鉛體沉墜，以比腎水；汞性流動，而擬心火。『鉛汞謹收藏』就是說當固腎水，息心火，修息靜功方得有成。」但對於第二個問題，馬道長終於反應過來，明白這是梅超風在偷師全眞內功祕訣。他驚怒交加，大聲喝道：「邪魔外道，妄想得我眞傳。快走快走！」

「姹女嬰兒」到底是什麼意思呢？

這裡當然不是指少女和嬰童。「姹女」和「嬰兒」都是道教中的煉丹隱喻，「姹女」指汞，而「嬰兒」指鉛，其實意思和「鉛汞謹收藏」大致相同。

全眞教不尙符籙、不事燒煉，進行的是類似於苦行僧一般的修道生涯，爲什麼還有煉丹的術語呢？只因「姹女」和「嬰兒」不是全眞教發明的名詞，早在漢代，這兩個詞就已經伴隨著道教產生了。唐代以後，這兩個詞遍行全中國，白居易在〈燒藥不成命酒獨醉〉

和〈尋王道士藥堂因有題贈〉兩首詩裡，都提到了「姹女」二字。《周易參同契》記載說：「河上姹女，靈而最神，得火則飛，不見埃塵。」明代蔣一彪在《集解》裡也說：「河上姹女者，眞汞也。」劉禹錫也曾經寫過「藥爐燒姹女，酒甕貯賢人」的詩句。由此可見，「姹女」即汞，常溫常壓下唯一的液態金屬，俗名水銀。道士煉丹的水銀常提煉於朱砂中，歷史非常悠久。《西遊記》第十九回曾說「嬰兒姹女配陰陽，鉛汞相投分日月」，很明確指出「嬰兒」即鉛。

道教外丹派認爲，鉛汞交合反應，即可生成金丹，可保長生不老、白日升仙。由此「姹女」和「嬰兒」的涵義得到了派生，五代崔希範的《入藥鏡》說，「姹女者，木也，火也，性也；嬰兒者，金也，水也，情也」，即姹女指「人之性」，嬰兒指「人之情」。

明明可以直接說明的化學反應，非要以玄虛的「姹女」和「嬰兒」來代替，道教這麼做也是有目的的。一來是保持道教煉丹的神祕光環，技術配方對外保密；二來也是利用這種虛幻的名詞來吸引更多的信眾，擴大道教的影響力。

馬鈺對此有著深刻的解釋：

夫大道無形，氣之祖也，神之母也。神氣是性命，性命是龍虎，龍虎是鉛汞，鉛汞是水火，水火是嬰姹，嬰姹是陰陽，眞陰眞陽即是神氣。種種異名，皆不用著，只是「神氣」二字。

——《丹陽眞人直言》

全眞教要吸引更多的信徒，雖然不燒香煉丹，但也情不自禁的引用了前代的道教術語，這也是完全可以理解的。

但是由此而來帶來的弊端也顯而易見，中國歷史上一些信奉道教的皇帝，比如明朝的嘉靖皇帝，曲解「姹女嬰兒」之意，以爲煉丹需要用處女的經血、童男童女來「龍虎相濟」，不惜以殺戮無辜的方式來取血煉丹，非常殘忍！

新修版《射雕英雄傳》中，金庸把「姹女嬰兒」換成了「三花聚頂、五氣朝元」，頓時簡單、和諧多了，這大約也是怕讀者曲解其本意吧。只不過這麼一來，顯得梅超風的傳統國學知識十分貧乏，啥都不懂，連最基本的打坐練氣的「五心向天」姿勢都猜不出，還要向笨孩子郭靖請教，實在是辜負了桃花島主的絕頂聰明才智。

最後簡單說一椿王處一的軼事，《射雕英雄傳》中王處一曾經和藏僧靈智上人對掌，各自吃了點虧，靈智上人的「大手印」有毒，迫使王處一在中都城的小旅館中跳進大澡桶運功逼毒。其實這事也是有其原型的：一一八七年，金世宗重金邀請王處一出山講道，某番僧嫉妒，要和王處一比喝毒酒賭命長，王處一欣然接受。喝了鴆酒後王處一解衣入池，片刻後池水沸騰（疑爲放熱反應），而王處一安然無恙。金世宗大驚失色，從此更加追捧全眞教了。

當然這件事情過於玄幻，可信度不高，應該是誇大描述。但全眞教在中國古代的化學合成工業方面，還是做出了一定的貢獻的，這一點毋庸置疑。

比武招親

穆念慈中都街頭比武招親是金書中唯一的一場公開以武選婿，就此種下了她和楊康之間愛恨交織的一段孽緣，這段故事既風流香豔，又充滿了悲劇色彩，立下了穆念慈一生淒苦的總基調，令人無比同情和憐惜。

穆念慈比武招親的故事肯定是虛構的，但歷史上女子眞的敢於比武招親的，還眞有這麼一位！只不過女主角不是漢人，而是蒙古人，她就是成吉思汗的玄孫女孛兒只斤·庫土倫。

庫土倫是元太宗窩闊台之孫海都的女兒，大約出生於一二六〇年，即《神雕俠侶》故事剛剛結束後的次年。

在蒙古歷史上，海都是一個非常值得一說的人物，他是窩闊台的嫡孫，具有繼承汗位的資格，海都的伯父，就是元定宗貴由。

一二四八年貴由暴卒，皇后海迷失稱制，統領群臣。蒙古諸王不服，遂於一二五一年的忽里台大會上，推舉拖雷長子蒙哥爲汗，是爲元憲宗。

蒙哥成爲大汗後，標誌著蒙古汗位從窩闊台系悄悄轉移到拖雷系，引起了窩闊台系後人的強烈不滿，海都就是其中情緒最嚴重的一個。

一二五九年蒙哥死於南下伐宋的釣魚城之戰，蒙古大汗之位再次空缺，蒙哥的四弟忽必烈和七弟阿里不哥爲了爭奪汗位而兄弟相殘。一二六四年，忽必烈戰勝了阿里不哥奪得大汗之位，隨即於一二六七年舉全國兵力再次伐宋，兵發襄陽，開始了長達六年的襄陽（襄樊）戰役。

這個天賜良機讓海都看到了希望，一二六八年，海都聯合金帳汗國和察合台汗國的宗親，正式豎起了反旗，公開和忽必烈對抗。

從一二六九年起，海都就不停的給忽必烈製造各種麻煩，直到忽必烈去世（西元一二九四年），海都依然活得很健壯，吃香喝辣的。一三〇一年，六十六歲的海都終於不敵忽必烈的曾孫元武宗海山，於兵敗途中去世。終海都一生，始終高舉反抗忽必烈的大旗，從未停歇，間接的幫助了南宋的抵抗運動，也算是一代梟雄。

海都有一四個兒子、兩個女兒，其中長女庫土倫在蒙古民間，算得上是家喻戶曉的女英雄。

庫土倫，蒙古語意爲「潔白月亮」，由此可知她出生在一個月圓之夜。庫土倫從小就身材高大、武藝精熟，擅長騎馬、射箭和摔跤，她的十四位兄弟都不是她的對手。和一般人理解的不同，庫士倫並不是一個肌肉型的「女漢子」，相反她有著一張美麗的面龐，長髮飄飄，十分迷人。

海都極爲喜歡這個女兒，她是父親最鍾愛的孩子，幫助父王管理政府事務和王國。據說有次王國內部有叛亂，庫士倫戎裝在身，率先騎馬衝向敵陣，像「老鷹抓小雞」一樣抓住叛亂首領，並將其摔在父王馬下，十分英勇和拉風。馬可・波羅曾把這事記載在他的遊記裡。

等到庫士倫年已及笄，四方前來求親的人絡繹不絕，但庫士倫立下規定：要想成爲我的夫婿，必須要在摔跤項目上戰勝我，否則免談！

騎馬、射箭和摔跤對於蒙古人來說太平常了，太司空見慣了，於是熱血的青年們無比激動，他們排隊和庫士倫公主進行摔跤比賽，每次比賽的賭注是十匹馬，輸了失馬，贏了駙馬。

很快，庫士倫公主就積攢了一萬多匹馬！

終於幾乎所有的適齡男子都退縮了，他們面對的不是女神，而是女戰神。一二八〇年，鄰國有位英俊年輕的王子帶著一千匹馬前來比賽，他也是個摔跤能手，在他們國內罕有匹敵，他對贏得比賽充滿信心。

海都夫婦很滿意這個候選人，他們告誡女兒在比賽中故意落敗，促成兩國聯姻，壯大本國勢力。庫土倫看到王子的相貌，也心中有意，準備聽從父王母后的話故意輸給對方，結束自己的單身生涯。

但比賽開始後，很快進入了白熱化階段，王子連出幾個絕技，激發了庫土倫的好勝之心，將父母的命令忘到了九霄雲外。極度興奮的庫土倫公主毫不留情，連下重手，一連串的絕技將對方逼至角落，隨即一個抱摔將王子乾脆利落的摔倒在地。

王子羞愧無比，掩面而逃；海都面色鐵青，怒不可遏；王后搖頭嘆氣，情緒頹喪；觀眾目瞪口呆，隨即爆發出雷鳴一般的歡呼。

她贏得了比賽，卻失去了整個世界。

幾年後，庫土倫嫁給了喬洛斯家族的勇士阿布塔庫，史料記載說「她親自選中他作爲自己的丈夫」。阿布塔庫是海都的侍衛長，曾救過海都的命，因此常常可以出入海都的王宮，緣分在此生根發芽。

一三〇一年，海都去世，庫土倫爲之守墓餘生，直到一三〇六年去世。

庫土倫的故事，除了記載在蒙古故事裡，馬可・波羅、伊本・白圖泰等人也將她的故事記載在自己的作品裡，蒙古人、義大利人、波斯人、阿拉伯人、明朝人，都陸陸續續提到過這位傳奇的女性，儘管故事的細節各有不同，儘管是用不同的語言和角度來描述，但相互之間沒有大的矛盾。

因爲這個與眾不同的神勇公主，確實很令人喜愛和欣賞。

程朱理學

楊過和小龍女在大勝關挫敗金輪法王一干人的陰謀，被奉爲大英雄，隨即郭靖趁熱打鐵，表示要把自己的寶貝女兒郭芙嫁給楊過，讓郭楊兩家世代交好。沒想到楊過一口拒絕，在天下英雄面前說自己要娶自己的師父小龍女爲妻，至死不渝——滿堂愕然，楊龍二位瞬間從英雄神壇跌落塵埃，被無數人鄙視、輕賤、不齒。

金庸在書中補充說：「宋人最重禮法，師徒間尊卑倫常，看得與君臣、父子一般，萬萬逆亂不得。」楊過要娶自己的女師父，等於要娶自己的「母親」，這種事情在宋人看來，實屬大逆不道，簡直豬狗不如。

南宋時期，禮教最嚴，程朱理學是主流思想，上至皇帝，下至百姓，無不凜然遵守。趙昀死後得廟號「理宗」，就是因爲他在世期間大力推薦、扶持程朱理學，故而有此一說。

程朱理學亦稱「程朱道學」，是宋明理學的主要派別之一，也是理學各派中對後世影響最大的學派之一。其由北宋二程（程顥、程頤）兄弟開創，其間經過弟子楊時再傳羅從彥，三傳李侗，到南宋朱熹終爲大成。程朱理學脫胎於儒學，又從佛學和道學中汲取了部分思想理論，算得上是三教合一的產物。

程朱理學的核心思想價值觀認爲：「理」是宇宙萬物的起源，通過推究事物的道理（格物），可以達到認識眞理的目的（致知）。格物致知屬古代哲學範疇，影響了後世儒學七百年，包括明代王陽明的「心學」。

理學崇尚「存天理、滅人欲」，「天理」構成人的本質，在人間體現爲倫理道德（如三綱五常）。而「人欲」則與天理相對立，指超出維持人之生命的欲求和違背禮儀規範的行爲。

「存天理、滅人欲」和馬克思主義世界觀中的物質文明、精神文明有著較爲有趣的對照關係。

馬克思主義世界觀認爲，物質是世界的本原，世界上千差萬別的具體事物都是物質運動的不同表現形式。物質對精神起著決定作用（經濟基礎決定上層建築），精神是客觀物質世界在人們大腦中的反映，但反過來又對物質發生反作用。

而具體表現到物質文明和精神文明上，則表現爲：

物質文明是人類改造自然的物質成果，表現爲人們物質生產的進步和物質生活的改善，是精神文明的物質基礎，對精神文明特別是其中文化建設起決定性作用。精神文明是人類在改造客觀世界和主觀世界的過程中所取得的精神成果的總和，是人類智慧、道德的進步狀態。物質文明是精神文明的基礎；精神文明是物質文明的主導。

「存天理、滅人欲」只是單方面強調精神文明的重要性，忽略了物質文明的存在。這和馬克思唯物主義相背離，精神文明失去了物質文明這個基礎，等於無根之水、空中樓閣，兩個文明是相輔相成、缺一不可的。可見在南宋，「存天理、滅人欲」這一套愚民理論是站不住腳的，它只能滋生在少數士大夫、清流之間（衣食不缺），受皇帝欣賞（利於統治），用來向廣大底層士子、百姓洗腦，讓他們甘心受奴役，維持秩序、逆來順受，而不敢具有反抗精神。

程朱理學的另一個特點是「嚴於律女、寬於律男」。比如寡婦改嫁，被斥爲「餓死事小，失節事大」；女子婚外情，要被亂石砸死、浸豬籠淹死。但男人喪偶再娶甚至三妻四妾，則分屬正常；男人偷腥，雖屬道德汙點，但多數是以罰金賠罪了結，極少聽說處死的（男僕通姦女主人這種「以下犯上」的另當別論）。只是因爲男子把握了輿論話語權，所以必然要犧牲女子的權益。

而可笑的是，有很大一批尊奉理學的人，陽奉陰違，當面一套背後一套，滿口仁義道德，一肚子的男盜女娼，這一撥人有個集體稱號——「僞道學」，岳不群就是其中的傑出代表。

雖然程朱理學是統治了七百年的主體思想，但從明朝以降，就不斷的有思想家對理學提出批判，其中明代的李贄，清代的顏元、戴震，都對理學發出猛烈的抨擊。五四運動以後，「吃人的禮教」終於被新知識分子掃進歷史的故紙堆，全新的現代科學教育理論氣宇軒昂的拿起了教鞭走上了講臺，「世界潮流浩浩蕩蕩，順之者昌逆之者亡」，中山先生之言振聾發聵、誠不我欺！

南宋平民起義

周伯通道：「那黃裳練成了一身武功，還是做他的官兒。有一年他治下忽然出現了一個希奇古怪的教門，叫作甚麼『明教』，據說是西域的波斯胡人傳來的。這些明教的教徒一不拜太上老君，二不拜至聖先師，三不拜如來佛祖，卻拜外國的老魔，可是又不吃肉，只是吃菜。徽宗皇帝只信道教，他知道之後，便下了一道聖旨，要黃裳派兵去剿滅這些邪魔外道。」

——《射雕英雄傳》第十六回

在《射雕英雄傳》中按照出場順序，一共有三次平民起義。第一次是歸雲莊陸冠英領導的太湖義軍，占據太湖地利，劫持金國特使。第二次就是開頭援引的文字，北宋末年黃裳大戰明教群雄。第三次是鐵掌幫上官劍南得了《武穆遺書》後，大會群雄計議北伐，但不幸被官兵鎮壓。

這三次平民起義細究起來，也頗有不同之處。

寇變分類

兩宋的平民起義有兩個特點：規模不大、次數眾多。據《兩宋農民戰爭史料彙編》統計，北宋一朝各種變亂共二〇三起，南宋二三〇起，宋朝一共享國三百一十六年，幾乎每年都有一次平民起義發生。但這些平民起義中，規模大、影響深的還眞不多見，無非北宋初期的王小波、李順起義，北宋末的方臘起義，以及南宋初的鍾相、楊么起義，福建范汝爲起義。其餘的起義影響都很小，包括宋江梁山起義在內。

這四起平民起義在宋朝算是規模大的，但縱向比較的話，頓時落了下風：遠遠達不到綠林、赤眉、黃巾、黃巢那樣席捲全國、轟轟烈烈、能夠一舉推翻舊王朝的實力，規模相當有限，僅僅局限當地，被政府軍或收編或圍剿，便告失敗。

古人把宋朝平民起義類型分爲水寇、海寇、虔寇、峒寇、妖寇、鹽寇、茶寇等幾種。顧名思義，水寇就是以湖泊河流爲基地的平民軍，亦稱「湖寇」；海寇就是海盜；虔寇是個專有名詞，特指江西贛州地區的平民起義（贛州在南宋被稱爲虔州）；峒寇是指少數民族起義；妖寇則是特指以宗教信仰爲導向的平民起義；鹽寇和茶寇很好理解，就是私鹽販子和茶葉販子領導的起義。

這麼看來，毫無疑問，王小波、李順起義屬「茶寇」；方臘起義屬「妖寇」；鍾相、楊么起義屬「水寇」；范汝爲起義屬「鹽寇」。拓展到小說中，陸冠英的太湖義軍屬於「水寇」，而黃裳鎮壓的「喫菜事魔」明教屬「妖寇」。

唯獨上官劍南領導的鐵掌幫群盜比較難劃分，雖然鐵掌山地處南宋荊湖南路，屬「峒寇」的勢力範圍，但顯然鐵掌幫裡漢人多，少數民族人士少，因此不能歸類到「峒寇」裡，只能勉強用「兵變」來定性。日本學者山內正博把南宋平民起義劃分爲軍賊、土賊、妖賊三類，這麼看上官劍南應該屬第一種。

小說中三起平民起義的最終結果也各有不同：

太湖義軍原本實力弱小，隊伍裡魚龍混雜，混進了奪魄鞭馬青雄這樣的江湖敗類，最終被歐陽鋒一個人隻手剿滅。明教雖然遭受重創，但留下了革命的火種，並在兩百年後終成燎原之勢，「驅逐韃虜、恢復中華」。鐵掌幫倒是完全符合平民起義的結局，被政府軍殘酷鎮壓後一蹶不振，繼任幫主裘千仞藏汙納垢，愛國幫會就此變成了漢奸賣國幫會。

先說說鎮壓明教起義的黃裳黃大人。黃裳在宋代是確有其人的，而且，還不只一個。

黃裳其人

《宋史》列傳卷一五二記載了黃裳的生平，「黃裳，字文叔，隆慶府普成人。少穎異，能屬文」，他活躍在南宋孝宗、光宗、寧宗三朝，勤政愛民，忠心王室，官至禮部尚書（外交部部長），是個不錯的官員。

但顯然，他不是小說中的那位徽宗朝的大高手「黃裳」。

鎮壓江南明教的黃裳雖然在《宋史》無名，但宋人程瑀所撰《黃公神道碑》和其他一些史料中，多少提及了黃裳的事蹟。程瑀是靖康之變後的主戰派，和秦檜議和派勢不兩立，是個忠臣，他的話，可信度不低。

黃裳（西元一〇四四～一一三〇年），字勉仲，一字道夫，南劍州劍浦縣人（今福建南平）。據《南平縣誌》記載，黃裳少年時「常有魁天下志，博學多通，尤邃禮經」，故而在神宗元豐五年（西元一〇八二年），黃裳殿試高中狀元，爲神宗皇帝賞識和青睞。

此後黃裳仕途一帆風順，從越州簽判這樣的小官做起，一路累官至端明殿學士、禮部尚書。一一〇一年，黃裳主動要求外遷州官，以避開徽宗朝的新舊黨爭之亂。徽宗皇帝同意了他的請求，從此黃裳輾轉於山東、福建等地擔任州官，接觸了大量的民間動態。政和五年（西元一一一五年），黃裳擔任福州知州時，徽宗下旨令其在福州萬壽觀監工刻印了中國最早的官版道教總集——《政和萬壽道藏》，共五百四十函，五千四百八十一卷。這符合小說中的情節。

由於黃裳對編輯校對工作十分嚴謹，其監工的印刷品是高質量暢銷書的代名詞，故而江南明教刊印經書，爲了更好的發展教徒，以黃裳是經書「總編輯」，借他名頭四處宣傳。陸游在紹興三十二年的《渭南文集·卷五·條對狀》中記載道：「（明教）神號曰明使……白衣烏帽，所在成社。僞經妖像，至於刻版流布。假借政和中道官程若清爲校勘、福州知州黃裳爲監雕。近歲之方臘皆是類也。」

所以金庸在小說中讓黃裳單挑明教，大概就是爲了這一樁著作權糾紛。黃裳有沒有像小說中說的那樣幾乎以一人之力剿滅明教，史載無考，難以定論，個人覺得不太可能。

南宋建炎四年（西元一一三〇年），八十六歲的黃裳老死故鄉。

黃裳一生，著作頗多，著有《演山先生文集》、《演山詞》，並有五十三首詞入選《全宋詞》。他的詩詞絕大多數格調婉約、幽美宜人，寫不盡的風流明豔之意。也有少量的慷概激昂作品，如描寫端午龍舟競賽的〈減字木蘭花〉，流傳極廣。

黃裳之所以長壽，可能是因爲「從事於延年養生之術，博覽道家之書，往往深解，而參諸日用」。他的墓葬遺址位於江西崇仁縣許坊鄉黃坊村鍋形山，有機會去遊覽的讀者不妨一觀。

真假再興

說完《九陰眞經》的作者黃裳，其實還有一個人必須要多加闡述，這人就是楊鐵心的曾祖、岳飛的部將、戰死小商河的大英雄楊再興！有趣的是，楊再興也有兩個！

《射雕》開篇第一回，牛家村曲三酒店的老闆曲靈風曾對楊鐵心說：「你祖上楊再興是綠林好漢，劫盜不義之財之事也曾幹過。」歷史上的楊再興確實有過這段經歷。

綜合《宋史·楊再興傳》（列傳卷一二七）和《說岳全傳》這一實一虛兩本書來看，楊再興生於一一〇四年，歿於一一四〇年，享年三十六歲。漢族，出生在江西吉水，祖籍是河南相州，與岳飛算是同鄉。又說他是北宋初期楊老令公（楊業）的後人，不折不扣的忠良之後（所以楊鐵心也會楊家槍法）。

一一三一年，楊再興成爲流寇曹成的部將，侵擾地方，後被岳飛收服，棄惡從善，當上了岳家軍的先鋒。紹興六年，楊再興大破僞齊政權，收復長水縣；紹興十年郾城大捷中，楊再興身先士卒衝入敵陣，殺敵數百人！後於臨穎小商河突遇金軍主力，楊再興率領三百勇士死戰不退，殺敵兩千人，包括萬戶撒八孛堇以及千戶百人！據說其時金兵箭如飛蝗，楊再興身上每中一箭，就隨手折斷箭桿，繼續殺敵，尤如天神降臨，凜然生威，嚇得金兵肝膽俱裂、軍無鬥志。

但終因寡不敵眾，英雄誤入小商河陷於泥淖，連人帶馬被射得像刺蝟一般，壯烈殉國。後焚化楊再興遺體，竟得箭簇兩升之多！

楊再興戰死沙場，馬革裹屍，其悍勇絕倫是極其震撼人心的！小商河一戰令無數後人扼腕痛惜，卻打出了華夏男兒的鐵血氣概，千載之下讀來，兀自虎虎生威，堪稱「雖千萬人吾往矣」！

今天，在河南省臨潁縣小商河畔，還立有一座「楊爺廟」，廟後埋葬著楊再興的骨灰，數百年來一直接受四方百姓的緬懷憑弔，香火不斷。對比楊康死於嘉興王鐵槍廟群鴉口中，真叫人情何以堪。

但另外一個同名同姓的楊再興，形象就不是特別好了。《宋史‧西南溪峒諸蠻下》（卷四九四）和《續資治通鑑》（卷一三〇）裡有過記載：

宋高宗建炎初年，武岡軍瑤族人楊再興擁兵自立，爲害地方。由於宋室剛剛南渡，無力征討，故而楊再興軍日漸壯大，鼎盛之時，「寇武岡、全、永、邵數州，疆土三百餘里」，也算得上是一個獨立的小小王國了！

紹興四年，湖南安撫司遣統制官吳錫率部討伐楊再興，擒獲楊氏兩個孫子，但未能殲滅首惡。紹興十五年，楊再興接受朝廷招安，發誓歸順政府。但此後不久，楊再興不服王化再次起事，重新豎起了造反的大旗。

紹興二十四年，失去耐心的南宋政府決定重兵圍剿楊再興，終於在該年三月，統制官李道擒獲楊再興、楊正拱、楊正修父子三人，押送到臨安問斬，武岡楊再興之亂終告平息。

武岡楊再興之亂前後持續了二十六年，給南宋朝廷造成了極大的麻煩，故而在紹興二十五年（西元一一五五年），趙宋官家在武岡軍新設「新寧縣」，取其「新近平定以致安寧」之意。

顯然，這個瑤族人楊再興不是漢人楊再興，兩人僅僅只是同名同姓而已，不可混爲一談。瑤族人楊再興領導的是一場不折不扣的「峒寇」，而大英雄楊再興早在此人秋後問斬的一四年前，就已經在抗金前線爲國捐軀了——這樣的死，才是死得其所、光照汗青！

蒙古軍制

宋元之際，中國北方的少數民族政權輪番閃亮登場，遼、金、元是三個最著名的朝代。遼曾經兵臨黃河，逼得北宋開創納貢求和先例；金曾經攻陷汴梁，迫使趙宋南渡唯存半壁江山；至於元朝，終結三百年的分裂格局一統華夏，從此西藏、雲南重回中華版圖。

今天我們討論，爲何兩宋軍事上總是不敵北方政權？其原因無非是兩個：一是沒有燕雲十六州和長城的庇護；二是中原無戰馬，北國多騎兵。關於第二點，今人多認爲，遼、金、元三朝騎兵強大，而兩宋騎兵極少，多數是步兵，用結陣的方式來對抗騎兵的衝擊，自然輸多贏少。

眞的是這樣嗎？遼代、金代都有騎兵，爲何沒能完成統一大業？爲何歷史的重任交到了元朝身上？除了騎兵，還有很多值得一說的。

蒙古軍隊，絕不是一般讀者理解的僅僅只有騎兵那麼簡單，而是一支非常正規的、多兵種作戰的集團軍。《成吉思汗戰略戰術》的作者布勞丁認爲，成吉思汗組建了世界上第一個炮兵軍團，比歐洲貝爾多發明火炮要早了近百年。

首先，蒙古實行全民皆兵制度，「家有男子，十五以上、七十以下，無眾寡盡簽爲軍」，所以我們看到，在小說《神雕俠侶》第二十回，襄陽攻城戰中有一名名叫鄂爾多的蒙古百夫長，此人在郭靖西征時即入伍當兵，過了二十年還在軍中服役，以至於「年紀已長，頭髮灰白」，對照史實，這是完全有可能的。

其次，有了足夠的兵員，還需要建立科學的編制。蒙古軍實行千戶制軍事組織，小說中的萬夫長、千夫長、百夫長、十夫長，類似於今日的師長、團長、連長、班長，這種編制代替了以往以地域、氏族爲紐帶的部落武裝，非常科學。非常嚴謹，幾乎可以視爲現代軍隊的雛形。成吉思汗統一蒙古時有九十五個千人隊，也就是大約十萬人的直屬軍。

再次，有了科學的編制，還要有鐵一般的紀律。蒙古軍隊軍紀極嚴，上至大將下至小兵，無不凜然遵照。軍隊作戰時，若十人隊裡有超過一個人不聽號令後撤逃跑，則全隊處斬；若有兩個人被俘而戰友不去營救，那麼這些人也將全部處死。這些嚴格甚至堪稱殘酷的軍令，保證了蒙古軍強大的戰鬥力。在中國古代戰爭史上，類似於蒙古軍這樣「連坐」軍法的，還眞不多見，遼代和金代都未找到相似案例。

然後，有了鐵的紀律，還要有多兵種的配合。蒙古騎兵確實是主力，機動性好，戰鬥力強，但是，隨著國土面積的不斷擴展，以及優良戰馬數目的限制，騎兵越來越不夠用，到了成吉思汗統治後期，新的兵種逐漸產生。首先是步兵，這是學習西夏和金國；其次是炮兵（火炮、投石機），主要來自中亞；再次是弩兵，主要來自南宋；再然後通訊兵、後勤兵和參謀部都逐漸產生。通訊兵實現了「箭速傳騎」。有次成吉思汗召見速不台商議軍事，通訊兵用了七天七夜跑完了四千里路程，放在今天也是非常了不起的速度。後勤兵主要由各國的工匠組成，《神雕俠侶》中的鐵匠馮默風就是其中的典型。而參謀部蒙語稱爲「扯必爾」，早在一二〇四年鐵木眞攻打乃蠻部的時候，就已經產生，一二〇六年鐵木眞稱汗後，任命忽必來「凡軍旅之事，汝其總領之」，可見忽必來堪稱是蒙古軍第一任的「參謀長」。

蒙古軍隊發展到後期，攻城機械也有了大幅發展，除了投擲機、投石機、火炮，還有大弩炮、回回炮、子母炮、火藥地雷罐、鵝車、衝車等先進武器。從此，西域的石油、中亞的火炮、東土的雲梯，盡爲蒙古人所用，這些組合器械令蒙古軍在一次次的攻城拔寨中所向無敵。

再後，有了多兵種的配合，還要有殘忍的手段。用戰俘、平民充當攻城的先頭部隊（「簽軍」），但凡抵抗的城池一律屠城。這些慘無人道的手段，確實嚇住了一大批城市。當然，這是我們應該嚴厲譴責的。

最後，還要有完善的獎懲制度。蒙古軍打了勝仗，除了可以縱兵大掠，而且可以按照首級功加官晉爵。我們常說「把腦袋別在褲腰帶上」，形容無比危險，就是出處於此，富貴險中求嘛。相反的，如果臨陣脫逃，不僅要被軍法斬首，而且連帶家人受累，剝奪一系列的軍屬特權，嚴重者甚至淪爲奴隸。有了這些措施，保證了蒙古兵上陣打仗勇往直前、不惜生命。

有了這麼一支編制科學、紀律嚴謹、打仗賣命、兵種齊全的無敵之師，蒙古軍隊東征西討，打下了人類史上最大的江山，毫不奇怪。蒙古軍絕不是一支單純代表遊牧文化的軍隊，而是會跋山涉水、火炮攻城的綜合作戰準現代化軍隊，體現出多元戰爭文化的精銳部隊。這支部隊在消滅了西夏、金、吐蕃、大理等國後，與時俱進，又大力發展水軍，先破襄陽，再滅南宋水師，最後兵圍臨安，一舉終結了腐朽沒落的趙宋王朝。

這不是偶然，而是必然。

萬安寺

趙敏將中原六大派高手盡數囚禁在大都萬安寺，引發了明教群雄轟轟烈烈的「救人計畫」，這座萬安寺，至今遺跡尚存。

萬安寺，全名「大聖壽萬安寺」，又名「妙應寺」，俗稱「白塔寺」（因寺內有一座通體白色、國內最大的大白塔而名），現位於北京阜成門內大街路北，是北京市的地標古建築之一。

這座大白塔，就是小說中的萬安塔原型了。

小說中的萬安塔是一座樓閣式、磚木混合結構的漢式寶塔，共十三層，高十三丈（約四十一點六公尺），能夠容納千人入住。在中國古代建築史上，恐怕只有應縣木塔、杭州六和塔的規模堪與比肩。

而眞正的萬安塔是覆缽式、磚石結構的藏式寶塔，塔高五十點九公尺，由塔基、塔身和塔剎三部分組成。塔基高九公尺，面積一四二二平方公尺，分爲三層，上砌基座，聯結塔身；塔身俗稱「寶瓶」，形似覆瓶，上有「亞」字結構小型須彌座，頂端爲一直徑九點七公尺的華蓋，華蓋四周懸掛著三十六串銅質風鈴，清風徐徐吹動，鈴聲「叮噹」悅耳；華蓋之上，就是一座高約五公尺的鎏金塔刹，呈須彌座式，豎立著十三重相輪，意爲「十三重天」。

很明顯，兩座塔的形態、大小完全不同。

萬安塔的歷史，比萬安寺還要悠久，它的前身，可以追溯到遼朝，動手建造它的不是別人，正是蕭峰的皇帝大哥耶律洪基。

壽昌二年（西元一〇九六年），一心向佛的遼道宗在今日萬安塔的原址上建造過一座佛塔，名爲「永安塔」，供奉佛舍利、佛經等聖物，「內有舍利戒珠二十粒、香泥小塔二千、無垢淨光等陀羅尼經五部」，金元相交之際，寶塔毀於兵火。由於年代久遠、資料缺失，這座永安塔的規模、規制、形狀，已經湮沒於史書，無法考證。

一百多年後的西元一二七一年，隨著忽必烈稱帝、建國大元、定都北京，爲了誇耀文治武功，「新都適就，先創斯塔，托佛力之加祐，冀寶祚之永長，保大業之隆昌，享天祿於遐載」，重建永安塔的工程就提上了日程。忽必烈欽點尼泊爾建築大師阿尼哥主抓修建工程，阿尼哥考慮到忽必烈是藏傳佛教信徒，遂將新塔規制定爲藏式白塔，一直保留至今。

一二七九年，新塔落成，氣勢巍峨、高大雄偉，忽必烈十分滿意，爲之取名「釋迦舍利靈通之塔」，隨後下令再建一座「大聖壽萬安寺」，將寶塔圍而供之，這就是「先有大白塔，後有白塔寺」的來歷。

寺廟的範圍劃定有個美麗的傳說：忽必烈讓最優秀的神箭手攀上塔頂，向東北、東南、西南、西北各射一箭，四箭墜地之點相連，就是寺廟的占地範圍。經測量，寺廟占地竟然有十六萬平方公尺之多！通過計算可知，居高臨下，神箭手的平均直線射程達到了驚人的二百八十二公尺，遠遠超過了今日奧運會射箭項目的指定射程（七十公尺）。

西元一二八八年，完整的大聖壽萬安寺終告竣工，從此這裡便成爲元朝的皇家寺院，也是百官習儀和翻譯佛經的官方場所，忽必烈去世後，萬安塔兩側曾建神御殿（影堂）以供祭拜。

據《馬可．波羅遊記》記載，每年元旦，皇帝要在萬安寺舉行盛大的封賞典禮，龐大的皇親國戚、王公貴族、文武百官和外國使節代表團濟濟一堂，觀看宗教首領、獻藝戲班、儀仗樂隊等朝賀隊伍的演出，熱鬧非凡，稱爲「元旦日的白色節」——顯然，這就是小說中「大遊皇城」的出處。

西元一三六八年，元朝覆滅在即，一場突如其來的特大雷火焚毀了整個萬安寺，唯獨萬安塔因爲是磚石結構而倖免於難。萬安寺修建於元初，焚毀於元末，其壽命和元朝幾乎一起開始、一起結束，說起來，也是冥冥之中的一種天意吧！而小說中，萬安寺也是在元朝末年毀於火災，金庸先生的巧妙構思令人讚嘆。

明代萬安寺得到修繕，改名「妙應寺」，但占地面積大爲縮水，不到元朝時期的十分之一；清代中後期後，妙應寺成爲了北京民間廟會的聚集地之一，坊間有「八月八，走白塔」的習俗。

一九六一年，妙應寺白塔被列爲全中國重點文保單位之一；一九七八年，在維修加固白塔的施工過程中，意外發現了乾隆手書的《波羅蜜多心經》、藏文《尊勝咒》、赤金舍利長壽佛、補花袈裟等珍貴文物，古老的萬安塔重新煥發了它的青春。

浡泥國

大明成祖皇帝永樂六年八月乙未，西南海外浡泥國國王麻那惹加那乃，率同妃子、弟、妹、世子及陪臣來朝……那浡泥國即今婆羅洲北部的婆羅乃，又稱文萊（浡泥、婆羅乃、文萊以及英語Brunei均系同一地名之音譯），雖和中土相隔海程萬里，但向來仰慕中華……麻那惹加那乃國王眼見天朝上國民豐物阜，文治教化、衣冠器具，無不令他歡喜讚嘆，明帝又相待甚厚，竟然留戀不去。到該年十一月，一來年老，二來水土不服，患病不治。成祖深爲悼惜，爲之輟朝三日，賜葬南京安德門外（今南京中華門外聚寶山麓，有王墓遺址，俗呼馬回回墳），又命世子遐旺襲封浡泥國王，遣使者護送歸國，賞賜金銀、器皿、錦綺、紗羅等物。

——《碧血劍》第一回

《碧血劍》的故事一開頭，並沒有直接從西元一六三三年開始，而是將時光追溯到兩百多年前的十五世紀初，當時的中華帝國，正是如日中天的「永樂盛世」。

西元一三六八年，朱元璋掃平天下創立大明國，是爲明太祖。一三九八年，朱元璋病逝南京，由於太子朱標早死，故而傳位皇孫朱允炆，是爲明惠宗（建文帝）。建文帝登基後，聽從幕僚齊泰、黃子澄的建議，著手削藩，先後將周王、齊王、湘王、代王等皇叔一一剝奪爵位，或貶或廢。建文帝的舉動令實力最強的燕王朱棣惴惴不安，終於在一三九九年，不甘人下的朱棣打著「清君側」的旗號，率先起兵反抗、揮師南下，史稱「靖難之役」。

靖難之役打了三年，一四〇二年，朱棣攻破南京，禁宮火起，戰亂中建文帝不知去向，下落不明。同年，朱棣即皇帝位，即明成祖。一四〇三年，朱棣改元「永樂」，一四二一年，朱棣遷都北京，南京爲留都。

靖難之役是一場統治階級內部爭奪皇位的戰爭，朱棣難逃一個「篡」字。故而在他上臺後，十分在意民間輿論的導向，兼之建文帝活不見人死不見屍，朱棣也十分擔心忠於建文帝的武裝力量會死灰復燃，故而在永樂三年六月（西元一四〇五年），朱棣委派心腹太監鄭和出海西洋，即第一次鄭和下西洋。

《明史》「列傳一百九十二 宦官一鄭和」裡記載：「成祖疑惠帝亡海外，欲蹤跡之，且欲耀兵異域，示中國富強。永樂三年六月，命和及其儕王景弘等通使西洋。將士卒二萬七千八百餘人，多齎金幣。造大舶，修四十四丈、廣十八丈者六十二。自蘇州劉家河泛海至福建，復自福建五虎門揚帆，首達占城，以次徧歷諸番國，宣天子詔，因給賜其君長，不服則以武懾之。五年九月，和等還，諸國使者隨和朝見。」

按照吳晗的觀點，鄭和下西洋，首要任務並不是尋找建文帝，而是國內經濟發展的結果——一方面民間需要外國日常用品，如染料、香料；另一方面皇室也需要外國奇珍異寶、珍禽異獸，來滿足皇室的奢靡需求。但不管是哪種原因，現在基本達成共識的是，尋找建文帝是鄭和的任務之一。

浡泥國就是在這時候，翻開了大明外交的璀璨一頁：國王麻那惹加那乃是第一個主動要求、親自來華進行國事訪問（朝拜）的外國國王！

浡泥國，即今日之文萊。文萊全稱「文萊達魯薩蘭國」，英文名 Negara Brunei Darussalam，其中 Negara 來自馬來語，意爲「國家」，Brunei 來自梵文，意爲「航海者」，而 Darussalam 是個阿拉伯詞語，意爲「和平之邦」，連起來文萊國就是「生活在和平之邦的航海者國度」。

文萊雖然是個伊斯蘭教國家，但深受馬來文化、阿拉伯文化、華夏文化和印度文化的影響（從其國名英文組成可見一斑）。文萊文化如此多元，這就要從文萊的地理位置和悠久歷史談起。

大約在三千五百年前，就有古人類生活在東南亞的加里曼丹島。加里曼丹島（俗稱「婆羅洲」）是世界第三大島，面積七十四點三萬平方千公尺，略大於中國青海省。而文萊位於加里曼丹島的北端，與中國海南島隔海相望，從文萊首都斯里巴卡旺市到廣州的直線距離，約等於從北京到廣州的直線距離，接近二〇〇〇千公尺。

文萊的國土面積是五七六五平方千公尺，約等於上海市面積，通過「上海市」和「青海省」面積的強烈對比可知，文萊國土面積只占整個加里曼丹島面積的〇．七八%，確實是個不折不扣的袖珍小國。

然而，文萊卻是一個十分富裕的國家，一九二九年，英國殖民者在文萊詩里亞地區發現了石油，截止到一九九一年，文萊已經開採原油十億桶！得益於豐富的石油天然氣資源，今日文萊是亞洲首屈一指的富裕國家，可以用「富得流油」來形容。二〇一二年，文萊人均 GDP 達到四點二萬美元，位於世界前列；如果按照購買力平價（Purchasing Power Parity，簡稱 PPP）計算的話，接近五萬美元，躋身世界前十。

西元四世紀，加里曼丹島上開始出現國家雛形，《梁書》稱其爲「婆羅國」。到了唐代，文萊已經是一個獨立的國家，樊綽的《蠻書》稱其爲「渤泥國」。宋代以後，「渤泥」、「浡泥」、「勃泥」、「勃如寧」等不同國名多次見諸史端、不絕如縷，都是指的文萊。

中國和文萊的雙邊關係最早可以追溯到魏晉南北朝時期。西元五一七年，文萊國王首次派遣使節訪問中國，中國的隋煬帝也曾經派遣使者常駿回訪文萊。西元九世紀，印尼三佛齊王朝雄起於婆羅洲，獨霸一方，文萊被迫成爲其保護國三百餘年。三佛齊衰微之後，爪哇、麻喏巴歇等王朝先後崛起，文萊繼續被這些強鄰奴役、欺凌。

一四〇四年，年輕氣盛的麻那惹加那乃繼位浡泥國王，爲了改變國家受制於人的不利局面，麻那惹加那乃想到了強大且友善的鄰國——大明帝國。恰好三寶太監鄭和於一四〇五年首下西洋，帶來了明成祖的深切問候，故而在一四〇八年，浡泥國王麻那惹加那乃親率王妃、弟妹、子女、陪臣共一百五十多人來中國進行友好訪問，明成祖以極其隆重的禮儀接待了他們。浡泥國王在南京遊覽月餘，終因水土不服，染病身亡。明成祖遵其遺囑「希望體魄託葬中華」，按親王禮埋葬了這位異邦國王，封謚「恭順」。麻那惹加那乃的兒子遐旺襲封「浡泥國王」。永樂十年（西元一四一二年）九月，遐旺和他的母親又一次訪問中國南京，祭掃父墓。

麻那惹加那乃去世時，年僅二十八歲，談不上「年老體衰」，其子遐旺當時只有區區四歲——如果不是大明派出使臣、衛隊將孤兒寡母護送回國並駐紮浡泥一年有餘，浡泥國難逃麻喏巴歇王朝的魔爪。

遐旺成人後，信奉伊斯蘭教的滿剌加國（馬六甲）又取代了麻喏巴歇王朝的霸主地位，聰明的遐旺採取了聯姻的方式，迎娶滿剌加國公主爲妻，自己也皈依了伊斯蘭教，成爲一名虔誠的穆斯林教徒（有文獻記載其爲文萊第一代蘇丹「穆罕默德沙」，「沙」即「遐旺」，待考）。

遐旺死後，傳位其弟艾哈邁德（文萊第二代蘇丹），艾哈邁德無子，傳位其婿阿里（第三代蘇丹）。阿里是阿拉伯人，在位期間大興伊斯蘭文化，終定國名「文萊達魯薩蘭國」。

文萊第四代蘇丹蘇萊文、第五代蘇丹博爾基亞在位期間，文萊的國勢到了最鼎盛時期，版圖十分遼闊，不僅統一了整個加里曼丹島，而且蘇祿群島、菲律賓群島，甚至馬尼拉，一度都成爲治下國土，而伊斯蘭教，也終於經過幾代蘇丹的大力推行，成爲了文萊的國教，至今不變。

一五二四年，博爾基亞去世，繼任的後四代蘇丹大多能重視發展，這一百多年的時間，是文萊歷史上的黃金時期。然而，進入十七世紀以後，文萊爆發了王權和相權的內鬨，導致國勢日漸衰竭，西方航海國度如葡萄牙、西班牙、荷蘭、英國相繼入侵，最終英國成爲了文萊的保護國。在西元一八四二～一九〇〇年期間，英國累計割走了文萊七點六萬平方英里（一英里＝一點六〇九三四四千公尺）的土地，占文萊國土總面積的九七%！

一九七九年，文萊和英國簽訂《英國——文萊友好合作條約》，提出了獨立計畫；一九八四年元旦，文萊達魯薩蘭國擺脫英國獨立，同年加入東盟和聯合國，履行主權國家的國際事務。

今日文萊的最高國家元首是第二十九任蘇丹哈吉・哈桑納爾・博爾基亞，博爾基亞蘇丹自一九六七年繼位後，以高福利政策治國，國內的馬來人、華人、土著居民和其他種族公民都十分愛戴他。

中文兩國世代友好，文萊國內約有五萬華人華僑，以廣東、福建兩省人士居多，占文萊國民總數的十一%，是文萊國的第二大種族。此外，除了浡泥國王麻那惹加那乃長眠中國以外，在文萊，有一條家喻戶曉的街道「王總兵街」，是爲了紀念鄭和的副手王景弘將軍的；文萊首都斯里巴卡旺市愛丁堡橋附近，還有一塊南宋墓碑，墓主人蒲宗閔是南宋初年進士，奉旨出使浡泥國，不幸病逝異國，同樣安葬他鄉。

《碧血劍》這部小說以文萊開篇，以文萊收尾，文萊華僑、那督公子張朝唐是一個穿針引線的關鍵人物。這個倒楣的張朝唐十年內兩次奔赴中國求取功名，結果被明軍、闖軍兩次追殺，僥倖不死的張朝唐徹底對「中華上國」絕望，邀請同樣心灰意冷的袁承志同歸浡泥國當化外之民，袁承志取出葡萄牙軍官彼得贈與的海島圖，帶領群雄南下異域，趕走盤踞在浡泥荒島上的西班牙海盜，開創了金庸小說中華僑英雄的新篇章。

文萊國有三十三個屬島，但只有兩個在海上，其餘的都在河口地區。有一座名爲「切敏」的島嶼比較特殊，該島地勢險要、扼守要衝，十七世紀中期，島上爆發過戰亂；此外，考古學家在島上出土過明代的中國瓷器。從種種跡象看，該島極有可能是當年袁承志等人落腳的荒島，但由於史料缺失，至今無法確認，深引以爲憾。

《明史》文字獄

清廷已因此（《明史輯略》）案而處決了不少官員百姓：莊廷鑨已死，開棺戮屍；莊允誠在獄中不堪虐待而死；莊家全家數十口，十五歲以上的盡數處斬，妻女發配瀋陽，給滿洲旗兵爲奴。前禮部侍郎李令晰爲該書作序，凌遲處死，四子處斬。

……

最慘的是，所有雕版的刻工、印書的列工、裝釘的釘工，以及書賈、書鋪的主人、賣書的店員、買書的讀者，查明後盡皆處斬。

——《鹿鼎記》第一回

《鹿鼎記》一開篇，就是掀起江南文壇腥風血雨、令人不禁毛骨悚然的清初文字獄第一大案——莊氏《明史輯略》案（以下簡稱「《明史》案」）。《明史》案以它的殘酷、血腥、高壓聞名於世，其牽涉範圍之廣、打擊力度之深、後續影響之久，令讀者至今不寒而慄。金庸先生在小說中，較爲詳盡的還原了這一樁令人髮指的文字冤案，爲小說情節的進一步鋪展奠定了基礎。

然而，歷史的眞相畢竟和小說允許虛構有所不同。小說中，顧炎武、黃宗羲、呂留良、查繼佐四人爲了營救蒙難的江南士子而奔走相告，然而在歷史上，《明史》案只和查繼佐有關，和另外三位大儒並無直接關係。

禍從天降

清初順治年間，浙江南潯有一富戶莊家極爲出名，莊家不僅富可敵國，而且是書香世家，莊主莊允誠及其兄弟、子侄九人，或爲庠生，或爲貢生，都是斯文一脈，人稱「莊氏九龍」。

莊氏九龍之一的莊廷鑨是莊允誠的長子，從小文采出眾、博覽群書，十五歲考中了國子監，前途不可限量。然而天有不測風雲，隨著一場大病的痊癒，莊廷鑨雙目失明，從政之路就此斷絕。

莊廷鑨在經過短暫的消沉後，以左丘明失明著《國語》爲楷模，立志自己也著書立說，編撰一部史書揚名身後。他的願望得到了老父的全力支持，豪富之家動手極快，很快就制訂了包含書稿、編校、印刷和發售在內的「四步走」出版計畫。

書稿方面，通史類文字洋洋百萬字，光靠一個莊廷鑨是遠遠不夠的，正好此時前明朱國禎相國的落魄後人上門販售朱相國的《明史》遺稿，開價一千兩紋銀，莊廷鑨大喜，立刻買斷書稿所有權，準備以此稿爲藍本，好好撰寫一本屬自己、光照後世的全新《明史》！

而在編校方面，莊允誠重金禮聘當時著名的江南文壇領袖爲參校，共十八人，他們是：茅元銘、吳之銘、吳之熔、李礽濤、吳楚、吳心一、嚴雲、唐元樓、蔣麟徵、韋全佑、韋全祉、張雋、董二酉、吳炎、潘檉章、陸圻、范驤和查繼佐。除了陸圻、范驤和查繼佐三位婉言謝絕外，其餘眾人均一口應允，共襄盛舉。

關於印刷場所，莊允誠買下南潯鎮的兩座工場，招聘了大批刻板師和熟練工人，萬事俱備，只欠東風。

而在售價方面，《明史輯略》一套共十冊，總價六兩紋銀，定價偏高於市場同類圖書，和小說中「書價極廉」略有差異。

一切都在有條不紊的有序進行中，書稿的整理、編校、印刷、裝訂工作一條龍流水線生產，但可惜的是，未等書籍正式面世，莊廷鑨病重辭世，莊允誠老淚縱橫，發誓要繼續完成愛子的遺願。

一六六〇年，凝聚無數人心血的《明史輯略》終於上市銷售，由於內容翔實、編校嚴格、紙張精美、定價合適，一上市就引起了轟動，南潯莊家的名氣，響遍了大江南北，作者莊廷鑨大名遠揚。看到兒子死後有此殊榮，莊允誠不禁再次淚灑衣襟。

由於清兵下江南後，強行推行剃髮易服令，導致了江南百姓轟轟烈烈的反抗運動，接連發生了揚州十日、嘉定三屠、江陰屠城這樣的血案，故而在江南知識分子心中，對清廷多有怨言。所以，造成了《明史輯略》一書中，多處出現美化明朝、醜化滿清的字句，且對清太祖的列祖列宗名諱直言標列，不上尊稱和避諱。此外，一六四四年甲申之變後，明朝已亡，但這些參與編校工作的正直讀書人，故意不提天命、天聰、崇德等滿清年號，代之以南明小朝廷的年號，如隆武、永曆等，這也是一項極其犯忌諱的事情。

禍根，就此種下。

首先是陸圻得知自己的名字位列參校者之列，隨後陸圻和查繼佐、范驤碰頭，三人對莊家未經自己同意，隨意侵犯自己的著作權之署名權感到十分不滿。雖然在當時，這種掛靠名人出書的行爲很普遍，但查繼佐等三人也不想平白無故掠人之美，萬一出事還有連帶責任，三人遂於一六六〇年的十二月，向當時的學道胡尙衡提出控告。

胡尚衡接到報告後，讓府學教授趙君宋從書中找到了幾十處違禁字句，在府學大門前張貼通報。莊允誠聞訊大驚，一邊用重金打點官場關節，一邊高價回收《明史輯略》銷毀，同時將書中犯禁文字全部抹掉，並刻制新版替代舊版，讓新版的《明史輯略》符合清廷審核要求。

因貪贓枉法而被革職的前任歸安知縣吳之榮從親家李廷樞處得知此事後，覺得是一個發財的好機會，他先找到一本舊版《明史輯略》，然後攜書去莊家敲詐勒索，未果。一怒之下，隨即攜書到省城杭州，向總督梁化鳳和巡撫將軍柯奎告狀！

莊允誠則見招拆招，繼續用金元政策疏通杭州官場關節，吳之榮繼續吃了一個癟。回到南潯的吳之榮氣急敗壞，又拿著舊版書去找莊允誠的親家朱佑明，希望從他那兒搞點銀子，掙回點顏面。朱佑明也是南潯一富，其女就嫁給了莊廷鑨爲妻（極有可能是小說中的莊家三少奶），兩家算是門當戶對。但朱佑明也嚴詞拒絕了吳之榮的藉機勒索，吳之榮再次灰頭土臉而歸。

不甘失敗、喪心病狂的吳之榮無賴本性大發，決意破釜沉舟，既然湖州府、浙江省都包庇莊家，我就直接上京城告御狀！

康熙元年（西元一六六二年）元月，吳之榮不顧風雪漫天攜書上京首告，引起以鼇拜爲主的四大輔政大臣重視，清廷震怒，派刑部侍郎羅多立刻奔赴浙江全面調查。

羅多的調查報告回饋到朝廷以後，康熙二年五月二十六日，清廷開始了大規模的清算運動：

莊廷鑨、莊允誠被開棺戮屍、焚骨揚灰；

朱佑明被吳之榮誣陷爲「朱氏原稿所有者」，全家問斬；

莊廷鉞、李令晰、茅元銘、吳之銘、吳之熔、李礽濤、吳楚十四人凌遲處死；

歸安、烏程兩縣的兩名學官處斬，幕僚程維藩凌遲；

府學教授趙君宋因爲「私藏逆書久不上繳」罪名被處斬；

歸安縣學新任訓導王兆禎、推官李煥、湖州新任知府譚希閔（到任只半月）等人被處以絞刑；

湖州知府陳永命先罷官後處死；

杭州將軍柯奎、浙江巡撫朱昌祚及以下所有官員，革職查辦；

所有死刑犯的女性家屬、未成年子女統統發配寧古塔，與披甲人爲奴。

甚至，「江浙名士列名書中者皆死，刻工與鬻書者亦同時被刑」，據說刻字匠湯達甫臨刑前仰天大哭，被斬首後，頭顱滾落到自家門口，依然淚流不止。

《明史》案處死了七十多人，受牽連者不下千人！絕對是血腥的白色恐怖！

而查繼佐、陸圻、范驤三人因爲提前上書檢舉備案，雖然也被押送到北京審訊，但最終，憑藉查繼佐的辯解，說三人首告尚在吳之榮之前，最終得以無罪釋放。這件事情，《明史紀事本末》、《快園道古》、《清鑑》、《五石脂》，甚至查繼佐門人沈起的《查東山先生年譜》中，都有相關敘述。

三人中的陸圻僥倖不死後，看破紅塵，就此出家爲僧，從此不知所終。其女陸莘行在《老父雲遊始末》中，寫盡了無限的哀思。

而據《費恭庵日記》記載，查繼佐返回海寧後，閉門不出，繼續撰寫《罪惟錄》（原名《明書》）。因爲《明史輯略》的前車之鑑，書成後，查繼佐將其砌入牆壁，祕不示人，直到辛亥革命推翻滿清後，才由查家後人取出公諸於世。

此外，天地會紅旗香主吳六奇拯救查繼佐的故事也是野史流傳，事實並不存在，吳六奇也從未加入過天地會，此人還上過《貳臣傳》甲篇，當時自保尚且不暇，也無力捲入是非。

最後要說說那個無恥之徒吳之榮，此人於康熙二十八年病死，忽發惡疾，骨存於床，肉化於地，頸斷而亡，也算應了惡有惡報的宿命說法吧！

《明史》案是清初最大的一樁文字獄，數百年後，仍令人不寒而慄，猶有餘怖。此案的主要策劃者是清廷，爲了穩定統治、彈壓民間輿論，遂以吳之榮的告發大做文章、株連無辜，這是清廷和吳之榮狼狽爲奸的鐵證。查繼佐、陸圻、范驤三人雖然早於吳之榮上書控訴，但其動機是澄清不白、洗脫嫌疑，避免著作權糾紛，也値得理解。同時查、陸、范三人也被清廷押解進京接受關押審問，因此性質和吳之榮苦心積慮禍害他人不可相提並論。

可笑又可怕的是，《明史》案後，效仿吳之榮的斯文敗類越來越多，他們四處買書，逐字逐句查閱有無敏感文字，尋取一夜暴富的捷徑。甚至有人故意做幾本犯忌僞書，作者欄、編校欄標上當地富豪的名字，然後持書上門敲詐勒索，主人若不屈從，就去告發官府，很多人遭受無妄之災，爲此家破人亡。

莊氏《明史》案爲以後的諸多文字獄開了極壞的頭，文字獄禁錮思想、扼殺人才，清朝學術界由此陷入萬馬齊喑的黑暗世界。從這個角度說，由於一個小人的興風作浪，導致了一個國家的文化傳承陷入停滯，眞是那個時代的悲哀！

詩詞歌賦

金庸小說中的舊體詩詞爲數不少，一部分標明了原作出處，如李白的〈俠客行〉、王昌齡的〈送郭司倉〉、柳永的〈望海潮〉；另一部分是金庸原創，如陳家洛的「大漠西風飛翠羽，江南八月看桂花」，諷刺乾隆的「鐵甲層層密布，刀槍閃閃生光」；還有一部分，是古人所作，金庸取之略加變動，成爲小說人物的臺詞、道具。

比如重陽宮邊、活死墓旁，有一塊大石頭，刻著一首詩：

子房志亡秦，曾進橋下履。佐漢開鴻基，屹然天一柱。
要伴赤松游，功成拂衣去。異人與異書，造物不輕付。
重陽起全眞，高視乃闊步。矯矯英雄姿，乘時或割據。
妄跡復知非，收心活死墓。人傳入道初，二仙此相遇。
於今終南下，殿閣凌煙霧。

這首詩是林朝英和黃藥師「合作」寫給王重陽的「終身成就詩」。實際上，這是元代關隴宣撫副使商挺所作的〈題甘河遇仙宮〉。商挺在遊歷關中時路過甘河鎮，遊覽了全眞教的祖庭之一遇仙宮，感慨之下，有此大作。

其實「殿閣淩煙霧」之後還有幾句（金庸未選用）：

我經大患餘，一洗塵世慮。巾車倘西歸，擬借茅庵住。明月清風前，曳杖甘河路。

再比如乾隆送給胞弟一塊暖玉，上面刻著十六個字：

情深不壽，強極則辱。謙謙君子，溫潤如玉。

這應該是作者取自《詩經》裡的《國風・秦風・小戎》中「言念君子，溫其如玉」句，以及《易經》中的第十五卦「謙謙君子，用涉大川」。有趣的是，《國風・秦風・小戎》是一首妻子懷念遠征丈夫的情詩。

說起男女感情，金庸小說中巧妙修改的詩詞也有幾篇。

歐陽克初見黃蓉時，爲其美貌和智慧吸引，念過一首表白短詩：「悠悠我心，豈無他人？唯君之故，沉吟至今。」

很顯然，歐陽克抄襲了曹操的〈短歌行〉名句「青青子衿，悠悠我心。但爲君故，沉吟至今」（曹操也參考了《詩經・鄭風・子衿》中的「青青子衿，悠悠我心」），考慮到歐陽克文化水平不見得有多高，故而，改動合理！

小昭在光明頂密道中，給張無忌唱了一支小曲：

世情推物理，人生貴適意。

想人間造物搬興廢，吉藏凶，凶藏吉，富貴那能長富貴。

日盈昃，月滿虧蝕，地下東南，天高西北，天地尚無完體。

展放愁眉，休爭閒氣，今日容顏，老於昨日，古往今來，盡須如此。

管他賢的愚的，貧的富的，到頭這一身，難逃那一日。

受用了一朝，一朝便宜。

百歲光陰，七十者稀，急急流年，滔滔逝水。

這支曲子，是關漢卿的〈雙調・喬牌兒〉刪減本，張無忌問小昭這曲子是誰做的，小昭回答說不知道是誰做的。顯然，小昭在說謊。按照她的家傳文學淵源，關漢卿的作品流行於大江南北，她不會不知道。

《書劍恩仇錄》的最後，紅花會群雄在香香公主墓前悼念，陳家洛吟了一首詞：

浩浩愁，茫茫劫，短歌終，明月缺。鬱鬱佳城，中有碧血。碧亦有時盡，血亦有時滅，一縷香魂無斷絕！是耶非耶？化爲蝴蝶。

實際上，這首詞是清代同治年間御史張盛藻爲悼念紅顏藝妓蒨雲所作，金庸僅僅改動了幾個字。香塚原碑文在北京陶然亭公園內，文革時被毀，今拓片尚存。

玉如意給乾隆皇帝唱過一支有趣的小曲兒：

終日奔忙只為饑，才得有食又思衣。
置下綾羅身上穿，抬頭卻嫌房屋低。
蓋了高樓並大廈，床前缺少美貌妻。
嬌妻美妾都娶下，忽慮出門沒馬騎。
買得高頭金鞍馬，馬前馬後少跟隨。
招了家人數十個，有錢沒勢被人欺。
時來運轉做知縣，抱怨官小職位卑。
做過尚書升閣老，朝思暮想要登基。
一朝南面做天子，東征西討打蠻夷。

四海萬國都降服，想和神仙下象棋。
洞賓陪他把棋下，吩咐快做上天梯。
上天梯子未做起，閻王發牌鬼來催。
若非此人大限到，升到天上還嫌低。
玉皇大帝讓他做，定嫌天宮不華麗。

這支小曲原始出處是〈山坡羊・十不足〉：

逐日奔忙只為饑，才得有食又思衣。
置下綾羅身上穿，抬頭卻嫌房屋低。
蓋了高樓並大廈，床前缺少美貌妻。
嬌妻美妾都娶下，又慮出門沒馬騎。
將錢買下高頭馬，馬前馬後少跟隨。
家人招下十數個，有錢沒勢被人欺。
一銓銓到知縣位，又說官小職位卑。

一攀攀到閣老位，每日思想要登基。
一朝南面坐天下，又想神仙下象棋。
洞賓陪他把棋下，又問哪是上天梯？
上天梯子未做下，閻王發牌鬼來催。
若非此人大限到，上到天上還嫌低。

〈十不足〉的作者朱載堉是明朝皇室後裔，朱元璋的九世孫。雖然貴爲鳳子龍孫，但其人命運坎坷，少年時因爲皇室紛爭而飽受磨難，這也讓他在逆境中頑強成長，最後成爲一名傑出的音樂家、物理學家、數學家、天文學家和文學家！他首創「十二平均律」，第一個精確計算出北京的地理位置，被西方讚譽爲「東方百科藝術全書式的人物」！是個了不起的人物。

此外，段譽寫過兩副詠嘆茶花的對聯：「春溝水動茶花白，夏穀雲生荔枝紅」、「青裙玉面如相識，九月茶花滿路開」。

第一聯來自宋朝晁冲之的〈送惠純上人遊閩〉，原詩爲「春溝水動茶花白，夏穀雲生荔子紅」；第二聯來自宋朝陳與義的〈初識茶花〉，原詩爲「青裙玉面初相識，九月茶花滿路開」，金庸各自改動了一個字，使之更符合意境。

一燈大師點化慈恩時，念了一段偈：

不應作而作，應作而不作，悔惱火所燒，證覺自此始。

若人罪能悔，悔已莫復憂，如是心安樂，不應常念著。

不以心悔故，不作而能作，諸惡事已作，不能令不作。

這段經文，原文來自〈法苑珠林〉第七十一篇，全文如下：

不應作而作，應作而不作，悔惱火所燒，後世墮惡道。

若人罪能悔，悔以莫復憂，如是心安樂，不應常念著。

若有兩種悔，若應作不作，不應作而作，則是愚人相。

不以心悔故，不作而能作，諸惡事已作，不能令不作。

由此也看出金庸先生佛學功底之深厚！

金庸小說中，這幾篇巧妙改動的詩詞歌賦、對聯佛偈，推動了小說的情節發展，可謂「活學活用」，頗有風清揚傳藝令狐沖的韻味和意境。

金庸的歷史觀（代後記）

這部書稿寫到現在，終於到了尾聲的時刻，但還有一個重要話題，因爲無處妥善安放，只能在全書的最後單獨開篇陳述，同時，代爲後記。我們談一談金庸的歷史觀。

毋庸置疑，每一個人，都有自己獨立的歷史觀，金庸作爲著作等身的知名小說家、評論家，他的歷史觀，完全可以從他的作品中去尋找答案。

金庸在《金庸作品集》（三聯版）的「序」部分，曾說過：

我初期所寫的小說，漢人皇朝的正統觀念很強。到了後期，中華民族各族一視同仁的觀念成為基調，那是我的歷史觀比較有了些進步之故。這在《天龍八部》、《白馬嘯西風》、《鹿鼎記》中特別明顯。

歷史上的事件和人物，要放在當時的歷史環境中去看。宋遼之際、元明之際，明清之際，漢族和契丹、蒙古、滿族等民族有激烈鬥爭……小說所想描述的，是當時人的觀念和心態，不能用後世或現代人的觀念去衡量。

金庸從年過而立開始寫小說，一直到年近五旬才「金盆洗手」，寫了十七年之久。三十歲到五十歲，是人生最年富力強、精力旺盛的時段，也是最容易出成績的時段，其作品能夠代表作家文藝創作的最高水準！

金庸的小說，一般而言，後期作品比早期作品更優秀。在金庸的早期作品裡，漢夷對立的矛盾衝突很深，最明顯的就是開山大作《書劍恩仇錄》，紅花會和清廷之間的矛盾是不可調和的，紅花會裡沒有一個壞人，滿清朝廷裡也沒有一個好人，兩者涇渭分明、勢不兩立。

這種情況從《碧血劍》一直延伸到《射雕英雄傳》。袁承志的兩個殺父仇人，除了明帝崇禎，還有清皇太極；郭靖的兩個殺父仇人，一個是大金六王子完顏洪烈，一個是大宋指揮使段天德。

有趣的是，這兩對殺父仇人組合，都是一人漢族、一人異族，且毫無例外的都是「借刀殺人」。

此時的金庸，顯然還是存在「殺父之仇不共戴天」的傳統理念，所以郭靖手刃了完顏洪烈、段天德二人，大仇得報；崇禎、皇太極非袁承志所殺，只是因爲這二人是史實人物，非虛構人物，不便架空歷史。

從《神鵰俠侶》開始，金庸才調整了漢夷對立的情緒，小說中，他借楊過之想法說出了自己的心聲：

> 他自幼流落江湖，深受小官小吏之苦，覺得蒙古人固然殘暴，宋朝皇帝也未必就是好人，犯不著為他出力。
>
> ——《神鵰俠侶》第十六回

楊過的紅顏知己中，除了程英、陸無雙、公孫綠萼三位漢族姑娘，還有完顏萍、耶律燕兩位異族巾幗，堪稱「兼容並蓄」；楊過在江湖中最談得來的兄弟，不是二武，而是耶律齊。

《倚天屠龍記》的情況，又有所不同。主角張無忌的身上，具有正邪兩大門派的血統，但是，他是個標準的「漢人」無疑，他畢生追求的目標，就是「驅逐韃虜、恢復中華」。不僅他這麼幹，小說中名門正派也好、「妖魔邪道」也罷，對於蒙元朝廷，竟然出人意料的「戰線統一」，無人甘願投降異族。

這就引發了我們要討論的第二個問題：區分異族。

很明顯，金庸是認同滿清、區隔蒙元的。

同樣作爲入主中原的異族政權，蒙元採取的是「暴力、不合作」態度，拒絕「融合」，對中原文化採取了敵視的態度；而滿清恰恰相反，採取的是「非暴力、合作」態度，推行「融合」，對中原文化有著消化、吸收的歷史。

一個是人爲製造種族隔閡，一個是大力推進民族融合，兩相對比，金庸「親滿清而遠蒙元」也就不足爲奇了。

故而，在金庸後期的《天龍八部》和《鹿鼎記》小說中，「民族一家」、「內部矛盾」的觀念十分突出：

段譽、蕭峰、虛竹等人，可以隨意在大宋、大遼、西夏、吐蕃、大理等國活動，不需要辦理類似「護照」一樣的證明；各國的「人才流動」十分頻繁，西夏一品堂、公主招親就是非常明顯的例子；宋遼兩國雖然是敵對國，但是，在蕭峰心中，都是他的「國家」，爲了「國家」的和平，他可以獻出自己最寶貴的生命。

韋小寶的父親，可能是滿漢蒙藏回任意一族，小說最後的母子對話，絕不是無意閒筆：韋小寶未必是純正的「漢人」，但一定是標準的「中國人」。

《金庸筆下的眞實大歷史》這本小書寫完了，從二〇一三年的勞動節，到二〇一四年的元宵節，跨年寫了九個月。

當然，如果算上構思、策劃這本書，時間還要長得多。

通過小說談歷史，借助歷史看小說，這九個月裡，通過查閱資料、整理文獻、完善書稿，筆者感悟良多、感觸極深：金庸小說的博大精深、包羅萬象，絕非浪得虛名，單就一個「歷史」領域，就足以令人嘆服！

大師嫻熟運用生花妙筆，或與眞史掛鉤營造氣氛，或與野史結合推動情節，讓人情不自禁的產生一種強烈的代入感，也就是「身臨其境」。

這部書稿的完成，還要感謝一個人。

守護海寧「金庸舊居」的金庸六弟查良楠老先生，給予了筆者莫大的支持，二〇一三年的八月，筆者來到舊居，與查老先生一席長談，老先生對於書稿的完善，提出了很多寶貴的意見和建議，筆者受益良多。

在這裡，我衷心祝願查老先生兄弟重逢的夙願早日達成！

此外，我還想感謝出版社，在傳統圖書日漸衰落的電子時代，依然將我的書稿付梓印刷，公諸於世。作爲金迷，我深感榮幸！我也相信，這本書會激發廣大金迷朋友們的共鳴，獲得三贏的良好局面。

在我專心創作的過程中，愛妻劉馨默默承擔了大多數的家務、看護三歲小女樂頤，她是幕後英雄。

金庸先生的小說，影響了我的一生，塑造了我的人生觀和世界觀。今後，我也將繼續將之發揚、傳承下去——讓我的女兒閱讀，相信她也會喜歡、熱愛的。

作爲一個從九歲開始看《射雕英雄傳》的資深金迷，我有信心。

是爲後記。

湯大友（塡下烏賊）

甲午八月於京寓所

附錄

附錄一　金庸武俠大事年表

- 北宋太宗至道三年（西元九九七年）
  金庸小說正式亮相第一人——天山童姥出生。金庸武俠史拉開帷幕。
- 北宋仁宗慶曆八年（西元一〇四八年）
  少年慕容博傷黃眉僧。夏景宗李元昊去世。
- 北宋仁宗皇佑二年或皇佑三年（西元一〇五〇或一〇五一年）
  掃地僧入少林，司職藏經閣。
- 北宋仁宗嘉佑六年（西元一〇六一年）
  蕭峰出生。
- 北宋仁宗嘉佑七年（西元一〇六二年）
  慕容博假傳信息，蕭遠山攜妻、子返鄉省親，雁門關亂石谷伏擊戰爆發。
- 北宋仁宗嘉佑八年（西元一〇六三年）
  蕭遠山潛伏少林寺；無崖子中丁春秋毒手；慕容復出生；宋仁宗去世。

●北宋神宗熙寧二年（西元一〇六九年）

北宋開始「王安石變法」；大理國內亂，段延慶出逃。

●北宋神宗熙寧五年（西元一〇七二年）

段譽出生。

●北宋神宗熙寧九年（西元一〇七六年）

霍山、尼若牟兄弟決裂，霍山由波斯入埃及傳教。

●北宋神宗元豐六年（西元一〇八三年）

五月初七喬峰繼任丐幫幫主。

●北宋神宗元豐八年（西元一〇八五年）

宋神宗去世，宋哲宗幼年登基，太皇太后高氏垂簾聽政，啓用老臣，廢除新法。

●北宋哲宗元祐六年（西元一〇九一年）

春：大理世子段譽遊覽無量山，結識鍾靈、木婉清，於無量洞遇神仙姐姐玉像，學會《凌波微步》和《北冥神功》。四大惡人滋擾大理段氏，南海鱷神反拜段譽爲師。

夏：吐蕃國師鳩摩智單挑大理天龍寺，段譽學會《六脈神劍》，被鳩摩智一路挾持到江南姑蘇，結識慕容復的兩位侍女阿朱、阿碧。

秋：無錫松鶴樓段譽與喬峰鬥酒鬥腳力，二人結拜，隨後發生杏子林事件，喬峰退位後，少林遇阿朱，大戰聚賢莊，南下尋眞相。

冬：信陽刺探馬夫人，喬峰誤信人言，小鏡湖誤殺愛侶。喬峰帶阿紫遠赴東北療傷，結識女眞部首領完顏阿骨打。

● 北宋哲宗元祐七年（西元一〇九二年）

春：喬峰、阿紫安頓於女眞完顏部。

春末夏初：喬峰義釋人質遼道宗耶律洪基，君臣結拜。

秋：遼國楚王父子造反，蕭峰助耶律洪基平叛，官封南院大王（史實在一〇六三年）。

十月：山中老人霍山刺殺師兄尼若牟。

冬：喬峰失落《易筋經》，阿紫擒獲游坦之。

● 北宋哲宗元祐八年（西元一〇九三年）

春：游坦之捕獲冰蠶，《易筋經》爲鳩摩智所奪。蘇星河擂鼓山設珍瓏棋局，虛竹中大獎，得無崖子六十年功力，爲逍遙派掌門。虛竹萬仙大會救天山童姥，被困西夏皇宮冰窖。

夏：虛竹破戒，與文儀公主有肌膚之親。接管靈鷲宮九天九部諸女，與段譽結拜。六月十五少林寺大會，三兄弟結拜，玄慈伏法，葉二娘殉夫，丁春秋收監。
秋：中秋節西夏文儀公主全中國選婿，虛竹成爲駙馬爺，段譽終獲王語嫣芳心。
冬：大宋高太后病逝，哲宗親政，意圖北伐，耶律洪基聞訊整飭兵馬。段正淳與幾位紅顏知己喪命於慕容復劍下，段譽得知出生眞相，保定帝段正明退位，段譽繼位爲帝。

● **北宋哲宗紹聖元年**（西元一〇九四年）

春：蕭峰諫阻耶律洪基南侵，被囚遼國南京城月餘，虛竹、段譽率中原群雄北上救人，得手後一路南逃至雁門關，蕭峰忠義不能兩全，斷箭刺胸自盡，阿紫殉情跳崖。
夏：段譽歸國，慕容復土墳紙冠面南而坐，瘋。

● **北宋徽宗政和元年～政和八年**（西元一一一一～一一一八年）

黃裳奉旨編纂《萬壽道藏》，自學成才，挑滅江南明教。

● **北宋欽宗靖康二年**（西元一一二七年）

靖康之恥，金滅北宋。

● **（約）南宋高宗建炎年間**（西元一一二七～一一三〇年）

王重陽起兵抗金，事敗入古墓。

● （約）南宋高宗紹興年間（西元一一三一～一一六二年）

劍魔獨孤求敗橫行江湖。

● （約）南宋高宗紹興末年

黃裳完成《九陰眞經》上下冊。

● 南宋孝宗乾道三年（西元一一六七年）

林朝英計奪古墓，王重陽手創全眞教。

● 南宋光宗紹熙元年～紹熙五年（西元一一九〇～一一九四年）

火工頭陀大鬧少林，苦智禪師喪命，苦慧禪師遠走西域開創西域少林，少林武學中衰數十年。

● 南宋寧宗慶元元年（西元一一九五年）

冬：第一次華山論劍，王重陽獨得《九陰眞經》。

● 南宋寧宗慶元二年（西元一一九六年）

王重陽拜訪段智興，瑛姑結識周伯通，王重陽仙逝，周伯通初遇黃藥師，自毀眞經下冊。

● 南宋寧宗慶元三年（西元一一九七年）

瑛姑生子。

●南宋寧宗慶元五年（西元一一九九年）

裘千仞重傷瑛姑之子，段智興出家。

南宋寧宗慶元六年（西元一二〇〇年）

八月：張十五說書，郭楊識曲三。

冬：丘處機造訪牛家村，包惜弱救完顏洪烈。

●南宋寧宗嘉泰元年（西元一二〇一年）

春：段天德圍捕郭楊。丘處機大戰江南七怪，定下十八年後醉仙樓之約。

十月：李萍大漠產子，郭靖出生。

十二月：楊康出生於金中都趙王府。

●南宋寧宗開禧二年（西元一二〇六年）

十月：鐵木真收哲別，金國冊封鐵木真。江南七怪遇郭靖，荒山夜鬥黑風雙煞，張阿生死。

●南宋寧宗嘉定九年（西元一二一六年）

清明後：尹志平大漠下書。馬鈺私授郭靖全真內功。

●南宋寧宗嘉定十一年（西元一二一八年）

三月：鐵木眞殺札木合，郭靖當金刀駙馬，南下爲父復仇。張家口遇黃蓉，金中都穆念慈比武招親。包惜弱重逢楊鐵心，夫妻殉情。

四月：郭黃遇洪七公，得授降龍十八掌。

六月：歸雲莊遇陸乘風，陸冠英擒拿楊康。郭靖上桃花島求親，與老頑童結拜。

七月：郭靖療傷牛家村，歐陽克死，丐幫君山大會。鐵掌山得《武穆遺書》，黃蓉重傷，求醫一燈大師。

八月：桃花島劇變，江南五怪死。中秋，煙雨樓全眞七子大戰黃藥師。黃蓉爲歐陽鋒所擒。

● 南宋寧宗嘉定十二年（西元一二一九年）

春：郭靖回蒙古。

夏：蒙古遠征花剌子模，丐幫三長老率眾來援。楊過出生江西上饒。

秋：郭靖計破撒馬爾罕。

冬：李萍自盡，郭靖歸國。第二次華山論劍。

● 南宋寧宗嘉定十三年（西元一二二〇年）

春：拖雷領兵犯襄陽，郭靖擬刺義兄。成吉思汗病逝草原。

●南宋理宗紹定五年（西元一二三二年）
秋：武三通、李莫愁騷擾嘉興陸家莊。
郭靖帶楊過分別去桃花島、終南山，楊過入全眞門下，除夕大校打暈鹿清篤。（當年，楊過十三歲，小龍女十八歲）

●南宋理宗紹定六年（西元一二三三年）
春：楊過改投古墓派。
秋：小龍女敘述王重陽林朝英舊事。

●南宋理宗端平二年（西元一二三五年）
夏：師徒花叢練習《玉女心經》。
洪凌波初訪古墓。

●南宋理宗嘉熙元年（西元一二三七年）
楊龍練《九陰眞經》，歐陽鋒尋得楊過，小龍女爲尹志平所辱。
楊過陸續邂逅陸無雙、耶律齊、完顏萍、程英。
冬：華山絕頂北丐西毒同歸於盡。

●南宋理宗嘉熙二年（西元一二三八年）

大勝關英雄大會，金輪法王出場，小龍女奪武林盟主之位。程英馮默風兄妹相逢。楊過見忽必烈，遇老頑童，發生絕情谷事件。

楊過謀劃刺殺郭靖，馮默風殉國。

十月：郭襄、郭破虜出世，郭芙斷楊過右臂。

楊過發現獨孤求敗遺址。

蒙古敕封終南山，全眞派內亂，趙志敬、尹志平死，小龍女重傷，楊龍全眞教成親，郭芙誤傷小龍女。

彭長老死於裘千仞之手。

一燈、黃藥師、黃蓉入絕情谷取絕情丹，小龍女留下十六年之約。

- 南宋理宗嘉熙三年（西元一二三九年）

楊過山洪、雪中練劍。

- 南宋理宗嘉熙四年～淳佑五年（西元一二四〇～一二四五年）

楊過海潮練劍六年，盡得劍魔眞傳。

- 南宋理宗淳佑七年（西元一二四七年）

四月初九：張三豐出生。

●南宋理宗開慶元年（西元一二五九年）

二月：風陵渡郭襄見楊過。

十月：襄陽武林大會，郭襄十六歲生日，襄陽大戰，金輪法王死，楊過飛石斃蒙哥。

冬：第三次華山論劍，覺遠、張君寶出場。楊過小龍女隱居古墓。

（該年楊過四十一歲，小龍女四十六歲。按照一二三八年的十六年之約，楊龍應在一二五五年重逢，即南宋理宗寶佑三年。為照顧蒙哥之死，小說設計楊龍再遇環節延後四年。）

●南宋理宗景定四年（西元一二六三年）

春：郭襄、崑崙三聖何足道相繼訪問少林，張君寶被逐，覺遠圓寂。

●南宋度宗咸淳九年（西元一二七三年）

襄陽城破，郭靖滿門為國盡忠，唯郭襄逃出死城。

●南宋恭帝德佑二年（西元一二七六年）

伯顏破臨安，南宋滅亡。

●（約）元世祖至元十四～至元三十一年（西元一二七七～一二九四年）

張三豐手創武當派；郭襄創建峨嵋派；陽頂天接掌明教教主，率眾抗元。

- 元成宗大德九年（西元一三〇五年）
  謝遜拜師成崑門下。
- 元仁宗延佑五年（西元一三一八年）
  謝遜投身明教。
- 元英宗至治元年（西元一三二一年）
  黛綺絲上光明頂。碧水寒潭大戰韓千葉，受封「紫衫龍王」。
- 元英宗至治二年（西元一三二二年）
  成崑私會陽夫人，陽頂天走火入魔而死；黛綺絲嫁與韓千葉，破門出教。
- 元英宗至治三年（西元一三二三年）
  成崑殺謝遜滿門十三口。
- （約）元泰定帝泰定年間（西元一三二四～一三二八年）
  楊逍竊位擅權，范遙遠走西域，殷天正破教自立，謝遜濫殺無辜。明教四分五裂、一蹶不振。
- 元順帝至元二年（西元一三三六年）
  三月：俞岱巖殘廢。

四月：初九，張三豐九十壽辰；三十日，龍門鏢局血案。

五月：王盤山奪刀大會。

約七月：張翠山、殷素素、謝遜抵達冰火島。

●元順帝至元三年（西元一三三七年）

約五月：張無忌出生。

●元順帝至正二年（西元一三四二年）

張無忌從其父習武。

●元順帝至正五年（西元一三四五年）

張無忌從謝遜習武。

●元順帝至正六年（西元一三四六年）

謝遜敘述往事，制訂返程計畫。

●元順帝至正七年（西元一三四七年）

張翠山一家三口回中原，張三豐百歲壽辰，張翠山殷素素夫妻喋血。

●元順帝至正九年（西元一三四九年）

中秋後：張三豐上少林求醫無果，漢水遇常遇春、周芷若。

- 元順帝至正十年（西元一三五〇年）

  張無忌蝶谷學醫，陸續遇殷離、徐達、朱元璋。紀曉芙死，送楊不悔去崑崙山尋父，醫治何太沖小妾蛇毒，被朱長齡收容。

- 元順帝至正十一～十六年（西元一三五一～一三五六年）

  張無忌中朱長齡奸計，進入崑崙祕境。得《九陽眞經》，練功數年。

- 元順帝至正十七年（西元一三五七年）

  張無忌再遇殷離、周芷若，六大派圍攻光明頂，遇小昭，張無忌繼任明教教主。甘涼道上遇趙敏，萬安寺救六大派，中秋節蝴蝶谷大會，出海尋謝遜，遇波斯明教眾人，小昭遠走波斯，丐幫劫走謝遜，宋青書叛變，莫聲谷死。

- 元順帝至正十八年（西元一三五八年）

  張無忌於元大都大遊皇城，三月十五日無忌悔婚，端午少林屠獅大會。朱元璋迭施陰謀，張無忌辭去教主之位，退隱江湖。

- 元順帝至正二十三年（西元一三六三年）

  朱元璋、陳友諒決戰鄱陽湖，陳友諒中流矢喪命。

- 明太祖洪武元年（西元一三六八年）

徐達北伐收復大都，元朝滅亡。朱元璋於應天府稱帝，建國大明，此後迫害功臣、廢止明教。

●明永樂六年（西元一四〇八年）

浡泥國王麻那惹加那乃覲見永樂皇帝，病逝中土，下葬金陵，封謚「恭順」。

●明崇禎六年（西元一六三三年）

八月：張朝唐中土趕考，得楊鵬舉搭救，邂逅山宗故舊，見少年袁承志。

袁承志拜師穆人清。

●明崇禎九年（西元一六三六年）

袁承志華山學藝。

●明崇禎十年（西元一六三七年）

鐵劍門木桑道長來訪，傳藝袁承志。

●明崇禎十一～十五年（西元一六三八～一六四二年）

袁承志發現金蛇郎君遺骸、遺物。修習金蛇劍法。

●明崇禎十六年（西元一六四三年）

袁承志藝成下山，結識溫青青，大鬧石梁派，溫儀敘述往事。

袁承志解南京金龍幫之厄，技服直魯盜眾，被推選為武林盟主。
袁承志結識葡萄牙僱傭軍首領。皇太極為多爾袞所刺。五毒教來北京盜取庫銀。

● 明崇禎十七年（西元一六四四年）
何鐵手拜袁承志為師。
三月十九：李自成殺進北京，崇禎劍傷長平公主，後自縊。長平公主出家，法號「九難」。
李自成失民心，李岩、紅娘子自盡。
袁承志率領群雄遠走浡泥國。

● 清順治二年（西元一六四五年）
李自成兵敗湖北通城九宮山，於石門夾山普慈寺詐死出家。
飛天狐狸自汙，廁身平西王府。

●（約）清順治十二年（西元一六五五年）
胡苗范田四大家族百年恩怨開始。

● 清順治十六年（西元一六五九年）
鄭成功圍困南京，功敗垂成。陳近南手創天地會。

●**清康熙二年**（西元一六六三年）

莊氏《明史》案爆發。

●**清康熙八年**（西元一六六九年）

三月二九日：茅十八大戰鹽梟。

四月：韋小寶進京，爲海大富所擒入宮，結識康熙。

五月：康熙、韋小寶擒鼇拜。

夏：韋小寶殺鼇拜，入天地會，拜師陳近南，擔任青木堂香主。

冬：天地會與沐王府擁唐擁桂之爭，吳應熊進京面聖，韋小寶結識陶紅英，韋小寶奉旨上五台，結識雙兒，誤入神龍島，受封白龍使。

●**清康熙九年**（西元一六七〇年）

春：韋小寶出家少林寺，遇王屋派群雄。

夏：少林遇阿珂，噶爾丹造訪少林。

秋：韋小寶清涼寺當住持。

冬：眾喇嘛圍攻清涼寺，康熙見順治，九難刺康熙。

●**清康熙十年**（西元一六七一年）

春：鄭克塽參加河間殺龜大會，桑結尋仇九難，康熙見眞太后。
夏：韋小寶賜婚雲南，建寧閹割吳應熊，吳三桂惡鬥李自成。
秋：韋小寶柳州奇遇。
冬：施琅炮轟神龍教，韋小寶逃難雅克薩，結識俄羅斯蘇菲亞公主。

● 清康熙十一年（西元一六七二年）
四月：韋小寶入駐莫斯科。
初夏：韋小寶助蘇菲亞奪權（注：歷史上此次宮廷政變在一六八二年）。
秋：康熙議政撤三藩，韋小寶回揚州省親。
冬：吳六奇死，歸辛樹刺殺康熙，康熙炮轟忠勇伯府，韋小寶出海剿滅神龍教，鄭克塽殺陳近南。

● 清康熙十二年（西元一六七三年）
韋小寶一家流落通吃島，康熙尋找韋小寶，諸女生子。

● 清康熙十三年（西元一六七四年）
夏：王進寶上島宣旨。
冬：趙良棟上島宣旨。

●**清康熙十四～二十年**（西元一六七五～一六八一年）

韋小寶閒居通吃島，康熙平定三藩。

●**清康熙二十一年**（西元一六八二年）

施琅收復臺灣，韋小寶去臺宣恩。

（注：歷史上施琅平臺是一六八三年）

●**清康熙二十二年**（西元一六八三年）

秋：韋小寶兵發雅克薩，中俄簽署《尼布楚條約》。

（注：歷史上該條約簽署於一六八九年）

●**清康熙二十三年**（西元一六八四年）

韋小寶法場掉包救茅十八，「告老還鄉」退隱江湖。

●**清康熙五十年**（西元一七一一年）

八月：陳世倌、徐潮生長子出生，爲雍正掉包，是爲乾隆。

●**清乾隆五年**（西元一七四〇年）

于萬亭被逐莆田南少林。數年後手創紅花會。

●**清乾隆十八年**（西元一七五三年）

六月：陸菲青月夜斃強敵。
八月：陸菲青傳藝李沅芷。
十二月二十一日：胡斐出生。
十二月二十二～二十六日：胡一刀、苗人鳳滄州比武，胡一刀中毒喪命、胡夫人自刎殉夫。

● **清乾隆二十三年（西元一七五八年）**

秋：李可秀升任浙江水陸提督，回部入中原奪經。
紅花會「千里接龍頭」，陳家洛繼任總舵主。
奔雷手落難鐵膽莊，紅花會雙井鎮一救文泰來。
紅花會赤套渡二救文泰來，石佛寺放糧賑災。
陳家洛初會乾隆，西湖大比武。
八月十八日：陳家洛海寧再會乾隆。
紅花會提督府三救文泰來。
西湖選秀「花國狀元」，乾隆中計遭擒。
六和塔兄弟相認。

徐天宏大婚，余魚同出家。

陳家洛入大漠，邂逅喀絲麗。

冬：兆惠征討回部，霍青桐指揮黑水河、葉爾羌、英奇盤山戰役，史稱「黑水營之圍」。

●清乾隆二十四年（西元一七五九年）

春：陳家洛、霍青桐智鬥張召重、關東三魔，陳家洛入古城迷宮。袁士霄驅狼入城，張召重命喪狼吻。

夏：陳家洛南少林查檔，木卓倫戰死沙場，喀絲麗被俘進京，自殺留警。

紅花會大鬧禁宮，陳家洛作「香塚」詞，群雄豹隱回疆。

●清乾隆二十五年（西元一七六〇年）

冬：苗人鳳救南蘭，二人成婚。

●清乾隆二十九年（西元一七六四年）

夏：大雨商家堡，苗田情變，胡斐奪殘經。

●清乾隆三十年（西元一七六五年）

鐵廳烈火，趙半山結拜小胡斐。

●清乾隆三十四年（西元一七六九年）

胡斐大鬧佛山鎮，袁紫衣北帝廟一救鳳天南。
夏：袁紫衣奪韋陀門、八仙劍、九龍派三派掌門，袁紫衣湘妃廟二救鳳天南。
田歸農信中下毒，苗人鳳中毒毀目。
洞庭湖胡斐初遇程靈素，程靈素療傷苗人鳳。
福康安設計奪子，胡斐初會北京眾武官。
八月初十：袁紫衣北京城三救鳳天南，馬春花中毒身亡。
中秋節：天下掌門人大會，袁紫衣殺湯霈，程靈素捨己救人。
胡斐得冷月寶刀，大敗田歸農。

● **清乾隆四十五年（西元一七八〇年）**

三月十五：遼東烏蘭山玉筆峰杜希孟莊院群宵大會。胡斐結識苗若蘭，決鬥苗人鳳。

（注：《笑傲江湖》、《俠客行》、《連城訣》、《鴛鴦刀》、《白馬嘯西風》五部時代背景不明的小說，未列本表討論範圍；短篇小說《越女劍》不在本書及本表討論範圍內。）

附錄二　金庸先生人物小傳

家族顯赫、書香世家

蜚聲海內外的著名武俠作家、新聞家、實業家、社會活動家金庸，原名查良鏞，一九二三年三月二十二日出生於浙江海寧袁花鎮赫山房（一說一九二四年三月十日，年分雖差一年，但生日都是農曆二月初六）。查家是當地名門望族，是海寧「查祝許董周」五大姓之首，袁花鎮亦有「查半邊」的說法，到金庸出生時，查家在這片熱土上已經繁衍生息了五百多年。

明清兩朝，海寧查家科甲鼎盛：明代查家中進士六人，舉人十七人；清代中進士十四人，舉人五十九人，其中康熙朝的查慎行與其兄弟子侄博得了「一門七進士、叔侄五翰林」的美譽。金庸先祖查昇以人品、學識深得康熙器重，入值南書房三十八年，康熙親筆御書「嘉瑞堂」、「澹遠堂」、「敬業堂」匾額彰表海寧查家功勛，並賜對聯「唐宋以來巨族，江南有數人家」。

金庸祖父查文清，字滄珊，光緒十二年進士，在江蘇丹陽做知縣。光緒十七年四月，丹陽發生了焚燒外國教堂的「丹陽教案」，因爲同情鄉民，查文清密報爲首二人，使其連夜逃走，由此被上司參革丟官。這段故事被金庸寫進了他的小說《連城訣》後記中，狄雲的原型就是查文清搭救的丹陽青年和生。

金庸的父親名爲查樞卿，母親徐祿。金庸出生後，查家依然是富甲一方的大地主：有田地三千六百多畝，佃戶百餘家，僱有不少男女傭僕，並有多處錢莊、米行、布店。作爲父親的次子，金庸被鄉鄰親切的稱爲「小阿哥」。

少年聰慧、歷經磨難

金庸七歲開始上學，就讀於村口巷裡十七學堂，後轉入袁花鎮的龍山小學堂。在金庸五年級時，因爲聰慧廣聞、文筆出色，班主任兼國文老師陳未冬讓其編纂級刊《喔喔啼》。多年以後，已經是報業大亨的金庸回顧往事，依然充滿感慨，說「數十年來編報，（陳未冬）老師之指點，固無時或敢忘也」。

因爲愛看「閒書」，就在金庸的小學時代，八歲的金庸接觸到了人生第一本武俠小說《荒江女俠》（顧明道作品），「他想不到世界上還有這麼好看的書，從此對武俠小說日漸入迷」。

金庸的兒童時代，大多數零用錢都用在購買武俠小說上，除此之外，他還到書攤租書看，由此將還珠樓主、白羽、平江不肖生等舊派武俠名家的作品讀了個遍，也爲自己日後破舊迎新、開創新派武俠一脈、奠定其武俠宗師地位，打下基礎。

一九三六年，金庸在龍山小學堂畢業，順利考入嘉興中學（現嘉興一中），第一次離開故鄉求學。校長張印通、班主任兼國文老師王之簃、數學老師章克標給他留下深刻印象。這三位師長，尤其是校長張印通，以其公義正直、勇敢仁厚的高風亮節，深深折服了少年金庸，影響了他的一生。在金庸的筆下，「爲國爲民」的大俠郭靖，頗有幾分老校長剛正不阿、扶危濟困的影子。

然而，僅隔一年，隨著「盧溝橋事變」的爆發，日寇的鐵蹄踏上了神州的土地。八月十三日，日寇侵犯上海；八月十六日，日機轟炸嘉興。嘉興中學靠近前線，爲了避免學生傷亡，張印通無奈將全體師生轉移到二十里外的新塍鎮租屋上課。

但就算是如此，隨著局勢的日益惡化，日寇在杭州灣登陸作戰，嘉興淪陷只是早晚問題。爲了保護學生、傳承文化，張印通毅然決定在十一月十一日全校師生集體南遷避難。

前途吉凶莫測、經費捉襟見肘，流亡師生從新塍鎮出發，先是坐船，經烏鎮、練市、余杭、臨安到達於潛，而後棄舟登岸，過分水到桐廬、建德、蘭溪。

時逢戰亂、顛沛流離，張校長帶著二十多位老師，照顧數百學子，一路逶迤南行，堪稱壯舉！環境惡劣、條件艱苦，有人建議解散學生，大家自謀出路。老校長怒斥逃跑分子，留下慷慨激昂的一句話：「只要有我張印通在，我就要對學生負責，堅持到底！」斯人斯語、正氣正骨，並不因時光流逝而消散半分。

而這些學生娃娃，大多數只有十四、五歲，最小的才十二、三歲，每天打包行軍、風餐露宿、半饑半飽、且行且止，雖然年幼，也並無一個叫苦喊冤之人。流亡途中，沒有教室和課本，學生們就圍坐在樹蔭下，看老師用小黑板授課；腳上磨出血泡，就靠竹竿木棒支撐，一步一移，實在走不動了，就唱歌鼓勵。

大隊人馬抵達金華時，時已入冬，師生們依然衣衫單薄，但鬥志不減。淞滬前線總指揮張發奎深爲師生艱難南遷事蹟感動，特派專員前來贈銀元一千，解決了張印通的後顧之憂。

經過兩個月的千里跋涉，十二月下旬，全體師生終於到了安全的後方——麗水碧湖鎮，沒有一個人掉隊失蹤，堪稱奇蹟。

然而，就在金庸落腳碧湖鎮不久，生母徐祿、弟弟良棟先後在逃難途中病逝。少年喪母是人生至痛，金庸在他的小說《俠客行》、《倚天屠龍記》、《書劍恩仇錄》中將父母之愛寫得令人動容、感慨，顯然有著深刻的切膚體會。

此外，日寇侵占海寧後，在袁花鎮燒殺搶掠，焚毀房屋三千多間、平民死傷不計其數，昔日繁華的江南小鎮頓時滿目瘡痍。查家作爲海寧巨族、袁花首富，損失慘重，一個有著數百年傳承的江南名門望族就此中衰。日寇的侵略，讓金庸「家破人亡」，這種刻骨的仇恨在金庸心裡留下深深烙印。在他的小說中，多處可見抗暴應戰、寧死不降的案例，弘揚偉大的愛國精神，讓中華文明的火光熊熊不熄。

碧湖求學的生活是十分艱苦的，少年金庸和他的廣大同學一樣，並不因爲曾是名家子弟而有所不同：沒有棉衣只有單衣，沒有鞋襪只有草鞋，自己運米搬柴，輪流下廚操作，清水煮黃豆、鹽水燒芥菜是常見菜餚。就是在這種艱苦條件下，學生們依然每天用飽滿的精神學習文化知識，由早到晚從不間歇，因爲他們都知道，日寇遲早會被趕回老家，未來的國家還需要更多的人才。

初三這一年，十五歲的金庸和張鳳來兩位同學合編了一本教學圖書《獻給投考初中者》，由麗水一家出版社印製發行。這是金庸的圖書處女作，沒想到一炮而紅，取得了意想不到的成功，遠銷福建、江西等省，金庸也由此挖得了人生的「第一桶金」。

一九三九年六月，金庸考入聯合高中，校長還是他熟悉、敬重的張印通老先生。然而高二這一年，金庸因爲寫了一篇文章〈阿麗絲漫遊記〉，影射、挖苦不得人心的校黨（國民黨）委「訓育主任」沈乃昌，而遭到了退學處分。張印通校長同情金庸的不幸遭遇，努力幫他轉學到鄰近的衢州中學繼續完成學業。

同樣由於戰爭的原因，衢州中學由市區轉移到石梁鎮教學，金庸在石梁鎮度過了一年多的高中生涯。在這裡，「因禍得福」的金庸不僅飽覽了圖書館藏書，而且經常爬山鍛煉身體，身體素質得到了大幅提升。因爲這個原因，金庸對石梁鎮感情頗深，在《碧血劍》中，有一大群江湖人物，都和衢州、石梁關係緊密。

因爲出色的綜合成績，德智體全面發展的金庸成爲了班長。一九四一年，日寇在衢州發動了滅絕人性的細菌戰，整個城市鼠疫橫行，金庸的同學毛良楷也不幸染病，無人敢於靠近。只有金庸作爲班長和班主任姜子璜先生最後送別同窗，直到其不治而亡。

這件事情給金庸留下了極深的感觸，他第一次切身感受到了死亡的恐怖以及生命的脆弱，心中對日寇的仇恨又添加了一筆。

由於戰亂，金庸的高中生涯提前兩個月結束。一九四二年五月，衢州中學給金庸頒發了一張畢業證書，金庸的學習成績名列前茅，平均八十二點九分，其中英語、語文、歷史、地理十分突出，數學、化學、物理、生物也還不錯，只有圖畫和音樂稍遜一籌——顯然，金庸是標準的文科生。

青年才俊、遠走香江

高中畢業後，金庸和江文煥、王浩然等七個同學踏上了西去重慶深造之路。行至贛州，因為意見不合，八人各奔前程，金庸決定去湖南找老同學。

在湘西，金庸在同學哥哥的農場裡暫居，一邊勞動一邊複習功課，準備來年的聯考。一九四三年，金庸、江文煥、王浩然三人都順利考取了西南聯合大學外文系（北大、清華和南開三所高校的戰時臨時大學），同學再聚，自然十分欣喜。然而，因為經費不足，金庸和王浩然最後選擇了不收學費的中央政治學校，江文煥獨自到西南聯大報到。

中央政治學校是國民黨的黨辦最高學府，學生的衣食住行全部免費，但須付出的代價也是巨大的：七年以後，金庸北上新中國首都北京，欲圖謀職於外交部，圓其外交官的理想，但就是因為「家庭出身」和「大學母校」兩大原因而被拒絕。個性耿直的金庸雖然成績出色（第一學年全年級第一），但由於看不慣學校裡部分黨政背景學生的驕橫、跋扈，一九四四年十一月，金庸再次失學——他在中央政治學校，只待了一年零兩個月。

離開校園的金庸投奔他的表兄蔣復璁，蔣是國立中央圖書館館長，他安排這個小表弟擔任圖書館管理員一職。在這裡，金庸正式接觸了浩如煙海的列國文學作品，閱讀了海量的西方文獻，其中一部分是英文原版書，這是他在學校圖書館讀不到的。

半年後，心懷大志的金庸向圖書館遞交了辭職報告，結束了管理員生涯。但不得不承認，日後金庸投身報業，最初擔任外文電報翻譯，這半年的圖書館閱讀經歷尤其是英文聽讀寫譯，對其助力極多。

告別重慶回到湘西農場，金庸隨身攜帶的，除了少量行李，就是一箱圖書。由於兩次湘西生活經歷，金庸筆下，多見湘西情結：狄雲戚芳的「梁山伯祝英台」、一燈大師隱居桃源以及「李沅芷」、「何沅君」這樣的名字，無不烙上「湘西」印記。

一九四五年八月十日，日本無條件投降，舉國歡慶。次年，金庸回到闊別多年的家鄉海寧，當年的逃難削瘦少年，如今已長成文質彬彬的弱冠青年。老朋友陳向平向《東南日報》總編汪遠涵推薦了金庸，一九四六年十一月二十日，金庸入職《東南日報》，擔任英文電報翻譯。由於中英文功底扎實，筆頭又快，金庸屢獲同仁誇獎。

十一個月後，金庸跳槽到《大公報》，從杭州轉移到上海工作。《大公報》此次全中國招聘三名電報翻譯，收到了一〇九名求職者的應聘信（一說三千人），由於有著豐富的從業經驗、優秀的語言基礎，經過初選、筆試和口試，金庸如願從眾多的候選人中脫穎而出。

《大公報》歷史悠久，一九〇二年在天津創刊，一九二六年後，提出「不黨、不賣、不私、不盲」的「四不辦報方針」，以中立議論、公正評價而聞名，符合金庸的興趣。

由於工作強度不大，金庸同時在東吳大學法學院攻讀國際法專業，此外，還給《時與潮》雜誌做兼職編輯。對於精力旺盛的年輕人來說，半工半讀、兩份收入，還是很令人欣慰的。

由於內戰全面爆發，一九四八年三月，《大公報》無奈在香港另起爐灶，金庸也被上司外派到香港工作。金庸原本以爲「半年就回來」，沒想到這一去，就是整整幾十年！造化之弄人，令人感慨。

彼時的香港，經濟、文化、生活上別說比不上「十里洋場」的上海，就是與杭州比也遠爲不如，但金庸還是很快就喜歡上了這個自由、開放、包容的城市。

一九四九年新中國成立，《大公報》也成爲了左派報紙。一九五〇年，金庸接受梅汝璈的邀請，北上北京，求職於新中國的外交部。由於眾所周知的原因，金庸落選了。

事業的打擊尚在其次，一九五一年生父查樞卿因爲「抗糧、窩藏土匪、圖謀殺害幹部」的罪名被處決。金庸聞訊悲慟不已，痛哭三天，傷心了大半年。

一九八五年，海寧縣委縣政府對查樞卿案進行了平反，爲老人家恢復了名譽。金庸得知後，於一九八八年給當地政府寫了一封致謝回函：

大時代中變亂激烈，情況複雜，多承各位善意，審查三十餘年舊案，判決家父無罪，存歿俱感，謹此奉書，著重致謝。

但從此，金庸再也沒有踏上故鄉袁花鎮一步，哪怕到了近在咫尺的杭州、嘉興……多年來，金庸的六弟查良楠老先生一直在舊居苦苦守候「二阿哥」，期盼這位少年時代的哥哥能夠返鄉祭祖、兄弟重逢。

留給老人家的時間已經不多了，我深切希望「少小離家老大回，鄉音無改鬢毛衰」的感人場景能出現。

投身報業、白手起家

一九五二年後，金庸從《大公報》借調到《新晚報》做副刊編輯，開始以「林歡」、「姚馥蘭」等筆名寫影評。這時候的金庸，幾乎每天都看一部電影，連續寫了五年影評。在他的小說中，多見蒙太奇筆法、插敘倒敘情節、分鏡頭理念，顯然，這和他多年的影評人生涯分不開。

影評寫多了，金庸開始嘗試自己寫劇本，電影《絕代佳人》就是他改編自郭沫若的歷史劇《虎符》。此外，此時的金庸暗戀大電影明星夏夢，在圈內是公開的祕密，這份感情一直深深爲金庸懷念，他筆下的小龍女、王語嫣，有人說就是按照夏夢的形象定制的。

一九五四年元月，香港發生了一件轟動一時的比武大會，本港的白鶴派和外來的太極派因爲門戶之見發生爭執，各不相讓，最終兩派掌門決定以武止戈。

比武的最終結果是太極派吳公儀戰勝白鶴派陳克夫，但比武熱潮久燒不退，民間熱議持續升溫。有鑑於此，《新晚報》在比武三天後，推出了梁羽生的武俠處女作《龍虎鬥京華》，顯然，這是影射吳陳之戰的。

作爲金庸的同事，陳文統（梁羽生）開創了新派武俠小說先河。但是，繼承並發揚光大的，還屬金庸！

一九五五年二月八日，金庸的武俠處女作《書劍恩仇錄》在《新晚報》連載，從這一天起，金庸開始了長達十七年的武俠小說創作，直到一九七二年九月二十三日正式封筆（《鹿鼎記》）。

《書劍恩仇錄》選取了金庸老家海寧「陳閣老是乾隆生父」的傳說，連載一個多月後，讀者反響逐漸熱烈，甚至遠至東南亞也有了他的「粉絲」。小說的流行，讓金庸始料未及，從一九五六年元旦開始，金庸開始在《香港商報》上同時連載《碧血劍》。

然而，眞正奠定金庸新派武俠宗師地位的，是他的第三部小說《射雕英雄傳》！此文一出，被讀者驚爲天人，歷史背景、五絕體系、勵志成才、聰慧女伴、解謎情節、故事緊湊，各種因素綜合下，這部小說獲得了巨大的成功。

一邊是寫小說催稿緊急，一邊是《大公報》日漸左傾，金庸於是在一九五七年的冬天，下定決心離開了老東家，進入了長城電影公司。

因爲在這家電影公司裡，他能夠經常見到夢中情人夏夢。

一九五九年五月十九日，金庸終於連載完了《射鵰英雄傳》。接下來，金庸做了一件讓朋友們瞠目結舌的大事。

他離開了長城電影公司，創辦了屬自己的報紙——《明報》！

從一九四六年開始，金庸就一直在報刊媒體界摸爬滾打，積累了豐富的從業經驗。但是，替人打工和自主創業遠不一樣，後者要面臨的困難，非當事人無以感同身受。聽說金庸要自己辦報，祝賀者有之、關心者有之、疑惑者有之、幸災樂禍者亦有之，說「小查這次非傾家蕩產不可」、「一兩年內肯定倒閉啦」。

金庸和老同學沈寶新合資，以十萬元的原始資金入市（金庸八萬元、沈寶新二萬元），一九五九年五月二十日，《明報》正式創刊，這一天，是金庸終生難忘的日子。

《明報》草創之初，只是一份四開張的小報，其中第三版用來連載金庸的武俠小說

——滿足全港三萬金庸迷的閱讀需要。

這份面向普通市民的小報最早只有三個人在打理：社長、總編、主筆金庸，經營、發行沈寶新，編輯潘粵生。由於人手不足，金庸的妻子朱玫兼職跑本港新聞，成爲《明報》最早的女記者。多年以後，金庸在接受採訪時，還動情的說：「她（朱玫）當時幫著報紙跑新聞，也不要薪水，這一切我很感謝她。」

一九五九年的香港報紙界競爭十分激烈，基本分爲左、中、右三派，《明報》則將自己定位爲不左不右的中立派，根據事實作正確報導，根據理性作公正判斷。事實上，金庸也是基本按照這個辦報方針來做的，不管是對大陸政壇、臺灣政壇、海外政壇，還是日後的逃亡大潮、核彈風波、五月暴動，《明報》都堅定不移的行使自己新聞媒體的職責：當褒則褒，當貶則貶，只問事實，不看對象。

正因爲如此，《明報》後來與《大公報》、《新晚報》《香港商報》、《晶報》、《文匯報》等左派報紙決裂，雙方大打口水仗，《明報》以一敵五，絲毫不落下風，影響力反而激增，銷量大大見漲，一舉擺脫「小報」尷尬身分，邁入中型報紙之列。在金庸的小說中，喬峰大戰聚賢莊、六大派圍攻光明頂，都可以視爲一種影射筆法。

金庸在《明報》上陸續連載完了《神雕俠侶》、《倚天屠龍記》、《天龍八部》、《笑傲江湖》和《鹿鼎記》等大部頭，又在《明報》的附屬刊物《武俠與歷史》（西元一九六〇～一九七六年）週刊連載完了《飛狐外傳》，正是靠著這些情節各異、人物生動的武俠小說，支撐起《明報》的正常運營。多年以後，《明報》旗下有了《明報月刊》、《明報週刊》、《明報晚報》等子報子刊，一躍成爲香港的重量級報紙。金庸構建了自己的報業帝國，本人成爲報業大亨，其創業初期的武俠小說連載可謂功不可沒。

急流勇退、老有所為

一九七二年九月，隨著《鹿鼎記》的連載完畢，金庸正式向外界宣布封筆——不再撰寫武俠小說。一九七三年四月十八～二十八日，受臺灣當局邀請，金庸第一次登上寶島臺灣，進行了爲期十天的訪問，與蔣經國先生有過促膝長談。返港後，金庸寫下三萬字的《在台所見・所聞・所思》，一時洛陽紙貴。

一九八一年七月十八日，鄧小平在人民大會堂接見了金庸，這是他在人民大會堂單獨會見的第一位香港同胞，當晚央視對此進行了新聞報道。金庸對鄧小平是極度懷有好感的，認爲他是「當世最仰慕的兩個人物之一」；而鄧對金的小說也是十分喜歡，「每天都看這麼幾頁」。這次會談金庸也寫了感想社評《中國之旅：查良鏞先生訪問記》，同樣在港熱銷。

此後，金庸的武俠小說逐漸在兩岸解禁，不再受到出版制裁，而金庸也利用閒暇時間，開始逐本修訂、完善自己的小說，從中亦可見到老先生嚴謹認眞、盡善盡美的治學態度。

步入高齡的金庸先生一方面急流勇退，退出了《明報》集團董事局，將巨大的產業交給新任商業夥伴打理；另一方面，又積極入世：擔任香港基本法起草委員會委員，到牛津大學當訪問學者，獲得「文學創作終身成就獎」、「當代文豪金龍獎」、「大紫荊勛章」等多種榮譽，擔任多所大學名譽教授、名譽博士，擔任中國作協名譽副主席，等等。其中尤其是去劍橋大學讀博士，引起了巨大的社會爭議，但孰是孰非已不重要。二〇一〇年九月，八十七歲高齡的金庸先生順利完成博士論文答辯，以《唐代盛世繼承皇位制度》的博士論文獲得劍橋大學哲學博士學位，彰顯了老先生「活到老，學到老」的求學態度。

今天，金庸老先生年過九旬，頤養天年，過上了寵辱不驚的恬然生活。金庸先生是二十世紀的親歷者、二十一世紀的見證者，其傳奇人生，令人稱道、讚嘆，勢必會久久流傳；而他的十四部武俠小說，更是影響了數以億計的華人，今後也將繼續影響一代代的新讀者……

祝老先生仙福永享，壽與天齊！

參考書目

（一）元・脫脫，《宋史》，北京：中華書局，二〇〇〇。
（二）元・脫脫，《遼史》，北京：學苑音像出版社，二〇〇四。
（三）陳佳華，蔡家藝，莫俊卿，楊保隆，《遼金時期民族史》，成都：四川民族出版社，一九九六。
（四）王曾瑜，《遼金軍制》，保定：河北大學出版社，二〇一一。
（五）宋・邵伯溫，《邵氏聞見錄》，北京：中華書局，一九八三。
（六）李錫厚，白濱，周峰，《遼西夏金史研究》，福州：福建人民出版社，二〇〇五。
（七）陶晉生《宋遼關係史研究》，北京：中華書局，二〇〇八。
（八）宋・蘇軾撰，宋・郎曄注，《經進東坡文集事略》，北京：文學古籍刊行社，一九五七。
（九）李曉岑，《南詔大理國科學技術史》，北京：科學出版社，二〇一〇。

（十）李華瑞，《王安石變法研究史》，北京：人民出版社，二〇〇四。
（十一）明・宋濂，《元史》，北京：中華書局，二〇〇〇。
（十二）何忠禮，《南宋政治史》，北京：人民出版社，二〇〇八。
（十三）粟呂孝，《南宋軍事史》，上海：上海古籍出版社，二〇〇八。
（十四）何俊，范立舟《南宋思想史》，上海：上海古籍出版社，二〇〇八。
（十五）楊倩描，《南宋宗教史》，北京：人民出版社，二〇〇八。
（十六）羅賢佑，《中國列代民族史——元代民族史》，北京：社會科學文獻出版社，二〇〇七。
（十七）王治來，《中亞通史》，烏魯木齊：新疆人民出版社，二〇〇七。
（十八）王治來，《中亞史》，北京：人民出版社，二〇一〇。
（十九）楊建新，馬曼麗，切排，《中國西北少數民族通史——蒙元卷》，北京：民族出版社，二〇〇九。
（二十）朱耀廷，《蒙元帝國》，北京：人民出版社，二〇一〇。
（二一）蒲文成，王心岳，《漢藏民族關係史》，蘭州：甘肅人民出版社，二〇〇八。
（二二）左洪濤，《金元時期道教文學研究》，北京：人民出版社，二〇〇八。

（二三）夏當英，《中國傳統社會宗教的世俗化研究》，成都：巴蜀書社，二〇一〇。
（二四）傑克·威澤弗德，《最後的蒙古女王》，重慶：重慶出版社，二〇一二。
（二五）蔡東洲，胡昭曦，《宋理宗宋度宗》，長春：吉林文史出版社，二〇〇四。
（二六）朱耀廷，趙連穩，《元世祖忽必烈傳》，北京：北京大學出版社，二〇〇九。
（二七）劉平，《中國祕密宗教史研究》，北京：北京大學出版社，二〇一〇。
（二八）芮傳明，《東方摩尼教研究》，上海：上海人民出版社，二〇〇九。
（二九）王媛媛，《從波斯到中國：摩尼教在中亞和中國的傳播》，北京：中華書局，二〇一二。
（三十）劉登閣，《元亡明興》，北京：北京圖書館出版社，二〇〇八。
（三一）張德信，《明史研究論稿》，北京：社會科學文獻出版社，二〇一一。
（三二）王光德，楊立志，《武當道教史略》，北京：華文出版社，一九九三。
（三三）黃健，《隱仙風範——張三豐傳奇》，北京：宗教文化出版社，二〇一二。
（三四）峨默·伽亞謨著，郭沫若譯，《魯拜集》（漢譯本），北京：人民文學出版社，一九五八。
（三五）楊白勞，《老大的英帝國》，北京：現代出版社，二〇一〇。

（三六）清・張廷玉，《明史》，北京：中華書局，二〇〇〇。
（三七）趙爾巽，《清史稿》，北京：中華書局，一九九八。
（三八）吳晗，《明朝三百年》，北京：國際文化出版公司，二〇一一。
（三九）劉新生，《天堂祕境——文萊》，上海：上海錦繡文章出版社，二〇一〇。
（四十）馬金案，黃斗，《文萊國情與中國——文萊關係》，北京：世界知識出版社，二〇〇八。
（四一）商傳，《永樂大帝》，桂林：廣西師範大學出版社，二〇一〇。
（四二）聶作平，《皇帝不可愛國家怎麼辦》，北京：中華書局，二〇一二。
（四三）天佑，《歷史的轉折：明亡清興》，太原：山西經濟出版社，二〇〇八。
（四四）孫文良，李治亭，《清太宗全傳》，北京：中國人民大學出版社，二〇一二。
（四五）聶作平，《一六四四：帝國的疼痛》，北京：中國書局，二〇〇八。
（四六）李子峰，《海底》，南昌：江西教育出版社，二〇一〇。
（四七）朱琳，《洪門志》，南昌：江西教育出版社，二〇一〇。
（四八）曾五岳，《天地會起源新考》，福州：福建人民出版社，二〇〇八。
（四九）闞紅柳，《順治王朝》，北京：中國青年出版社，二〇一四。

（五十）周宗奇，《清代文字獄》，北京：人民文學出版社，二〇一〇。
（五一）謝國楨，《南明史略》，長春：吉林出版集團，二〇〇九。
（五二）南炳文，《南明史》，北京：紫禁城出版社，二〇一二。
（五三）蔣兆成，王日根，《康熙傳》，北京：人民出版社，二〇一一。
（五四）羅四海，《品康熙》，呼倫貝爾：內蒙古文化出版社，二〇〇九。
（五五）唐博，《權臣回憶錄》，北京：中國書店，二〇〇八。
（五六）施偉青，《施琅年譜考略》，長沙：嶽麓書社，一九九八。
（五七）孟昭信，《孝莊皇后》，北京：人民文學出版社，二〇一二。
（五八）瓦·奥·克柳切夫斯基著，張詠白譯，《俄國史》，北京：商務印書館，二〇一三。
（五九）白建才，《俄羅斯帝國》，西安：三秦出版社，二〇〇〇。
（六十）戴逸，《乾隆帝及其時代》，北京：中國人民大學出版社，二〇〇八。
（六一）于采采，《乾隆身世之謎》，北京：中國廣播電視出版社，二〇一二。
（六二）周緯，《亞洲古兵器圖說》，上海：上海古籍出版社，一九九三。
（六三）胡道靜，《農史論集——古農書輯錄》，上海：上海人民出版社，二〇一一。

（六四）李亞光，《戰國農業史綱》，長春：吉林大學出版社，二〇〇九。
（六五）高世良，《百菜百話》，天津：百花文藝出版社，二〇〇八。
（六六）韓嘉義，《百蔬藝苑科普趣說》，昆明：雲南出版集團公司，二〇〇八。
（六七）薛理勇，《五穀漫筆》，上海：上海文化出版社，二〇一三。
（六八）傅國湧，《金庸傳》，杭州：浙江人民出版社，二〇一三。
（六九）周兵，《臺北故宮》，北京：金城出版社，二〇〇九。

國家圖書館出版品預行編目

金庸筆下的真實大歷史 / 塡下烏賊 著 . -- 初版 . --
臺北市 : 龍圖騰文化 , 2016.02
面； 公分 . -- (龍圖騰文庫 YL010)
ISBN 978-986-388-045-5 (平裝)

1. 金庸 2. 武俠小說 3. 文學評論

857.9 104029138

YL010 龍圖騰文庫

金庸筆下的真實大歷史

作　　者／塡下烏賊
主　　編／傅婉真
美術設計／涵　設
封面設計／涵　設
發 行 人／蔡清淵
總 編 輯／郝逸杰
版權策劃／李　鋒
出版發行／龍圖騰文化有限公司
地　　址／臺北市信義路四段98號12樓之2
電　　話／02-27043265・傳真/02-27043275
網　　址／http://www.dragontcc.com
劃撥帳號／50242319　戶名：龍圖騰文化有限公司
總 經 銷／創智文化有限公司
地　　址／新北市土城區忠承路89號6樓
電　　話／02-22683489
法律顧問／毛國樑律師
印　　刷／金璽彩印有限公司
定　　價／NT$480元
ISBN／978-986-388-045-5
初版一刷／2016年02月